AMIR HASSAN CHEHELTAN

Der Zirkel der Literaturliebhaber

Roman

Aus dem Persischen
von Jutta Himmelreich

C.H.BECK

Titel des persischen Originals: محفل عاشقان ادب
© Amir Hassan Cheheltan 2020

Für die deutsche Ausgabe:
© Verlag C.H.Beck oHG, München 2020
www.chbeck.de
Umschlaggestaltung: geviert.com,
Andrea Hollerieth
Umschlagabbildung: © Stocksy United
Satz: Fotosatz Amann, Memmingen
Druck und Bindung: GGP Media GmbH, Pößneck
Gedruckt auf säurefreiem, alterungsbeständigem Papier
(hergestellt aus chlorfrei gebleichtem Zellstoff)
Printed in Germany
ISBN 978 3 406 75090 8

myclimate
klimaneutral produziert
www.chbeck.de/nachhaltig

Für meinen Sohn Aschkan

DAS ZIMMER

In jungen Jahren träumte ich eines Nachts von einem Raum, in dem nichts stand außer einem Tisch mit einer Handvoll weißer Blätter, die darauf warteten, dass jemand sie beschrieb. Mehrmals erschien mir dieses Bild im Traum, wurde aber bald von Bildern verdrängt, die die Pubertät mit sich brachte. Als mein Vater starb, drängte sich das Zimmer wieder in meine Träume, und obwohl ich sie lange ignorierte, ließen sie mich seitdem nicht mehr los. Die Welt außerhalb dieses Raums schien in diesen Träumen nicht zu existieren, es gab nur diesen Tisch und die weißen, zum Schreiben einladenden Bögen Papier.

Was dieses Zimmer und meine Vergangenheit betrifft, lässt sich schlicht und einfach sagen, dass mir nur meine Kindheit und die Literatur geblieben sind. Nicht ohne Grund sind diese beiden Wörter die wichtigsten Begriffe in meinem Leben. Meine Kindheitsjahre vergingen außerhalb der Zeit und literarischer Texte. Ich lebte einfach, ich war auf der Welt, ganz ohne Rechtfertigung, ohne Grund. Mag sein, dass ich über meine wie im Unschuldsschlummer vergangene Kindheit schreibe, weil ich persönliche Geheimnisse aus anderen Lebensphasen preiszugeben fürchte. Vielleicht aber noch mehr, um mich gegen die Übermacht der Vergangenheit zu wehren. Mein Rückblick führt mir alles wieder so lebhaft vor Augen, als geschähe es genau jetzt in diesem Augenblick. So lebendig, bunt, eindrücklich, dass ich das Gefühl habe, meine Erinnerung blendet die reale Welt so stark aus, dass diese aufhört zu existieren.

Außer über meine Kindheit schreibe ich über Literatur, über meinen Vater und seine Freunde in der Donnerstagsrunde. Schreibe, damit sie in meiner Fantasie lebendig werden. Weil ich glaube, jetzt den nötigen Abstand zu ihnen und auch genügend Vorstellungskraft zu haben. So lässt sich das, was in der Vergangenheit wirklich passiert ist, weniger leicht manipulieren.

Nun, der Rest ist so leer wie ein unbeschriebenes Blatt, so leer, dass ich vermute, selbst wenn ich noch weitere tausend Jahre lebe, wird man am Ende nur sagen: Ich bin zur Welt gekommen, habe eine Kindheit verbracht, mich in die Literatur verliebt und bin gestorben. Unsere Donnerstagsrunden spiegeln diese Wahrheit wider, sie sind diese Wahrheit, die so weit reicht, dass sie sogar mein Zeitempfinden bestimmt. So erinnere ich mich an meine Vergangenheit: der Winter, in dem wir Rumis *Masnavi* gelesen, der Frühling, in dem wir uns Ferdowsis *Buch der Könige* erneut vorgenommen haben, und so fort. Diese Donnerstage überstrahlen andere Erinnerungen völlig und strukturieren meinen Kalender. Sie versetzen mich in mein ganz persönliches Paradies, das mir mein Liebstes beschert hat: die Freude an der Literatur.

Alles fand in diesem hellen, freundlichen Raum statt, dem größten Raum des Hauses, unserem Gästezimmer. Ringsum standen Stühle, mit weinrotem Satin bezogen, ein großes Kanapee, dem die mit Pfauen aus Perlen bestickten Polster zu beiden Seiten die Anmutung eines Throns verliehen. An der Decke ein dreiarmiger Kronleuchter mit blauen Glühbirnen,

Erinnerung an meinen lieben Großvater und zugleich das wertvollste Schmuckstück im Raum. Dreibeinige Holzschemel, die Sitzflächen intarsienverziert, Kristallteller für Knabbereien und Kuchen und silberne Serviertabletts steigerten die Bedeutung dieses Zimmers, verglichen mit der der übrigen Räume, ins schier Unermessliche. Hinzu kam ein einziges großes Ölgemälde, das vor allem anderen den Blick fing, sobald man den Raum betrat, weil es dem Eingang direkt gegenüber hing. Es zeigte eine Frau, die an einem schönen Sommertag in einem stillen, verträumten Weiher zu ertrinken drohte. Deutlich sprach ihre Angst aus ihrem dem Betrachter zugewandten, flehenden Blick. Das durchs Dickicht am Ufer aufs Wasser fallende Sonnenlicht unterstrich die Panik in den Augen der Ertrinkenden. Niemand in unserer Familie kannte den Maler des Werks. Darüber, wie es seinen Weg in unser Haus gefunden hatte, gab es unterschiedliche, ja widersprüchliche Aussagen. Die Darstellung und die Ausstrahlung des Werks standen in starkem Kontrast zu dem, was sich in diesem Zimmer zutrug.

Dieses Bild war nicht bloß eines unter vielen Dingen, die die Realität dieser Donnerstage ausmachten, nein, es bestimmte das Wesen des Zimmers, das sommers dicht bewachsene Äste eines Feigenbaums verdunkelten und aus dem donnerstags, vor Eintreffen der Gäste, lästige Insekten mit Naphtalin vertrieben wurden, wobei eine Stunde nach dessen Anwendung die großen Fenster mit Blick auf das Gärtchen im Hof geöffnet werden mussten. Stünde unser Haus als Abbild der Welt, so wäre dieser besondere Raum wiederum ein Abbild unseres Hauses. Durch die Ritzen der geschlossenen Zimmertür, die sich nur an Donnerstagen auftat, drang während der Woche eine stille Kraft nach außen, ins ganze Haus. Das Zimmer war eine Mutter, nahm wie ein Tempel den Mittelpunkt ein und hielt auf unterschiedlichste Weise mit unserem Innersten Verbindung.

Sie waren acht an der Zahl, zehn, wenn man meine Eltern mitzählte. Mich, der später regelmäßig an der Runde teilnahm, hinzugerechnet, waren wir insgesamt zu elft. Golschan und Mokhtar hatten sich bereits mit einigen Büchern einen Namen gemacht und galten, was Publikationen im Bereich Literatur und Kultur anging, als feste Größen. Kuscha war Dozent für Literatur, wollte aber höher hinaus. Er schrieb Gedichte, Theaterstücke, Erzählungen und tausend andere Dinge, ohne dass man ihn wirklich ernst nahm. Außer meinem Vater, Aschrafi und Foghahi, die ebenfalls Literatur unterrichteten, hatten die anderen, nämlich die blonde Witwe, Monsef und Hatam, zwar nicht beruflich mit Literatur zu tun, waren ihr aber, wie sie es ausdrückten, durch den unvergleichlichen Genuss verbunden, den sie ihnen verschaffte.

Mein Vater, als Gastgeber, hatte sich gewisse Privilegien ausbedungen. Dazu zählte das Recht, Texte laut vorzutragen, sofern er nicht erklärte, von seinem Recht einmal keinen Gebrauch machen und jemand anderem die Aufgabe übertragen zu wollen. Häufiger als die übrigen Teilnehmer übernahm Foghahi diese Rolle gern freiwillig. Hoch aufgeschossen, wie er war, erhob er sich meist dazu, blieb reglos vor seinem Stuhl stehen und deklamierte in überschwänglichem Ton. Dann und wann hielt er inne und prüfte die Wirkung seines Vortrags auf sein Publikum. Zum Zeichen seines genauen Verständnisses eines Werks nickte er hier anerkennend, hob da den Zeigefinger und ließ ihn erst nach einer Weile wieder sinken. Immer auch rezitierte er Textpassagen auswendig und schloss dabei die Augen.

Abgesehen von der Witwe Motallai war Aschrafi der Einzige, der nie freiwillig Texte vortrug. Neben seiner Pfeife im Mundwinkel und seinem ausgeprägten Bauch erinnerten auch sein kahler Kopf, das rundliche Gesicht und seine eher geringe Größe mich an Amir-Abbas Howeida, unseren einstigen Premierminister. Und ich habe Aschrafi ausschließlich mit Krawatte in Erinnerung. Er hatte die Angewohnheit, die jeweils Vortragenden mindestens ein- bis zweimal mit der üblichen Frage zu unterbrechen: «Könnten Sie diesen Absatz bitte wiederholen?»

Monsef hatte ein Muttermal in Form einer ausgedehnten Hautrötung im Gesicht. Er und Hatam, der Geigenspieler, dessen Akzent seine Herkunft aus Kermanschah verriet, waren zurückhaltend und sehr höflich. Wobei Hatam noch dadurch auffiel, dass er immer überrascht aussah. Welchen Text wir auch lasen, ständig murmelte er zwischendurch: «Adschab, adschab, erstaunlich, erstaunlich!» Mit seiner metallgerahmten, runden Brille und seinem dichten schwarzen Schnauzbart ähnelte er Walter Benjamin, den ich später oft auf Fotos sah.

Der Donnerstagskreis saß immer mehrere Stunden lang zusammen. Nach getaner Arbeit machten die einen sich auf den Heimweg, die anderen blieben noch. Für sie hatte man kurz zuvor in einer Ecke des Raums einen kleinen Tisch gedeckt, an dem nun fröhlich getafelt wurde. Man trank besten

Wodka, aus der Herstellung eines Armeniers und in Kristall-gläschen gereicht, auf die Gesundheit der Anwesenden und nahm sich, sobald die Atmosphäre vertrauter wurde, unterschiedlichster Themen an, von Politik bis zu Witzen. Die gab man mit plötzlich gesenkter Stimme zum Besten, wobei der Erzähler sich zu den Zuhörern beugte, kurz darauf für schallendes Gelächter sorgte und nicht einmal den dreiarmigen Lüster an der Zimmerdecke unbewegt bleiben ließ. Letztendlich aber fand man immer zur Literatur zurück. Sie stand in diesem Zimmer am Anfang und am Ende jedes Gedankenaustauschs.

DIE DONNERSTAGE

Als ich klein war, glaubte ich in meiner kindlichen Fantasie, aus mehreren Personen zu bestehen. Nämlich aus meinem Vater, meiner Mutter und meiner Großmutter. Und aus einer weiteren, mir unbekannten Person, nach der ich zwar ständig auf der Suche war, wobei ich insgeheim aber vermutete, dass sie mit der Frau in Verbindung stand, die gelegentlich, auch donnerstags, zu uns nach Hause kam und meiner Mutter zur Hand ging.

Die kräftige Landfrau ging seit vielen Jahren schon bei uns ein und aus, gehörte – weil sie in all unsere Geheimnisse eingeweiht war – quasi zur Familie und kam donnerstags in der Frühe, um das Haus für den besonderen Tag vorzubereiten. Da sie so früh am Tag kam, bemerkte ich damals nie, dass sie schon im Haus war und ihre erste Pflicht, im Gästezimmer zu putzen und Staub zu wischen, bereits erfüllt hatte, bevor ich und mein Bruder wach wurden.

Und das geschah nach einem bestimmten Ritual. Morgens klingelte der Wecker meiner Mutter normalerweise zweimal, im Abstand von einer halben Stunde. Nach dem ersten Klingeln stand sie auf, ging in die Küche, machte Frühstück oder befasste sich mit anderen Dingen. Dann stellte sie den Wecker vermutlich so, dass er eine halbe Stunde später wieder klingelte und beinah zeitgleich mit der Fahrradhupe des fliegenden Milchhändlers zu hören war, der auf den schwarzen Gummiballon drückte, während er an unserem Fenster vorbeiradelte.

Dass Wecker und Hupe fast simultan ertönten, nährte in meinem Bruder den Verdacht, unsere Mutter habe sich mit dem Händler heimlich abgesprochen. Wie wütend er auf beide war, zeigte er auf unterschiedlichste Art. Sein Zorn steigerte sich eines Tages bis zur Rebellion.

Wenn der Wecker zum zweiten Mal klingelte, trug meine Mutter ihn in den ersten Stock hinauf, in unser Zimmer. Ich war sofort hellwach, richtete mich auf und war bereit, es mit dem neuen Tag aufzunehmen. Mein Bruder hingegen kroch trotzig tiefer unter seine Decke und vergrub den Kopf unterm Kopfkissen. Meine Mutter ließ nicht locker. An manchen Tagen steckte sie, schelmisch grinsend, den klingelnden Wecker sogar unter meines Bruders Decke. Genervt, mit vor Wut verzerrter Miene, fluchend, kroch er schließlich aus den Federn. Eines Tages aber nahm diese Zeremonie einen unerwarteten Lauf.

Mein Bruder reagierte ungewöhnlich heftig. Er riss den

klingelnden Wecker an sich und schlug damit mehrmals so kräftig gegen die Fensterscheibe, dass die zerbrach, der Wecker mitsamt den Scherben im Hof landete und für immer den Geist aufgab. Diese Aktion, ob verrückt oder total dumm – wie meine Mutter dieses Verhalten nannte, das sie ihr Lebtag nicht vergaß –, war für meine Mutter Grund genug, ihr listiges, lästiges Weckritual aufzugeben. Da sie selbst einen Wecker brauchte, kaufte sie natürlich ein neues Gerät, das sie allerdings nie wieder in unser Zimmer brachte. Eine interessante Begleiterscheinung dabei war, dass das Hupen des radelnden Milchhändlers nun ebenfalls aufhörte. Mein Bruder, der seine Tat als großen Sieg ansah, mit dem er Gutes erreicht habe, dachte auch in späteren Jahren gern an seinen Erfolg zurück.

Wenn ich donnerstagmorgens gewaschen und angezogen ins Erdgeschoss kam, sah ich meine Mutter, barfuß, mit Lockenwicklern im Haar, in ihrem Kimono – dem Morgenmantel, in dem sie einer Japanerin glich – emsig hin- und herlaufen und hörte ihre Anweisungen an das Dienstmädchen wegen der Einkäufe von Knabbereien und Früchten, die man den am Nachmittag erwarteten und bis kurz vor Mitternacht bleibenden Gästen reichen würde. Kochen war normalerweise Sache meines Vaters. Weil an den besonderen Donnerstagen aber das Dienstmädchen im Haus war, trat er diese Aufgabe donnerstags ab.

Dann kam es vor, dass man den Gästen zusätzlich zu Knabbereien und Obst einen kleinen Imbiss reichte, eine Suppe etwa oder ein Gemüseomelett. Kleine Köstlichkeiten, die meine Mutter persönlich servierte, um das Lob der Gäste für ihre

Kochkünste demütig entgegenzunehmen. Möglich war das natürlich nur an den Donnerstagen, an denen sie nicht zur Arbeit musste. Während die Gäste meinen Vater mit vollen Mündern daran erinnerten, wie glücklich er sich schätzen könne, eine so gute Frau und Hausfrau zu haben, wiegelte meine Mutter bescheiden ab: «Das ist doch nichts Besonderes, nur unser ganz normales Abendessen.»

Womit sie recht hatte. Auch mein Bruder und ich mussten mit diesem Imbiss vorliebnehmen, sofern uns die Gäste etwas übrig ließen.

An den betriebsamen Donnerstagen, an denen es morgens zuging, als würde ein großes Fest vorbereitet, und an denen meine Mutter stärker eingespannt war als sonst, setzten mein Bruder und ich uns unbeeindruckt vom Trubel rundum zum Frühstücken, während meine Mutter das Dienstmädchen minütlich an dies oder jenes erinnerte. Das Mädchen hatte seine wichtigste Aufgabe, die Vorbereitung des Gästezimmers, ja bereits erfüllt und konnte sich nun in aller Seelenruhe zu uns in die Küche gesellen, um uns Frühstück zu machen. Da sie, wie schon erwähnt, der Familie inzwischen sehr nahestand und mit mir und meinem Bruder ganz ungezwungen umging, konnte sie sich zu uns herunterbeugen, mit den Augen rollen, die Brauen heben und in Richtung unserer geschäftig hin- und herhuschenden Mutter flüstern: «Statt jetzt so zu hetzen, wärst du besser früher aufgestanden», um uns dann kameradschaftlich zuzuzwinkern. Mein Bruder und ich behielten zwar unsere geplagte Mutter im Auge, kicherten aber verstohlen, solidarisch mit dem Dienstmädchen, und nickten ihr zu.

Auch in anderer Hinsicht unterschieden sich Donnerstage vom Rest der Woche, denn es herrschten Ruhe und Ordnung, wenn wir nachmittags aus der Schule kamen. Ringsum war alles blitzsauber. Die Beistelltische im Gästezimmer waren mit Süßigkeiten beladen, mit Gaz und Sohan, Baghlawa und Ghatab. Der unwiderstehliche Duft der Köstlichkeiten war zwar höchst appetitanregend, doch wir, müde und hungrig, brachten nicht den Mut auf, das ungeschriebene Gesetz zu brechen und uns den verlockenden Tischen zu nähern. Die Leckereien waren allein für die Gäste bestimmt, die wir als die weltweit glücklichsten Menschen ansahen, weil sie so mühelos in deren Genuss gelangen würden. Mein Bruder, sein Leben lang mutiger als ich, umging das eherne Gesetz und stibitzte hier ein Häppchen von einem Silbertablett, dort eines von einem Kristallteller, während ich seinen Raubzug erst registrierte, wenn er in einer entfernten Ecke saß und seine Beute seelenruhig vertilgte, ohne sie je mit mir zu teilen. Das Hausmädchen, um meine Ängstlichkeit wissend, tröstete mich oft über des Schicksals Härte hinweg, steckte mir in unbeobachteten Momenten dies oder das zu und versicherte mir mit kameradschaftlichem Augenzwinkern ihre beständige Solidarität.

Ghamar, Mond, nannten wir die nicht gerade mit Schönheit gesegnete, aber robuste Landfrau, der man einen lilafarbenen Anker auf die Stirn tätowiert hatte und deren Brüste groß und prall wie zwei aus Tierhaut gefertigte Wasserschläuche waren. Ghamar hatte einen Sohn in meinem Alter und hatte, wie meine Verwandten berichteten, mir einst so gern Milch gegeben wie ihm und nutzte den leisesten Vorwand und jeden unbeobachteten Augenblick, um mich an ihre Brust zu legen, mir gut zuzureden und mich zu stillen. Später schilderte meine Tante mir, wie begierig ich damals getrunken und Ghamar dabei mit meinen kleinen Fäusten an die Brust geschlagen hätte. Offenbar, und sehr zum Missfallen meiner Mutter, mochte ich Ghamars Milch lieber als ihre. Jedes Mal, wenn sie das hörte, schüttelte sie energisch den Kopf: «Daran kann ich mich gar nicht erinnern.»

Um die Sache klarzustellen, aber auch im Versuch, meine Mutter wieder milde zu stimmen, erzählte meine Tante weitere Geschichten von früher. Meine Mutter aber rief ihr in Erinnerung: «Wie gesagt, was das andere Thema angeht, da übertreibst du, ganz bestimmt!»

Weil meine Tante aber beharrlich an ihrer Sicht der Dinge festhielt, setzte meine Mutter der Diskussion irgendwann ein Ende: «Jetzt lass es aber bitte gut sein!» und wechselte das Thema.

Stimmt es, dass der Charakter eines Menschen von der Muttermilch bestimmt wird, die der Säugling bekommen hat? Beeinflusst die Qualität der Nahrung das Zellwachstum im Säuglingsalter so, dass sie sich auf seine Wesensart auswirkt?

Meine Versorgung mit Milch wurde an einem Tag zum Thema, an dem meine Mutter relativ spät noch unterwegs, mein Hunger schier unstillbar und Ghamar noch bei uns zu Hause gewesen war, sodass meine Großmutter sie bitten musste, auch mich zu stillen. Meiner Tante zufolge sind dazu folgende Worte meiner Großmutter überliefert: «Na und, was ist schon dabei? Auch Ghamar ist ein Geschöpf Gottes.»

Und diese Geschöpfe Gottes geben wohl unterschiedliche

Erbanlagen und Charaktereigenschaften an den Säugling weiter, wie etwa die Kleinlichkeit oder die Knauserei, die sich manchmal an mir zeigen. Ob das stimmt? Nun, ich bin ein sparsamer, bescheidener Mensch, der darauf achtet, wie und wofür er sein Geld ausgibt. Vielleicht ist das ein bäuerlicher Charakterzug. Oft genug fragte meine Mutter sich verwundert und leicht verzweifelt: «Von wem hast du das bloß?»

Mir fiel dann sofort wieder ein, was meine Tante voller Überzeugung vorgebracht hatte: «Das kommt auch von Ghamars Milch. Du warst als Kind rund und wohlgenährt, ganz anders als dein Bruder, der ausschließlich Muttermilch getrunken hat.»

Sonst war ich Ghamar nicht sonderlich zugetan. Im Gegenteil, manchmal, wenn sie unter einem Vorwand versuchte, mir einen Kuss auf die Wange zu drücken, empfand ich Abscheu, starken Widerwillen, schloss die Augen und stöhnte. Der Gedanke, dass etwas von ihren Lebenssäften auch durch meine Adern floss, war mir nicht geheuer, vielleicht aber auch nur deshalb, weil sie, anders als meine stets angenehm duftende Mama, immer nach indischen Gewürzen und gebratenen Zwiebeln roch, ein Geruch, der auch in ihren Kleidern hing.

Meine Mutter kritisierte Ghamar, weil sie ihre Nase in fast alle unsere Familienangelegenheiten steckte. Insgesamt hielt sie ihr aber zugute, dass sie aufrichtig war und die Geheimnisse unseres Hauses bewahrte. Ghamar ging bis an ihr Lebensende bei uns ein und aus. Mir fiel auf, dass meine Mutter und sie bisweilen die Köpfe zusammensteckten und tuschelten. Einmal hielt meine Mutter dabei plötzlich inne, während Ghamar, auf die Fortsetzung der Geschichte wartend, sie verblüfft anstarrte, woraufhin meine Mutter den Kopf schüttelte – im Vertrauen darauf, dass ihr plötzliches Schweigen die in Ghamars Gedanken Gestalt annehmende Vermutung bestätigte, während Ghamar ihr teilnahmsvoll die Hand tätschelte und mit erstickter Stimme ein paar Worte stammelte. Ghamar sah aus, als könnten ihr jeden Augenblick die Tränen kommen. Sie hatte mit meiner Mutter nichts gemein, doch wenn ich sie mitfühlend seufzen und meine Mutter trösten sah, hielt ich das für ein Zeichen der Kameradschaft in Dingen von geringer Relevanz, etwa die weiblichen Wechseljahre betreffend.

Dass eine fremde, unserer Familie aber relativ nahestehende Frau mich hin und wieder gestillt hatte, nährte später den Verdacht in mir, ich sei gar nicht das Kind meiner Eltern, sondern, bedingt durch mir unergründliche Gegebenheiten, adoptiert worden. Um meine Vermutung zu stützen, rief ich mir oft bestimmte Dinge in Erinnerung, die nur meinem Bruder zugestanden worden waren, oder andere Unterschiede, die meine Eltern zwischen ihm und mir machten. Wenn sie zu Unrecht auf mich wütend waren oder mich rügten, bestärkte mich das in meiner Annahme. Um mich meiner Unähnlichkeit mit ihnen zu vergewissern, studierte ich manchmal tagelang die Gesichter meiner Eltern, wenn sie beide zu Hause waren. Als ich später Ähnlichkeiten zwischen mir und meiner Mutter entdeckte, verschaffte mir das ein bestimmtes Maß an Gewissheit, dass sie aller Wahrscheinlichkeit nach doch meine Mutter war. Meinem Vater gegenüber erreichte ich diese volle Gewissheit nie. Ich habe meine Zweifel mein Leben lang vor allen verborgen. Sie preiszugeben hätte bedeutet, dass ich meiner Mutter etwas unterstellte. Sie preiszugeben, wäre einer schweren, gefährlichen Verleumdung gleichgekommen.

Mein Verdacht erreichte seinen Höhepunkt, als ich eines Mittags im Herbst hörte, wie ein nur noch wenig Laub tragender Ast des Baums vor unserem Haus, vom Wind bewegt, am Badezimmerfenster kratzte, ein unangenehmes Geräusch, und ich gleichzeitig durch den Spalt der Badezimmertür die Scham meiner Mutter erblickte. Es fällt mir ungemein schwer, zu erklären, wie diese beiden Sachverhalte miteinander zusammenhängen.

Ich kam wie immer mittags aus der Schule nach Hause und rief, wie gewohnt, nach meiner Mutter. Wenn Kinder, sobald sie nach Hause kommen, nicht die Gewissheit haben, dass auch ihre Mutter zu Hause ist, finden sie keine Ruhe. Jedenfalls ging es mir so. Weder in der Küche noch im Wohnzimmer fand ich meine Mutter. Sie war weder im Hof noch auf der Veranda. Und als ich auf der Suche nach ihr die Treppe in den ersten Stock hinaufging, hörte ich ganz deutlich, dass im Bad der Wasserhahn lief. Zugleich wurde das hässliche Geräusch des an der Scheibe kratzenden Asts lauter, und dann sah ich sie: Sie saß aufrecht vor einem großen blauen Waschzuber, wrang ein Kleidungsstück aus und war nackt. Ich konnte alles an ihr sehen und war fassungslos, zu erkennen, dass zu ihrem Körper auch dieser auf mich schockierend wirkende Teil gehörte.

Unwillkürlich machte ich einen Schritt rückwärts und schloss die Augen. Mehr konnte ich in dem Moment nicht tun. Nur Gott weiß, wie inständig ich damals hoffte, meine Mutter möge mich nicht bemerkt haben. Zum Glück war es wohl auch so. Als ich die Augen wieder aufschlug, tat sich sofort ein riesiges Loch vor mir auf, in das ich stürzen würde, sobald ich den nächsten Schritt machte. Da ich aber auch nicht ewig wie angewurzelt an der Tür zum Bad stehen bleiben konnte, schloss ich wieder die Augen und trat einen Schritt vor. Nichts geschah. Das Loch, dieser tiefe Abgrund, hatte sich wohl nur in mir aufgetan. Und weil er bis heute klafft, bin ich felsenfest davon überzeugt, dass er existiert.

Ich ging zurück ins Erdgeschoss, hörte den Ast nach wie vor an der Fensterscheibe kratzen, spürte starken Druck auf der Brust und hatte heftige Gewissensbisse. Ich hatte ein großes Unrecht begangen, unbeabsichtigt zwar, aber ich hatte mich schuldig gemacht. Wenn unser Koranlehrer, ein junger Mullah, uns den Gipfel der Respektlosigkeit illustrieren wollte, verglich er ihn immer mit dem unerlaubten Anblick der Scham der Mutter. Jungs, die mit einer oder mehreren Schwestern aufwachsen, kennen die körperlichen Unterschiede zwischen Mann und Frau von klein auf und betrachten sie als völlig normal, als natürlich. Weshalb sie auch kein Geheimnis daraus machen. Ich aber hatte keine Schwester.

Was ich durch den Türspalt gesehen hatte, verfolgte mich später in meinen Träumen. Im Traum hätte ich meine Mutter in solchen Momenten am liebsten umarmt. Sie aber nahm mich damals schon nicht mehr liebevoll in die Arme. Ich war inzwischen elf, und sie erklärte mir: «Weißt du … du wirst jetzt langsam ein Mann.»

Ein Mann. Das Wort klang damals geheimnisvoll, beklemmend auch, selbst wenn ich mir nichts sehnlicher wünschte, als möglichst rasch erwachsen und in den Kreis der Großen aufgenommen zu werden, um, wie sie, grenzenlose Freiheit zu genießen. Die mir allerdings, wie bisher alles Unbekannte, auch einiges Unbehagen verschaffte.

Je bewusster ich meine Umwelt wahrnahm, desto neugieriger wurde ich und wollte irgendwann genau wissen, wo die Babys aus ihrer Mutter herauskommen. Meine Mutter hatte mir erklärt, sie kämen aus dem Bauch ihrer Mama. Da ich die prallen Bäuche schwangerer Frauen schon häufiger gesehen hatte, glaubte ich ihr, auch wenn an ihrem Bauch keine Anzeichen von Schwangerschaft zu erkennen waren. Später erschrak ich, als ich, in einer Frauenzeitschrift schematisch dargestellt, den Spalt zwischen den Beinen einer Frau erblickte, durch den wohl tatsächlich Babys auf die Welt kamen. Mir vorzustellen, auch ich sei aus einem solchen Spalt herausgekrochen, war mir damals unangenehm. Diese befremdliche Entdeckung machte ich ein Jahr nach dem zufälligen Vorfall mit der halb offenen Badezimmertür. Seitdem gingen meine Mutter und ich anders miteinander um, eine seltsame Zurückhaltung hatte sich zwischen uns entwickelt, die sich über Jahre hin auch nicht mehr änderte. Allerdings fragte ich mich, ob dieser Wandel einen äußeren, greifbaren Grund hatte. Vielleicht warfen ja nur meine Wahrnehmung, meine Gefühle einen Schatten auf unser Verhältnis und machten es zu etwas, das ich als nicht normal und sogar als beängstigend empfand. Den Status der Heiligen hatte meine Mutter jedenfalls auf einen Schlag eingebüßt. Meine fast abgöttische Liebe zu ihr verblasste mit der Entdeckung im Bad. Meine Mutter indes schien so zu tun, als sei alles normal geblieben. Verstellte sie sich denn? Warum kam ich ihr dann nie auf die Schliche?

Was ein Jahr später geschah, komplizierte die Dinge noch zusätzlich. Dank eines nur wenige Monate älteren Freundes und Klassenkameraden wurde ich nämlich in die Geheimnisse der Fortpflanzung eingeweiht. Mein Freund beschrieb die Angelegenheit verblüffend sachlich, überzeugend, und obwohl er alles aus der Sicht seines Vaters schilderte, ließ seine Selbstsicherheit erkennen, dass auch er bis ins Detail Bescheid wusste. Da ich seine Ausführungen nicht vollends befriedigend fand, stellte ich ihm Fragen, bat ihn, den einen oder anderen Aspekt näher zu erläutern, erntete einen verächtlichen Blick und handelte mir nur eine Wiederholung seiner Schilderung ein. Mit etwas mehr Begeisterung zwar, jedoch ohne Zusatzinformationen. Dann fragte er mich herablassend: «Wie alt bist du überhaupt, du Knirps?»

Bei uns zu Hause herrschte rund um das Thema Pubertät absolutes Schweigen. Natürlich konnte ich von meiner Mutter nicht erwarten, dass sie mich aufklärte. Doch warum hüllte auch mein Vater sich in Schweigen? Später erfuhr ich, dass mein Bruder von seinen Spielkameraden in die Geheimnisse der Zeugung und Fortpflanzung eingeweiht worden war.

Dass man auch in der Schule kein Wort darüber verlor, schien damals völlig normal zu sein. Im Koranunterricht vertröstete man uns bei manchen Themen, wie etwa Beten oder Fasten, auf später, wenn wir geschlechtsreif sein würden, gab aber auf die wichtigsten körperlichen Anzeichen für diesen Entwicklungsschritt nur spärliche Hinweise, deren Bedeutung sich uns erst im Nachhinein erschloss. Entsprechend wühlten meine Pubertät und die mit ihr einhergehenden Krisen mich auf, was sich am deutlichsten in den parallel mit meinem Geschlechtstrieb wachsenden Schuldgefühlen manifestierte.

Doch damit nicht genug. Wenige Monate nach meinem Eintritt in die Pubertät passierte etwas, das die Lage noch vertrackter machte. Eines Abends, ich hatte mich in mein Zimmer zurückgezogen und war mit mir selbst beschäftigt, hörte ich Schritte. Vor meiner angelehnten Tür hielten sie inne und entfernten sich kurz darauf, möglichst geräuschlos, wie mir schien.

Bis heute habe ich im Ohr, wie heftig damals mein Herz schlug, noch heute spüre ich, wie sehr ich mich damals geschämt habe, und bis heute bringt mich das aus der Ruhe. In solchen Momenten habe ich das Gefühl, ich baumele über einem abgrundtiefen Brunnen und könne mich aus dieser misslichen Lage nicht befreien. In meinem ganzen Leben war ich meiner nie wieder so überdrüssig wie in diesen kurzen, schier endlosen Minuten, in denen ich meine Mutter in ihren Winterpantoffeln mit schweren Schritten bemüht leise ins Erdgeschoss schleichen hörte. In meinen Träumen verschmolz das Schlurfen der sich entfernenden Hausschuhe mit den am Badfenster kratzenden Ästen und verfolgte mich noch jahrelang.

Aus dieser großen Schmach ist mir die zwanghafte Angewohnheit geblieben, mich davon überzeugen zu müssen, dass Türen geschlossen sind. Bis heute prüfe ich bei jeder Tür, die ich schließe, mehrmals, ob sie auch wirklich zu ist. Das gilt auch für Autotüren und für die Fenster meines Zimmers. Wenn ich abends nicht die Gewissheit habe, dass alle Türen und Fenster fest geschlossen sind, finde ich keinen Schlaf.

Natürlich konnte ich an jenem Tag der Schande nicht ewig in meinem Zimmer bleiben. Ich ging also eine Stunde später nach unten und sah, wie meine Mutter und meine Großmutter, die Köpfe zusammengesteckt, miteinander flüsterten. Redeten sie über mich?

Ich war an dem Abend der festen Überzeugung, dass die beiden über das sprachen, was meine Mutter eine Stunde zuvor durch meine einen Spalt geöffnete Zimmertür gesehen hatte.

Zwei jeweils einen Spalt geöffnete Türen und zwei beschämende Anblicke dahinter legten sich wie eine dicke Schicht Staub auf meine glänzende Kindheit und meine Jugend, trübten beide und bereiteten mir Angst und Schuldgefühle.

Geflüstert wurde bei uns zu Hause allerdings seit Monaten schon. Geflüster, das so ähnlich auch in der Öffentlichkeit zu hören war, das allerdings jäh verstummte, sobald mein Bruder und ich nach Hause kamen. Wir wussten, es hatte damit zu tun, dass die ganze Stadt in Aufruhr war, was meinen Vater dazu bewog, uns auf offenbar bevorstehende große politische Ereignisse einzustimmen. «Und ihr Kinder haltet euch davon möglichst fern.»

Das Wort «politisch» hatte bei uns zu Hause einen grausigen Unterton, weil die Begriffe Gefängnis, Folter und Todesschwadron darin mitschwangen. Jahre zuvor war mein Onkel, als junger Offizier und Mitglied einer mit Kommunisten in Verbindung stehenden Geheimorganisation, hingerichtet worden. Nur allzu verständlich, dass wir uns fernhalten sollten von allem, was mit Politik zu tun hatte. Bald aber stellte sich heraus, wie unmöglich das war, denn bald war die Politik überall und immer Gesprächsthema Nummer eins. In der Schule traktierten meine Mitschüler die Lehrer mit Fragen über die Vorkommnisse in der Stadt. Die einen schwiegen sich aus, andere, Anteil an uns nehmend, gaben mehrdeutige, rätselhafte Antworten, die uns Kinder allerdings nicht weiterbrachten. Sie setzten wohl einfach voraus, dass wir mittlerweile alt genug waren, um ihre langen Pausen zwischen zwei Sätzen, ihr vermeintlich grundloses Kichern und die in ihren Blicken aufblitzende Wut richtig zu deuten. Insgesamt aber wurde klar, alles stand im Zusammenhang mit der Opposition gegen den Schah. Das Erstaunliche dabei war, dass der Savak, des Schahs schreckliche Geheimpolizei, vor der alle Welt höchsten Respekt hatte und mit der angeblich jeder dritte Iraner in Verbindung stand, dagegen machtlos war.

Täglich gab es in wechselnden Ecken des Landes Aufruhr, ob in Ghom, Tabriz oder in Teheran, anscheinend ausgelöst durch einen Artikel in einer der beiden wichtigsten Tageszeitungen der Hauptstadt, in dem der bekannte, im irakischen Nadschaf exilierte Ayatollah Khomeini verunglimpft wurde. Die durch meine Jugend und Pubertät bedingten Krisen verliefen zeitgleich mit der Krise, die das ganze Land erfasste. Innen- und Außenwelt hatten einen unheilvollen Pakt geschlossen und trieben die Turbulenzen, in denen ich plötzlich steckte, auf die Spitze.

Ja, das war die eine, die reale Welt. Das Problem bestand darin, dass diese Welt ständig mit jener Welt in Berührung kam, die uns die Literatur eröffnete. Wodurch die reale Welt mitunter ihre Konturen verlor, unscharf wurde, rätselhaft, kompliziert. Oder aber die Literatur erweiterte sie, leuchtete sie wie mit grellem Scheinwerferlicht bis in jeden Winkel aus und verlieh ihr überdimensionale Bedeutung.

Als Kind hatte ich natürlich weder eine klare Vorstellung von Literatur noch davon, was donnerstags in unserem Gästezimmer vorging. Für mich waren die Sitzungen dort damals unerreichbar. Erste Kontakte mit der Welt der Fantasie aber nahm ich auf, wenn meine Großmutter mir ihre Geschichten erzählte. Sie ist die Einzige, die nach ihrem Tod in meinem Leben weiterexistiert, und das wird so bleiben, solange ich sie als Erzählerin in Erinnerung behalte.

Ich weiß noch, wenn sie bei uns war, wünschte ich mir über lange Zeit hinweg eine Geschichte aus der Fabelsammlung *Kalileh und Damneh*, im zwölften Jahrhundert christlicher Zeitrechnung aus dem Arabischen (und zuvor aus dem Sanskrit des indischen Originals ins Mittelpersische) übertragen. Ich konnte mich an dieser Geschichte nicht satthören, die von einem Affen handelt, der immer ohne sein vor Kummer schweres Herz aus dem Haus geht. Er lässt es zu Hause, damit den Menschen, die er besucht, nicht auch schwer wird ums Herz, und folgt damit einem alten Affenbrauch.

Meine Großmutter setzte sich zu mir ans Bett, strich mir sanft über die Stirn und sprach leise, aber bewegt, wenn sie mir meine Lieblingsgeschichte erzählte. Dann und wann hob sie die Stimme, um Bedeutendes zu betonen, und ließ sie im nächsten Moment wieder sinken. Mit wohlgesetzten Pausen und wechselnden Tonlagen verlieh sie jeder Geschichte geschickt die passende Wirkung.

Ein Schildkrötenmann zog sich zur Erholung für zwei, drei

Tage auf eine Insel zurück und freundete sich mit einem dort lebenden Affen an. Die Freundschaft wurde mit der Zeit so eng, dass der Schildkrötenmann seine Frau, seine Heimat und Haus und Hof völlig vergaß.

Dass er nicht mehr nach Hause kam, beunruhigte seine Frau, die sich in ihrer Sorge ihrer Stiefschwester anvertraute: «Ob meinem lieben Mann etwas zugestoßen ist? Er fehlt mir sehr. Ich sehne mir die Seele aus dem Leib.»

Die Stiefschwester wusste wohl, warum Herr Schildkröt noch nicht wieder zu Hause war: «Man sagt, dein Mann habe sich auf einer fernen Insel mit einem Affen angefreundet und finde das Leben mit ihm unvergleichlich schön. Er bedauert zwar, dass er fern von dir ist, tröstet sich mit seinem neuen Freund aber darüber hinweg.»

Frau Schildkröt wird wütend: «O tückisches Schicksal», schimpft sie, «du hast meinen Mann in die Arme eines anderen getrieben! Von Liebe und Zuneigung hat der Treulose wohl noch nie gehört?»

Ihre Stiefschwester beschwichtigt sie: «Sei dem, wie es sei. Jammern hilft jetzt nichts. Wir müssen überlegen, was wir tun können.»

Gemeinsam suchten sie nach einer Lösung und fanden, der Affe habe den Tod verdient. Frau Schildkröt stellte sich krank und sandte einen Boten, der Herrn Schildkröt die Nachricht von seiner kranken Gattin überbrachte. Als Herr Schildkröt erfuhr, wie schlecht es seiner Frau ging, bat er den Affen um Erlaubnis, zu Hause nach seiner Schildkrötfrau zu schauen. «Mein Freund, wie mitfühlend du bist», fand der Affe und stellte eine Bedingung: «Komm so bald wie möglich wieder, lass mich nicht zu lang allein. Ohne dich werden Kummer und Sehnsucht meine Begleiter sein.»

Herr Schidkröt versprach, bald zurückzukehren, nahm Abschied und machte sich auf den Weg in seine alte Heimat. Dort angekommen, sah er seine Frau auf dem Totenbett liegen. Sie erwiderte seine Begrüßung nicht und schien auch seine teilnahmsvollen Worte nicht zu hören. So fragte Herr Schildkröt die seine Frau liebevoll umsorgende Stiefschwester: «Warum bringt die Kranke kein Wort über die Lippen? Warum sagt sie mir nicht, was ihr fehlt?»

Die Stiefschwester erklärte: «Wenn man eine Krankheit hat, gegen die kein Mittel hilft und gegen die bisher auch kein neues Mittel gefunden wurde, vergeht einem die Lust aufs Zuhören und Reden.»

Teilnahmsvoll sagte Herr Schildkröt: «Welches Heilmittel ist es denn wohl, das sich, trotz aller Mühen, hier nirgends finden lässt? Sagt es mir, geschwind, damit ich mich auf die Suche machen kann, rund um die Welt, ob wie ein Fisch am Grunde der See oder wie der Mond am Himmel oben, ich werde es finden, und sei's um den Preis meines eigenen Lebens.»

Die Stiefschwester entgegnete: «Sie hat ein Frauenleiden, genauer gesagt, ihre Gebärmutter ist davon befallen, und das einzige Heilmittel ist ein Affenherz.»

«Wie und woher soll man das wohl beschaffen?», fragte Herr Schildkröt.

Da die Stiefschwester diese List ersonnen hatte, erklärte sie näher: «Auch wir wissen, wie schwierig es ist, diese hochwirksame Arznei aufzutreiben. Doch nicht deshalb haben wir dich gerufen. Du sollst nur deine treue Gefährtin zum letzten Mal sehen und dich von ihr verabschieden können.»

Tieftraurig sah Herr Schildkröt nun den einzigen Ausweg darin, den Affen zu töten. Er war hin- und hergerissen. Einerseits würde er die Freundschaft zu jemandem mit Füßen treten, der nicht verdient hatte, dass man ihm Gewalt antat. Andererseits ließ ihm keine Ruhe, dass er Verantwortung für sein Haus und seine Frau trug. Schweren Herzens kam er zu dem Schluss, dass das Befinden des Affen geringer zu bewerten sei. Die Liebe zu seiner Frau gewann die Oberhand. Doch er wusste, er würde seinen Plan nur umsetzen können, wenn er den Affen zu sich nach Hause brachte.

Der hatte inzwischen so große Sehnsucht nach ihm, dass auch seine Freude groß war, als er ihn endlich wiedersah. Er begrüßte Herrn Schildkröt vergnügt und fragte sogleich nach Frau Schildkröts Befinden. Worauf Herr Schildkröt zur Antwort gab: «Meine Sehnsucht nach dir war so groß, dass ich das Wiedersehen mit meiner Frau nicht genießen konnte. Der Gedanke daran, wie einsam und allein du hier warst, verdarb mir alle Freude am Gespräch mit ihr. Und ich habe mich gefragt, ob du dich hier vielleicht vergnügst, während dein treuer Freund sich nach dir sehnt. Deshalb bin ich nun hier, um dich zu mir nach Hause zu holen, damit auch meine Frau in den Genuss deiner Bekanntschaft kommt.»

Woraufhin der Affe einwandte: «Freunde, die fern voneinander sind, können in der Fantasie mühelos zueinander finden. Denn Entfernung steht einer geistigen Begegnung nicht im Weg. So besteht doch, allem Anschein nach, kein Grund zur Traurigkeit.»

Da Herr Schildkröt seine Bitte jedoch wiederholte, willigte der Affe schließlich ein: «Dein Wunsch sei mir Befehl. Aber schwimmen kann ich nicht.»

«Keine Sorge», sagte Herr Schildkröt, «ich trage dich huckepack ans andere Ufer.» Gesagt, getan. Herr Schildkröt nahm den Affen auf den Rücken und brach mit ihm in seine Heimat auf.

Mitten auf hoher See aber wurde ihm das Herz schwer. Der Plan, den er für den Affen ersonnen hatte, würde im Grunde allein seinen Ruf ruinieren, da er sich anschickte, ein gesundes Wesen zu töten, um ein krankes Wesen zu retten. «Freie Menschen tun das nicht», dachte er. Gedankenverloren hielt er mitten im Wasser inne. «Warum so nachdenklich?», fragte der Affe. «Bin ich dir zu schwer geworden, dass du so lange zögerst?»

«Wie kommst du darauf?», fragte Herr Schildkröt.

«Man sieht dir an, dass du zweifelst», antwortete der Affe. «Nenn mir den Grund für dein Zögern, vielleicht kann ich dir helfen.»

«Du hast recht», sagte Herr Schildkröt. «Mir ging durch den Kopf, dass du mich ja zum ersten Mal besuchst, und da meine Frau krank ist, wird sie dich nicht angemessen bewirten können. Das wird mir peinlich sein.»

«Du willst, dass es mir an nichts fehlt, ich weiß», sagte der Affe. «Zerbrich dir nicht den Kopf über den Brauch der guten Bewirtung von Fremden. Ich bin ja kein Fremder.»

Herr Schildkröt schwamm ein Stück weiter, doch seine Gedanken holten ihn bald darauf wieder ein: «Die Frauen haben mich in den Strudel der Untreue gerissen und mich dazu gebracht, mein Wort zu brechen. Aber ich weiß, auch sie halten Abmachungen nicht ein, und es wäre äußerst unklug, von ihnen zu erwarten, dass sie treu sind. Warum soll ich mich feige von ihnen täuschen lassen? Und was sollen die Gottesfürchtigen von mir denken?»

Wieder versank er in Gedanken, und wieder hielt er inne. Der Affe wurde noch misstrauischer und fragte Herrn Schildkröt abermals: «Warum gerätst du immer wieder ins Grübeln?»

«Ach Bruder», bat Herr Schildkröt, «verzeih mir, aber der Gedanke an meine kranke Frau und an die Kinder, die es deshalb sehr schwer haben, lässt mich nicht los.»

Woraufhin der Affe sagte: «Ich dachte mir schon, dass deine Frau krank ist. So sag mir doch, was ihr fehlt und wie man ihr helfen kann. Jeder Schmerz ist heilbar.»

«Die Ärzte fordern ein Heilmittel, das ich nicht habe», sagte Herr Schildkröt.

Der Affe fragte: «Sag, welche Arznei soll das sein, die man nirgendwo kaufen kann? Vielleicht kann ich sie ja beschaffen.»

Herrn Schildkröt rutschte die unbedachte Antwort heraus: «Die seltene Arznei ist ein Affenherz.»

Als der Affe das hörte, wurde ihm himmelangst und sogleich rabenschwarz vor Augen. Doch er ließ sich nichts anmerken und dachte bei sich: ‹Wie dumm von mir, mich hinters Licht führen zu lassen. Ich bin in eine Todesfalle getappt. Nur mit List und Tücke werde ich ihr entkommen.›

Und laut sagte er: «Ich weiß, wie dieser Frau zu helfen ist, und ich kann die Medizin mühelos beschaffen. Sei unbesorgt.

Viele Affenfrauen leiden an dieser Krankheit, und wir überlassen ihnen unser Herz, ohne selbst größeren Schaden zu nehmen, weil wir auch ohne Herz leben können. Ich werde dir mein Herz nicht vorenthalten. Wenn du mir vor unserem Aufbruch Bescheid gesagt hättest, hätte ich es mitgenommen, und es wäre wunderschön gewesen, wenn deine Frau sofort nach unserer Ankunft bei euch genesen wäre. Mein Herz ist mir zur Last geworden, und ich wünsche mir nichts sehnlicher, als mich davon zu trennen, weil es so schwer ist vor Kummer, vor Leid, vor Sorgen.»

«Wo ist denn dein Herz, dass du's nicht mit auf die Reise genommen hast?», wollte Herr Schildkröt wissen.

Der Affe sagte: «Ich hab's zu Hause gelassen. Das ist so Brauch bei uns. Wenn ein Affe seine Freunde besuchen und schöne Stunden mit ihnen verbringen will, geht er stets ohne sein schweres Herz aus dem Haus. Jetzt ist es unhöflich, deine Frau mit leeren Händen zu besuchen. Du würdest es mir vielleicht verzeihen, aber deine Nächsten würden sich gewiss fragen, warum ich als dein guter Freund dir mein Herz vorenthalte. Kehren wir also um, damit ich es holen kann.»

Diesmal zögerte Herr Schildkröt nicht. Er machte auf der Stelle kehrt und schwamm zurück ans Ufer. Dort kletterte der Affe geschwind auf einen Baum und dankte Gott dafür, dass er mit dem Leben davongekommen war.

So endete unsere Geschichte und hatte den magischen Kreis beschrieben, der ihr Ende mit ihrem Anfang verband. Und ich schlief mit der Gewissheit ein, dass die Welt geschaffen worden war, um sie zu genießen.

DER KLEINE TOD

Ich erlebte ihn erstmals wenige Monate vor dem Ereignis mit meiner halb offenen Zimmertür. Eine besondere Erfahrung, die mir, nach Monaten der Anspannung, der Frustration und heftigen sexuellen Verlangens, schließlich zu der Entdeckung dessen verhalf, was ich mit meinem Körper anstellen musste, um mir Erleichterung zu verschaffen. Ein neues Bedürfnis also, anders als Hunger und Durst. Stärker als der Spieltrieb und allem Anschein nach sogar stärker als die Angst. Es führte mich am Gängelband, hatte mich in der Gewalt. Es kam und ging und wurde von Mal zu Mal mächtiger.

Erstmals kam ich unter der Dusche in den Genuss dieses neuen Gefühls, während ich mich mit einem weichen Waschlappen wusch und mein Glied berührte, von dem ich bis dahin angenommen hatte, es sei allein zum Wasserlassen da. Ich fühlte mich angenehm entspannt, leicht, schwebte fast schwerelos, während der Kontakt zu meiner Umgebung abriss. Doch dieser Zustand währte nur kurz, wurde sofort von großer Angst und unendlicher Reue verdrängt. War das alles? Waren die Täler einer unerforschten Natur, von denen ich annahm, man würde sie niemals füllen können, einfach so Teil der flachen Welt meiner Kindheit geworden?

Tiefe Entspannung und Kontaktverlust zur Außenwelt! Wo diese beiden Empfindungen ihren Ursprung hatten, war mir unklar. Wenn abreißende Verbindungen zur realen Welt in etwa der Todeserfahrung gleichkamen, bedeutete jeder Akt meiner Selbstbefriedigung also meinen zeitweisen Tod? Wenn der Tod aber so leicht ist, muss man sich nicht vor ihm fürchten. Wie aber steht es um die Qualen danach? Ein oder zwei Jahre vor meiner Entdeckung hatte unser Koranlehrer uns eingeschärft, uns vor der Selbstbefriedigung zu hüten, und denen, die sich dennoch versuchen ließen, schreckliche Qualen prophezeit im Feuer der Hölle.

Masturbation, ein schwieriges Wort, kam in unseren religiösen Schriften selten vor, weshalb uns der Begriff nicht geläufig war. Noch heute sehe ich die Augen unseres Lehrers diabolisch aufleuchten, wenn er das Wort gebrauchte und ihm so seine besondere, verbotene Bedeutung verlieh. Und als ein Mitschüler tatsächlich nachhakte, zögerte der Lehrer sehr lange und beschied uns, wie immer in solchen Fällen, mit einer ausweichenden Antwort: «Das versteht ihr, wenn ihr älter werdet.» Das Älterwerden ließ damals so lange auf sich warten, dass ich fand, der Lehrer habe es bis zum Sankt-Nimmerleins-Tag hinausgeschoben.

In den Tagen nach seiner unbefriedigenden Lektion steckten wir Klassenkameraden, als Leidensgenossen, in den Pausen und bei jeder sonst sich bietenden Gelegenheit die Köpfe zusammen, um das seltsame Wort und seine Bedeutung zumindest annähernd zu ergründen. Eines aber war klar: Es gehörte zu den Wörtern, über die man nicht freimütig, nicht überall und auch nicht mit jedem reden konnte. Es war geheimnisvoll, rätselhaft, mit Scham besetzt. Eines Tages aber brach der Bann, als ein Mitschüler offen sagte: «Masturbation heißt, man zieht sich an einen ruhigen Ort zurück und spielt mit sich selbst.»

Mit sich selbst? Wie sollte das gehen? Seltsamer konnte das

Wort gar nicht sein. Doch da keine Alternative dafür vorstellbar war, akzeptierten wir diese Bedeutung als die vermutlich richtige. Ich weiß noch, dass damals niemand dem Mitschüler widersprochen hat, unserer gehörigen Verwirrung zum Trotz. Der Mitschüler erklärte einem Klassenkameraden später, dass die Sache Spaß mache und dass er aus eigener Erfahrung spreche. Er war kaum ein Jahr älter als die anderen.

Für mich aber meinte dieses Wort, das ich etwa zeitgleich mit der ersten praktischen Erfahrung lernte, schlicht und einfach die wiederholte Berührung meines verborgenen Glieds. Ein sonderbares Erlebnis, angsteinflößend auch, das mich, wie bereits erwähnt, in allergrößte Gewissensnöte stürzte. Weil ich etwas entfesselt hatte, das sich nicht wieder einfangen ließ. Das schlechte Gewissen blieb allerdings immer nur für wenige Stunden. Dann meldete sich das starke Verlangen wieder. Dieses Tal gab es also wirklich. Und jedes Mal, wenn ich es spürte, schien es tiefer zu sein als zuvor. Natürlich kämpfte ich gegen mein starkes Verlangen an und versuchte sogar mich zu täuschen, indem ich es leugnete. Wie lange? Genau weiß ich das nicht mehr. Es gelang mir wahrscheinlich immer nur für wenige Tage.

Wenn ich, in den folgenden Jahren, einfach nicht anders konnte, als der drängenden Begierde nachzugeben, erschienen mir das Fegefeuer und die mir als Sünder zugedachten ewigen Qualen für etwas, das ich zwingend tun musste und dem zu widerstehen ich nicht die geringste Willenskraft aufbrachte, überaus grausam.

Damit war die Geschichte aber nicht beendet. Nein, sie

nahm hier im Gegenteil erst ihren Anfang. Meine Neugier blieb ungestillt, das belastende Gefühl absoluter Einsamkeit stellte sich ein. In meinem Umfeld fand ich niemanden, den ich dazu hätte befragen können. Mein Vater schuf keine Gelegenheiten, mir derlei zu erklären. Seine Gedanken kreisten allein, einzig und allein um die Literatur. Andere Dinge hielt er für oberflächlich, für uninteressant und ließ sie links liegen. Bis heute habe ich nie wieder erlebt, dass jemand derart beseelt und besessen von einer Sache war. Und die Lehrer? Die hatten sich ein so dickes, undurchdringliches Fell zugelegt, dass alles an ihnen abprallte. Meine Mitschüler? Die schwiegen sich zumeist aus. Manche wussten zwar etwas, wenn auch kaum mehr als man selbst, andere zogen die Sache ins Lächerliche, rissen Witze und beteuerten, sie hätten gewisse Dinge gar nicht nötig, weil sie ja wussten, wo Teherans Hurenhaus war.

Tage später stieß ich in unserer Stadtbücherei auf ein Buch über genau dieses Thema, gespickt mit moralischen Ratschlägen. Wir sollten nicht allein bleiben, hieß es da, unsere Freizeit gemeinsam mit anderen verbringen, sollten Sport treiben und keine eng anliegenden Unterhosen tragen. Meine Unruhe und Besorgnis wurden noch durch die Tatsache verstärkt, dass der Autor des Werks häufige Selbstbefriedigung als Ursache für schrittweise einsetzende Blindheit darstellte und postulierte, sie habe, schon wenn sie nur selten praktiziert werde, zumindest eine Verminderung der Sehkraft zur Folge.

Teheran war so groß, dass jemand in meinem Alter unmöglich die ganze Stadt kennen, geschweige denn mit jedem Winkel vertraut sein konnte. Wo ist Teherans Hurenhaus, und welch ein Ort ist das überhaupt? Wenn einem das niemand sagt, wie zur Hölle soll man's rausfinden?

Ich brachte nicht den Mut auf, jemanden danach zu fragen. In den Schulpausen versuchte ich mich im Getümmel Gruppen von älteren Schülern zu nähern und sie zu belauschen, während ich vorgab, mit anderen Dingen beschäftigt zu sein. Ob sie wohl über dieses Haus redeten?

Damals las ich in einer Zeitung, dass in Teherans Stadtteil Schahr-e Now jemand seinem Freund die Kehle durchgeschnitten hatte. Die Sache schien immerhin eine Meldung auf der Titelseite wert, mit fett gedruckter Schlagzeile. Der dazugehörige Text verschaffte mir nicht viel mehr Aufschluss als das Wissen darum, dass zwei Männer offenbar einer Frau wegen in Streit geraten waren. Als ich von meinem Vater wissen wollte, wo Schahr-e Now denn genau liege und um welche Art von Gegend es sich handele, kratzte er sich am Hinterkopf und erklärte: «Schahr-e Now ist das Viertel mit dem schlechten Ruf.»

Wenn es einen schlechten Ruf hatte, konnte es nicht im Norden der Stadt liegen, weil dort nur wohlhabende, ehrbare Leute wohnten. Auch im Stadtzentrum konnte es nicht sein, dort kannte ich mich recht gut aus. Also lag es wohl im Süden der Stadt, in einem der Elendsviertel, in dem gefährliche Leute lebten, Schwindler, Betrüger, Abenteurer, denen unschuldige junge Leute ins Netz gingen. Meine Großmutter hatte mir vor Jahren schon eingeschärft, an keinem Strauß Blumen zu riechen, den mir vielleicht ein Fremder vor die Nase halten könnte, weil zwischen den Blumen Heroin versteckt sein und jemand versuchen könnte, mich süchtig zu machen.

Unterdessen erfuhr ich, dass Teherans Hurenhaus in Schahr-e Now lag. Am Tag zuvor hatten fromme muslimische und revolutionäre Kräfte dort Feuer gelegt. Damals flammten an allen Ecken und Enden der Stadt kleine und auch größere revolutionäre Unruhen auf. Die Nachricht vom Feuer in Schahr-e Now war auf den Titelseiten aller großen Zeitungen zu lesen und mit Bildern versehen, die damals vermutlich kaum jemanden sonderlich beeindruckt haben: brennende Häuser! Huren, deren Gesichter keine Spuren von aufreizender Schminke mehr trugen, vom Schicksal verfolgte Prostituierte, die keine Bleibe mehr hatten und verstört in den hintersten Winkeln verkohlter Räume kauerten.

Trotz aller Vorsicht, die mein Vater walten ließ, um mich und meinen Bruder vor den politischen Unruhen auf Straßen und Plätzen zu bewahren, wurden die Proteste mit der Zeit so heftig, die Lage immer brisanter, dass schließlich alle über nichts anderes mehr redeten. Die Opposition gegen den Schah kam nicht nur in flammenden Reden zum Ausdruck, sie sprach auch aus den Parolen, mit denen Wände und Mauern der Stadt bald übersät waren. Dass meine Eltern die Revolution ignorierten, lag vielleicht daran, dass sie naiv genug waren zu glauben, ihren Ausbruch verhindern oder zumindest hinauszögern zu können. Deshalb beteuerten sie beide: Das alles habe nichts zu bedeuten, und bald gehe alles wieder seinen normalen Gang.

Doch die Zeit ließ sich nicht zurückdrehen. Da auch unsere Eltern das irgendwann einsehen mussten, waren wir zu Hause endlich von der Last des Schweigens befreit. Jetzt erzählte meine Mutter meinem Vater ganz offen, was Kolleginnen und

Kollegen ihr berichteten. Und mein Vater hörte ausländische Radiosender von nun an nicht mehr allein, sondern ließ auch uns an den Berichten über den Fortgang der bedeutenden Ereignisse teilhaben. Man hörte beiden ihre Besorgnis und ihr Unbehagen an, in denen trotz allem, bei der Vorstellung, dass hier Großes geschah und weite Kreise ziehen würde, freudige Anspannung mitschwang.

Einen ersten Höhepunkt erreichte die Lage im Fastenmonat jenes Jahres. Zum Fastenbrechen am Ende des Ramadan strömten die Menschen begierig in Teherans bedeutende Moscheen, um die Mullahs predigen zu hören. Der massenhafte Andrang führte im dichten Straßenverkehr zu ewigen Staus und verursachte ein stadtweites Chaos. Wenige Tage vor dem Ende des Ramadan war es am 17. Schahriwar 1357, dem 8. September 1978, auf dem seither als Märtyrerplatz bekannten Jaleh-Platz zu einem Massaker gekommen, bei dem zahllose Demonstranten gegen den Schah von dessen Soldaten getötet und mehrere Hundert verletzt worden waren.

Da Teherans Freudenhaus in Flammen aufgegangen war, hatte sich auch mein Wunsch nach dem Zusammensein mit einer Hure in Rauch aufgelöst. Bis heute habe ich kein Bordell von innen gesehen. Und wieder war es die Literatur, die mir näherbrachte, was sich an einem solchen Ort tat, weil eine weitere der zur Erziehung von Prinzen bei Hofe dienenden Fabeln in *Kalileh und Damneh* – den aus dem indischen Original übertragenen Fünf Büchern des *Panchatantra* – von einer Bordellbesitzerin handelt, in deren Reich freizügige Frauen für Männer da sind. Gol-e Sar, die Perle des Hauses, war so schön, dass sogar der Mond eifersüchtig wurde. Ein

Jüngling verliebte sich so in sie, dass er anderen Männern verbot, sich ihr zu nähern. Folglich sanken die Einnahmen des Freudenhauses, sehr zum Unmut seiner Betreiberin. Auf ihrer Suche nach einer Lösung des Problems ersann sie schließlich eine List, um den jungen Mann loszuwerden. Sie beschaffte große Mengen Weins und wartete auf eine passende Gelegenheit, die sich eines Abends bot, als der junge Mann sich zurückzog, um sich mit der bildschönen Gol-e Sar zu vergnügen. Die Herrin des Hauses flößte den beiden nun ihren gesamten Weinvorrat ein und sie sanken in tiefen, traumlosen Schlaf. Nun gab die Frau wenige Tropfen eines zuvor beschafften Gifts in ein kurzes Bambusrohr und steckte dessen eines Ende in des jungen Mannes Gesäß. Das andere Ende setzte sie an die Lippen, um dem jungen Freier die tödliche Substanz in den Po zu pusten. Doch noch bevor sie Atem holen konnte, entfuhr dem Jüngling ein Furz, der das Gift in den Hals der Mörderin beförderte, welche auf der Stelle ihren letzten Atemzug tat.

DIE LEIBLICHE MUTTER

Seit jeher trieb mich der Gedanke um, dass meine Mutter gar nicht meine richtige Mutter sein könnte. Wenn ich Frauen begegnete, von denen ich annahm, sie könnten meine Mütter sein, lenkte ich den Blick sofort auf deren Brüste, weil ich hoffte, den potenziellen Milchfluss abschätzen zu können. Ich war sicher, Mütter und Söhne, die einander nicht kennen, begegnen sich auf wundersame Weise, und schöpfte auch diese

Gewissheit aus der Literatur. Ja, an der Schwelle zur Pubertät katapultierte die Literatur mich in eine Welt, von der ich, dank meiner blühenden Fantasie, nur schwer wieder loskam. Wie sonderbar. Ich wusste nun Dinge, von denen ich kurze Zeit zuvor nicht den blassesten Schimmer gehabt hatte, und kam mir vor, als trüge ich Wissen mit mir herum, von dem andere nichts ahnten.

Tatsächlich geriet ich in einem Haus, dem Legenden und Märchen gewissermaßen aus allen Poren quollen, auf die verschlungenen Pfade der Bücherwelt, freute mich unterwegs an allem Neuen, das es zu entdecken gab, hatte bei allem Staunen aber auch das Gefühl, diese Welt in- und auswendig zu kennen, mich an sie gewöhnt zu haben, ihr sogar verfallen zu sein. Mütter und Söhne, die einander nicht kennen! Diesen bohrenden Zweifel hat meine Mutter in mir geweckt.

Ich weiß nicht mehr genau wann, aber ich war vielleicht neun oder zehn Jahre alt, als mein Vater uns eines Tages von der Schule abholte und sich dann sofort wieder seiner Zeitung zuwandte. Meine Mutter, wie immer vor mir zu Hause, erwähnte meinem Vater gegenüber ein entfernt verwandtes Familienmitglied und ging dabei angespannt und leicht nachdenklich im Wohnzimmer auf und ab. Als sie sah, dass mein Vater keine Anstalten machte, auf ihre Bemerkung zu reagieren, schloss sie, wie immer, wenn sie verärgert war, die Augen und fragte meinen Vater verdrossen: «Könntest du deine Zeitung vielleicht mal für ein paar Minuten aus der Hand legen?»

Mein Vater registrierte ihren schroffen Ton sofort, denn er ließ die Zeitung sinken, setzte sogar die Brille ab, blieb möglichst ruhig und gefasst, signalisierte Zustimmung, indem er die Hände faltete, und sah meine Mutter erwartungsvoll an. Die zögerte kurz und erzählte dann: «Die beiden begegnen einander zum ersten Mal in einem Zugabteil, nach zweiundzwanzig Jahren. Sie haben sich nie zuvor gesehen, wurden sofort nach Nozads Geburt voneinander getrennt und wissen nichts voneinander. Jetzt ist aus Nozad ein stattlicher junger Mann geworden, ein gut aussehender Kerl. Er nimmt der Frau gegenüber in dem Zugabteil Platz, und sie starrt ihn entgeistert an. Was glaubst du, passiert mit ihr?»

Mein Vater hatte geduldig zugehört, den Blick auf den Teppich gerichtet, hob den Kopf, als meine Mutter schwieg, und antwortete: «Ist doch klar. Die Frau verliebt sich nicht bloß einfach, nein hundertfach in den jungen Mann.»

Meine Mutter schüttelte enttäuscht den Kopf und korrigierte ihren Mann: «Du irrst», sagte sie und: «Ihr Milchfluss wird angeregt.»

Ob die Geschichte wirklich passiert ist, weiß ich nicht, aber sie kam mir Jahre später wieder in den Sinn. Auch wie die Sache ausging, weiß ich nicht mehr, und ich habe meine Mutter damals auch nicht danach gefragt. Kannte meine Mutter die Geschichte vom Hörensagen, von jemandem, der dabei gewesen war? Aus der Zeitung konnte sie sie nicht erfahren haben, denn Zeitung las bei uns im Haus nur mein Vater. Meine Mutter fand, dass er es mit seiner Lektüre übertreibe, und wollte nichts damit zu tun haben. Ging es hier vielleicht um eine Erzählung, die den Anschein erweckte, wahr zu sein? Wie stark Märchen und Mythen uns in unserem Alltag in ihrer Gewalt hatten, wurde mir später bewusst, weil meine Mutter mit ihrem weiblichen Spürsinn scheinbar zusammenhanglose Dinge miteinander verknüpfen, rätselhafte Geschichten entschlüsseln und sie so alltäglich machen konnte, dass man sich gern damit die Zeit vertrieb.

Mit fünfzehn war ich dann endlich alt genug, um selbst an den Donnerstagsrunden teilzunehmen. Wobei ich oft nur eine Stunde dabeiblieb und mich anschließend wieder eigenen Dingen widmete. Für die gesamte Dauer einer Gesprächsrunde war ich nur selten dabei, sofern mein Vater mir nicht nahelegte, den Erwachsenen auf jeden Fall bis zum Ende des Abends Gesellschaft zu leisten, wenn sie sich etwa ein Kapitel vorgenommen hatten, das mir gefallen könnte.

Mir gefallen! Ahnte mein Vater denn, was ich mochte?

So blieb ich auch auf eine seiner Empfehlungen hin bis zum Ende der Runde, als eine Geschichte über Königin Homai aus Ferdowsis Herrscherchronik *Schah-Nameh* auf dem Plan stand.

In dieser Geschichte liegt König Bahman Shah, Sohn des Esfandiar, infolge einer schweren Krankheit im Sterben, während seine Gattin Homai im sechsten Monat schwanger ist. Der sterbende Herrscher ruft die höchsten Würdenträger bei Hofe zusammen und weist sie an, Homai zu seiner Nachfolgerin zu machen und später seinem noch ungeborenen Sohn, sobald er die nötige Reife erlangt habe, Thron und Krone zu übertragen. Man erfüllt ihm diesen Wunsch und letzten Willen, Homai wird nach Bahmans Tod seine Nachfolgerin. Drei Monate später kommt ihr Sohn zur Welt. Da sie binnen drei Monaten aber bereits großen Gefallen am Herrschen gefunden hat, überlässt sie ihr Kind einer Amme und verkündet, der Sohn sei tot zur Welt gekommen. Als er acht Monate alt ist, gibt sie bei einem Tischler eine Kiste in Auftrag, die sie umgehend mit Samt und Seide auskleidet und worin sie das Kind bettet, wonach sie ihm einen edlen Rubin um den Arm bindet, die Ritzen und Spalten mit Wachs und Teer abdichtet und sich den Sohn vom Halse schafft, indem sie ihn in der Kiste einem Fluss überlässt.

Zugleich aber trägt Homai zwei Männern auf, den Weg der Kiste am Flussufer entlang zu verfolgen, festzustellen, wo sie unterwegs hängen bleibt, Hindernisse aus dem Weg zu räumen und zu beobachten, wer sie schließlich aus dem Wasser fischt. Die Männer verfolgen die Kiste, wie ihnen geheißen, gelangen an einen Nebenfluss und sehen, dass sie dort an einem größeren Stein hängen bleibt, der Menschen zum Waschen ihrer Wäsche dient. Ein Wäscher sieht die Kiste, holt sie aus dem Wasser und trägt sie nach Hause. Die Kuriere kehren zu Homai zurück und berichten ihr, welchen Lauf die Sache genommen hat.

Das Schicksal hat die Kiste einem Mann zuteilwerden lassen, dessen neugeborener Sohn tags zuvor gestorben war. Der Finder sieht in dem weinenden Säugling ein Gottesgeschenk im Ausgleich für den Tod des eigenen Sohns. Er trägt seinen Fund nach Hause, zur übergroßen Freude seiner Frau, die dem Kind sofort die Brust gibt. Da sie ihn aus dem Wasser gerettet haben, nennen sie ihn Darab, den Beschützer. Der Verkauf des Rubins an Darabs Arm bringt ihnen ein ansehnliches Vermögen, das sie vollständig in seine Bildung und Erziehung stecken. Und so wird mit den Jahren ein vollendeter junger Mann aus ihm, der sich mit jedem Königssohn messen kann. Eines Tages tritt Darab vor seinen Vater und spricht ernste Worte: «Vater, dem Anschein nach bin ich wohl dein Sohn, doch ich bin dir in nichts ähnlich. Sag mir, woher komme ich?»

Dem Vater verschlägt es die Sprache. Er kann nur sagen: «Frag deine Mutter, lass sie das Geheimnis lüften.»

Darab konfrontiert seine Mutter, zieht sein Schwert und fordert: «Offenbart mir die Wahrheit, sagt mir, wer ich wirklich bin.»

Die Mutter, zu Tode erschrocken, sagt Darab alles, was sie über ihn weiß. Und er weiß nun zwar, dass seine Eltern nicht seine leiblichen Eltern sind. Doch wer diese sind und weshalb sie ihn kurz nach seiner Geburt ausgesetzt haben, bleibt ihm verborgen.

Zu jener Zeit fallen die Römer in Iran ein, und Homai beauftragt einen ihrer Heerführer, Truppen zusammenzustellen. Diesem Heerführer schließt Darab sich an, und Homai besucht ihre Truppen. Als sie vor Darab steht, nehmen seine stattliche Gestalt und sein schönes Antlitz sie so stark für ihn ein, dass plötzlich Milch aus ihren Brüsten schießt und ihr eine Wahrheit offenbart. Homai und Darab erkennen einander als Mutter und Sohn.

Ich war natürlich weder von königlichem Blut noch eine Kämpfernatur und verfügte über keinerlei besondere Kennzeichen, aus denen ersichtlich gewesen wäre, dass ich anderer Herkunft war als meine Eltern. Folglich mussten meine Eltern ein ganz normales Paar sein, genau wie meine tatsächlichen Eltern oder jedes andere normale Paar. Und weil die Welt voller normaler Ehepaare war, erschien mir das Auffinden meiner leiblichen Eltern ein schwieriges, hoch kompliziertes Unterfangen.

Wobei die Geschichte von Homai und ihrem Sohn nicht das einzige Beispiel seiner Art war. Die altpersische Literatur liefert im *Buch der Wunder* aus dem elften Jahrhundert christlicher Zeitrechnung ein weiteres Beispiel dafür, wie eine Mutter und ihr Sohn einander unbekannterweise begegnen und das Schicksal der Charaktere aus dem *Schah-Nameh* teilen.

Die Mutter Dhul-Qarnains, des zweigehörnten Sohns des Zeus – Herrscher über Ost und West –, in Verbindung gebracht mit Alexander dem Großen, dem persischen Großkönig Kyros II. oder dem byzantinischen Kaiser Herakleios, war Herrscherin über Byzanz und ein irdisches Geschöpf wie jedes andere. Sein Vater aber war ein Engel, der der Mutter durch einen Kuss das Leben des Sohnes einhauchte. Um ihre Schande zu verbergen, zog die so Geschwängerte sich aus der Öffentlichkeit zurück, trennte sich nach der Geburt von ihrem Sohn und schickte ihn weit fort. In fernen Gefilden wuchs er zu einem stattlichen Mann heran und wurde so kräftig, dass er die ganze Welt eroberte. Über seine Macht und seine Taten sei hier nur kurz gesagt, dass er sich auf der vergeblichen Suche nach seinen Eltern von einer Wolke in alle vier Himmelsrichtungen tragen ließ. Bis er eines Tages, nachdem er Byzanz erobert hatte, dessen Herrscherin Auge in Auge gegenüberstand und sah, wie plötzlich Milch aus ihren Brüsten floss. Verblüfft fragte er nach dem Grund dafür. Die Herrscherin bat ihn, ein Zeichen zu nennen, das er am Körper trage, und da er ein solches Mal beschrieb und bestätigte, offenbarte sie ihm: «Ich bin deine Mutter.»

Als an dem Donnerstagabend nach der eingehenden Lektüre der Geschichte von Homai und ihrem Sohn Darab wieder Ruhe eingekehrt war, ging auch ich zu Bett, lag aber die halbe Nacht wach. Nachdem die Gäste sich verabschiedet hatten, hatte ich bereits ein leises Unbehagen verspürt, das zwar verflog, kurze Zeit später aber, beim Zähneputzen vor dem Zubettgehen, wiedergekommen war. Ich fragte mich, woher es wohl rühren mochte und warum mir plötzlich der gelbe Schirm in den Sinn kam, den die blonde Witwe bei uns vergessen hatte. War ihr Schirm etwa der Grund für meine Anspannung? Außer durch seinen Holzknauf, seine Borte aus schwarzer Spitze und durch die Tatsache, dass er einer Witwe gehörte, unterschied er sich in nichts von anderen Schirmen. Plötzlich fühlte ich mich von der Witwe beobachtet, durch den Tüllschleier ihres schwarzen Hutes, um den ein langes weißes Band gewunden war und auf dessen breiter Krempe eine große Blüte prangte, zitronengelb. Ich knipste das grelle Licht über dem Badezimmerspiegel an und verdrängte die Vorstellung. Die Frau verschwand, das Bild des gelben Schirms aber, erstaunlich hartnäckig, kam wieder, ließ sich nicht vertreiben. Mein Unbehagen wuchs. Hatte ich dieses oder ein ähnliches Bild schon früher gesehen und in Erinnerung behalten? Eine Frau vergisst ihren gelben Schirm, als sie das Haus ihres Gastgebers verlässt. War mir diese Szene schon in einem Film begegnet? In einer Erzählung vielleicht? Und war dann, in Verbindung mit dem gelben Schirm, Schlimmes geschehen? Ja, ganz bestimmt, etwas Schreckliches.

Ich löschte das Licht im Bad und ging runter ins Erdgeschoss. Alles schlief, es war ganz still im Haus, und ich konnte den Schirm im schwachen Licht der über Nacht brennenden Flurlampe sehen, fast sogar riechen.

Der Schirm hing an der Garderobe bei der Haustür, wo meine Mutter ihn hingehängt hatte, als ihr aufgefallen war, dass die Witwe ihn vergessen hatte. Dazu der Hauch ihres dezent reizvollen Parfums. Ich ging hin, berührte den Schirm, roch den zarten Duft nun deutlicher, streichelte die schwarze Spitzenborte. Während ich den Schirm streichelte, bekam ich eine Erektion, erwog, den Schirm mit ins Bett zu nehmen, verwarf den Gedanken aber wieder.

Ich ging zurück nach oben, möglichst leise, um niemanden zu wecken. Meine Gedanken kreisten nach wie vor um den Schirm, ließen mir einfach keine Ruhe. Ich ging schlafen, vergrub im Geist mein Gesicht in der einem Spitzenschlüpfer erstaunlich ähnlichen schwarzen Spitzenborte des Schirms, verschaffte mir schließlich Erleichterung und war danach angespannter als zuvor. Ich schloss die Augen, hielt mir die Schläfen, versuchte an schöne Dinge zu denken, um endlich diesen Druck loszuwerden. Ich listete meine Erfolge auf, redete mir ein, ich sei ein glücklicher Mensch, zählte rückwärts von hundert bis eins und hielt, in Gedanken, nach wie vor den Schirm im Arm.

Nach einer unruhigen Nacht schrak ich aus einem schlechten Traum hoch, mit trockenem Mund, bitterem Geschmack auf der Zunge. Dass mich eine solche Lappalie so viele Nerven gekostet hatte, fand ich abscheulich. Ich hasste mich, meinen Zustand, mein Verlangen, meine Fantasien, einfach alles.

Mussten mein Vater und seine Freunde ausgerechnet diese Frau nach dem Tod ihres Mannes in die Donnerstagsrunde aufnehmen, damit sie ihren gelben Schirm bei uns vergaß und mir, kaum geschlechtsreif geworden, mit diesem Ding das Leben schwer machte? Wenn wirklich der gelbe Schirm meine Qualen verursacht hatte, hatte ich allen Grund, mich vor mir selbst zu schämen. Wie peinlich, sich von einem so kleinen Gegenstand derart verstören zu lassen.

Ich stand auf und ging, ohne Licht zu machen, nach unten. Im schwachen Schein der Flurlampe fiel mir der gelbe Schirm sofort ins Auge. Und weil er einer kurzen Prüfung zu bedürfen schien, nahm ich ihn vom Garderobenhaken, hielt ihn hoch, spannte ihn auf und sah plötzlich eine schwarze Maus aus ihm herausspringen und sich in Sicherheit bringen.

Beim Frühstück wollte mir niemand glauben. «Eine Maus?», fragte meine Mutter erstaunt. «Unmöglich. Hier im Haus gibt's keine Mäuse.»

War also auch das auf meine Schwermut zurückzuführen? Ein gelber Schirm mit schwarzem Spitzenrand, der an einen Damenschlüpfer denken ließ und in dem sich eine Maus versteckte! Natürlich habe ich nur das kleine Tier erwähnt, den Schirm aber unterschlagen, sonst hätte niemand die Maus ernst genommen. Im ersten Moment sah es allerdings so aus, als hätte ich mir meinen Kunstgriff sparen können. Minuten später aber fragte meine Mutter dann doch: «Bist du dir sicher, eine Maus?»

«Ja, klein und schwarz, wirklich. Sie ist genau in dem Moment an meinem Fuß vorbeigehuscht, als ich in der Küche am Wasserhahn stand und mir ein Glas Wasser geholt habe.»

Der vergessene Schirm und was ihn umgab konnte unter Umständen als Nebensache durchgehen, aber eine Maus in der Küche war durchaus von Bedeutung. Hatte die Witwe das Tier etwa hier eingeschleust? Versteckt in ihrer Manteltasche vielleicht, aus der das Tierchen in einem unbeobachteten Moment in den gelben Schirm gehuscht war?

Soweit ich wusste, galt die Maus seit jeher als rätselhaftes, wandlungsfähiges Wesen. Anwar Soheili schrieb in einem Werk aus dem fünfzehnten Jahrhundert christlicher Zeitrechnung von einem Einsiedler, der an einem Flussufer saß, als eine Krähe vorbeiflog, aus ihrem Schnabel ein Mäusejunges neben ihm abwarf und entschwand. Der Einsiedler hatte Mitleid mit dem Mäusekind, wickelte es in ein Tuch und nahm es mit nach Hause. Damit sich dort niemand vom Anblick der Maus gestört fühlte, bat er den Schöpfer, ein Mädchen aus ihr zu machen. Und seine Gebete wurden wohl erhört, denn die Maus wurde wirklich zu einem wunderschönen Mädchen. Das Kind wuchs zu einer jungen Frau heran, und eines Tages sagte der Einsiedler, nun sei es an der Zeit, sie zu verheiraten. «Wähle du einen Mann unter den Menschen oder aus der Welt der Tiere, und ich gebe dich ihm zur Frau.»

Das Mädchen erwiderte: «Mein Mann soll vieles können, und hoch und erhaben soll er sein.»

«Das kann nur die Sonne sein», sagte der Einsiedler.

«Ja», erwiderte das Mädchen, «ich weiß, kein Mensch kann sie bezwingen, also vermähle mich mit ihr.»

Am nächsten Morgen, bei Sonnenaufgang, wandte der Einsiedler sich an die Sonne und sagte: «Ich möchte dir meine bildschöne Tochter zur Frau geben.»

Die Sonne sagte: «Die Wolken sind stärker als ich. Sie verdunkeln mein Licht und verhindern, dass meine Strahlen die Menschen erreichen.»

Der Einsiedler brachte den Wolken sein Anliegen vor. Die Wolken erklärten beschämt: «Der Wind ist stärker als wir. Er treibt uns, wohin er will.»

Das glaubte der Einsiedler wohl, und so ging er zum Wind und erzählte auch ihm die Geschichte in aller Ausführlichkeit. Doch auch der Wind erklärte sich machtlos: «Welche Kraft habe ich, die in den Bergen nichts ausrichtet und nicht stärker ist als ein Laut im Ohr eines tauben Menschen oder die Schritte einer Ameise auf steinhartem Fels?»

Der Einsiedler ging zum Berg und schilderte auch ihm lang und breit, was ihn bewegte. Der Berg sagte: «Sogar eine Maus hat mehr Kraft als ich, weil sie rings um mich herum Löcher gräbt und in mir drin Nester baut. Selbst mein Herz hat sie schon durchlöchert. Wie soll ich mich nur vor weiterem Schaden durch sie schützen?»

Der jungen Frau gefielen des Berges Worte, und sie sagte: «Die Maus ist also der passende Mann für mich.»

Und so brachte der Einsiedler sie zum Mäuserich. Als der sie sah, spürte er große Zuneigung zu ihr, gab aber zu bedenken: «Auch ich wünsche mir seit geraumer Zeit eine Partnerin, doch die soll von meiner Art sein.»

«Nichts leichter als das», sagte die junge Frau. «Wenn der Einsiedler betet, wird aus mir eine Maus.»

Und als der Einsiedler sah, dass es beiden zur Freude gereichen werde, sprach er Gebete, und die junge Frau nahm auf der Stelle ihre ursprüngliche Gestalt an.

Soweit ich weiß, habe ich in der Literatur seitdem ein probates Mittel gesehen, um meiner Erinnerung auf die Sprünge und mir dabei zu helfen, Ordnung in meine Erinnerungen zu bringen.

GROSSMUTTER

Meine Großmutter lebte nicht bei uns im Haus, sondern allein und selbstständig bis zu ihrem Tod. Wenige Jahre vor ihrer Pensionierung arbeitete sie nur noch halbtags und besuchte uns häufiger als früher. Als sie dann pensioniert war, blieb sie, wenn sie uns besuchte, für mehrere Tage und sorgte für eine besondere Atmosphäre im Haus.

Omas Ansicht nach vernachlässigten berufstätige Mütter ihre Männer und Kinder. Ich fand das auch. Weil meine Großmutter für uns da war, erlebte ich sozusagen hautnah mit, welche Vorteile die dauerhafte Anwesenheit einer Frau im Haus den Kindern bringt und was Kindern entgeht, die ohne Großmütter aufwachsen.

Wenn meine Oma bei uns war, mussten wir nicht zweimal am Tag Reste vom Vortag essen. Mein Vater, der diesbezüglich die Rolle meiner Mutter übernommen hatte, kochte nämlich nur jeden zweiten Tag. Meine Großmutter befreite ihn von dieser Pflicht und kochte täglich frisch, mittags und abends. Immer waren auch genügend sauer eingelegte Beilagen und süße Marmeladen vorrätig – von Oma selbst gemacht –, und ein weiterer Vorteil lag darin, dass ich auf der Suche nach frischer Kleidung nicht jeden Morgen vor der

Schule das ganze Haus auf den Kopf stellen musste, weil Ordnung herrschte.

Wenn meine Großmutter bei uns war, fühlte ich mich sicherer als sonst. Die Gewissheit, dass eine Frau im Haus an meiner Seite war und sich um mich sorgte, beruhigte mich und trug während meiner Kindheit und Jugend viel zu meiner Gelassenheit bei. Oma war im Haus präsent, robust, unbeirrbar, zielstrebig, sie hatte zu allem eine Meinung und auf alles ein Auge. Dass sie da war, beruhigte nicht nur mich und meinen Bruder, auch meine Mutter wusste uns gut versorgt und war, was Haus und Kinder anging, entlastet. Der Frühstückstisch war jeden Morgen gedeckt, und meine Mutter musste sich nicht abhetzen.

Meine Oma hatte, so erzählte sie, fünfzig Jahre lang, bei Tag und bei Nacht, Kinder zwischen Frauenbeinen hervor- und auf die Welt geholt, sie an beiden Füßen hochgehoben und ihnen die ersten Schreie entlockt. Sie war stadtweit die erste studierte Hebamme. In Teheran hatten Schwangere damals kaum den Mut, in den nur sehr wenigen Krankenhäusern zu entbinden, zumal dort ausschließlich Ärzte, also Männer, tätig waren. Die große Mehrheit der Frauen entschied sich für Hausgeburten unter der Aufsicht traditioneller Geburtshelferinnen. Entsprechend viele Frauen starben während der Geburt.

Meine Großmutter wurde Frau Doktor genannt und war weithin bekannt. Ich weiß noch, dass wir eines Tages in einem Restaurant saßen und ein Mann mittleren Alters an unseren Tisch kam, meiner Oma die Hand küsste und sagte: «Sie haben mich auf die Welt geholt.»

Auch mich und meinen Bruder hatte sie auf die Welt geholt, allein, bei uns zu Hause. Sie brauche keine Hilfe, hatte sie gesagt, obwohl mein Vater in Reichweite war. Der lobte ihr Können in den höchsten Tönen. Schon die Wölbung des Bauchs einer Schwangeren und das Gesicht der werdenden Mutter verrieten ihr das Geschlecht des Babys. In vielen Fällen lag sie dabei tatsächlich richtig. Dementsprechend erschien sie vielen damals fast als eine Hellseherin, hatte bisweilen gar den Status einer Heiligen und unter der weiblichen Stadtbevölkerung viele Anhängerinnen.

Meine Großmutter hatte in Petersburg studiert – wie sie die Stadt beharrlich nannte – und war nach ihrem Schulabschluss in Iran mit ihren Eltern dorthin gezogen. Ihr Vater trieb als Geschäftsmann in Iran und Russland Handel, befürwortete als Freidenker seiner Zeit die Bildung und Förderung von Frauen und schrieb seine Tochter an der Petersburger Hebammenschule ein. Er war allerdings auch sehr lebenslustig und weltlichen Genüssen sehr zugetan. Abends kam er oft spät nach Hause, scherte sich kaum um seine kranke Frau. Schlimmer noch, Mutter und Tochter sahen ihn eines Tages in einem Pavillon im Tauride-Garten, wo er mit einer nicht sonderlich hübschen, sehr rundlichen Russin Hand in Hand turtelnd auf einer Bank saß: eine heimliche Liebschaft!

«Danach wurde meine Mutter noch kränker.»

Beide saßen oft bis spät in die Nacht am Fenster, schauten auf die schneebedeckte Straße und hielten Ausschau nach dem Herrn des Hauses, der weit nach Mitternacht noch unterwegs war. Und mit jedem sich nähernden Pferdeschlitten wechselten Mutter und Tochter hoffnungsvolle Blicke, nun wäre der Ehemann und Papa, erschöpft nach nächtlichen Gelagen, gleich daheim. Weit gefehlt! Jeder Schlitten fuhr am Haus vorbei, ließ die bangenden Frauen am Fenster mit ihrer unerfüllten Hoffnung allein und entschwand am Ende der Straße im Dunkel der Nacht. Das Oberhaupt der Familie indes kehrte erst im Morgengrauen heim, berauscht und nicht mehr Herr seiner Sinne, während die Frauen nach langem vergeblichen Warten längst schlafen gegangen waren.

Kurze Zeit später begann der Krieg, und danach kam tatsächlich das, was noch gefehlt hatte: Russland gelangte in den Genuss einer Revolution, und alle redeten von den Bolschewiken und ihrem Anführer Lenin. Da in ganz Russland nun Unsicherheit herrschte, beschlossen die Eltern, in den Iran zurückzukehren.

«Nun wollte auch mein Vater unbedingt wieder in den Iran. Der Krieg und die Revolution hatten seinen Aktionsradius für nächtliche Ausschweifungen eingeschränkt. Er hätte nicht gänzlich darauf verzichten müssen, nein! Aber sie hatten ihren Reiz verloren. Das hörten wir an den Pausen, die er machte, wenn er davon sprach. Und wir sahen es, wenn er nachts oft im Pyjama am Feuer saß, schlecht gelaunt, weil außer Haus kein Abenteuer mehr zu bestehen war.»

Meine Oma stemmte sich stur und standhaft gegen die Entscheidung umzuziehen und stellte klar, dass sie Russland nicht vor Abschluss ihres Studiums verlassen würde. So blieb den Eltern nichts anderes übrig, als mit ihrer widerspenstigen und zugleich einzigartigen Tochter zwei, drei Jahre länger zu bleiben, bis sie alt genug war, in einem fremden, vom Krieg gezeichneten, in Revolutionswirren verstrickten Land allein zu bestehen.

«Es war eiskalt in Petersburg, ständig kalt. Die Kälte kroch bis in alle Mauern und Wände. Die bekamen dann Risse. Und manchmal, wie von unsichtbaren Spiralfedern katapultiert, lösten sich sogar kleine oder auch größere Brocken plötzlich aus den Mauern.»

Wenn meine Großmutter mir von ihren Erlebnissen erzählte, zitterte bisweilen ihre Stimme, ihr Blick wurde starr, und sie wickelte sich ihren Schal enger um die Schultern. Die Bilder und die Eiseskälte der Nächte von einst waren ihr im Gedächtnis geblieben.

In all den Jahren, in denen sie praktizierte und Kinder zur Welt brachte, legte meine Großmutter sich vor dem Schlafengehen ihre Kleider griffbereit ans Kopfende ihres Bettes, um, wenn das Krankenhaus sie zu einer Gebärenden rief, im Handumdrehen bereit zu sein. Das tat sie manchmal sogar heute noch, um schnell aus dem Haus zu können, vor allem, wenn sie nicht bei uns, sondern wieder bei sich zu Hause wohnte. Bis ihr dann einfiel, dass sie diese alte, inzwischen aber unbegründete Gewohnheit ablegen sollte.

Wenn meine Oma bei uns zu Hause war, wurde es, wie ich fand, abends am Interessantesten, weil sie vor dem Schlafengehen immer zu mir ins Zimmer kam und mir Märchen erzählte.

Ich lag bäuchlings im Bett, das Kinn in die Hände gestützt. In späteren Jahren sagte Oma darüber: «Du hast nicht ein Mal geblinzelt, konntest stundenlang in dieser Haltung ausharren, und wir dachten immer, das geht bald vorbei, du wirst groß und deine Liebe zur Welt der Märchen und Legenden wird vergehen.»

So kam es aber nicht. Sogar die Wahrheit veränderte ihr Gesicht und wurde später zu einem Teil meiner Fantasie. Wenn ich heute die Augen schließe, sehe ich meine Großmutter vor mir. In ihrem langen Nachthemd, ihr schimmerndes Silberhaar – selten genug und nur vor dem Schlafengehen – offen über ihre schmalen Schultern fallend, das Gesicht glänzend vom aufgetragenen Kräuteröl, kommt sie zu mir ins Zimmer, um mir «gute Nacht!» zu sagen.

Wann immer sie bei uns war und bis zu ihrem Tod, ist meine Oma ihrer Gewohnheit treu geblieben, vor dem Schlafengehen zu mir ans Bett zu kommen, auch wenn sie in den letzten Jahren weniger lange blieb als früher.

In ihren Geschichten ging es oft um Dinge, die ihr eigenes Umfeld betrafen, hin und wieder fantasievoll ausgeschmückt, aber es waren Geschichten aus ihrem persönlichen Leben. Von meinem hingerichteten Onkel aber hat sie mir nie erzählt. Die Erinnerung an ihn war wohl zu schmerzlich.

Sie sprach auch über ihre Wünsche. Später wurde mir klar, sie schüttete mir förmlich ihr Herz aus, vertraute mir Dinge an, um ihre Ruhe zu finden. Da ich allmählich älter und verständiger wurde, sah sie in mir wohl bald den Menschen, mit dem sie ihre Geheimnisse teilen konnte, einen Fels in der Brandung sozusagen, den mitfühlenden Freund vielleicht, den das Leben ihr vorenthalten hatte. Wenn sie in mein Zimmer kam, setzte sie sich nicht mehr auf meine Bettkante, sondern rückte meinen Schreibtischstuhl an mein Bett und sagte: «Ja, wir haben viel erlebt.»

Wobei sie dieses letzte Wort betonte – weil sie ja wirklich ein langes Leben hinter sich hatte – und dann nachdenklich nickte, vielleicht, um sich und auch mich auf das einzustimmen, was sie gleich berichten würde. Dann ging sie und machte das Fenster einen Spaltbreit auf, sagte: «Lassen wir ein bisschen frische Luft ins Zimmer», schaute nach draußen, und ich konnte fast sehen, wie sie sich durch den Kopf gehen ließ, was sie mir gleich mitteilen würde. Wenn sie mich dann aber fragte, wie ich meinen Tag verbracht hatte, wusste ich, sie hatte noch nicht entschieden, welche Geschichte sie mir diesmal erzählen würde.

Unter ihren vier Enkeln – meine Tante hatte Zwillingstöchter – war ich ihr der Liebste, das wussten alle. Ein untrügliches Zeichen dafür war die Tatsache, dass sie bestimmte Dinge nur mir erzählte. Einmal saß sie spätabends bei mir am Bett und gestand: «Als deine Mutter klein war, hätte ich ihr gern Kleider genäht, aber ich konnte nicht nähen, und Zeit, es zu lernen, hatte ich auch nicht. Dabei hätte ich ihr so gern ein Röckchen genäht.»

Und während sie durch das halb offen stehende Fenster nach draußen schaute, sprach sie weiter: «Du kannst dir gar nicht vorstellen, wie sehr ich diese Vorstellung genossen habe. Ein Faltenröckchen, selbst genäht, ganz und gar nach meinem Geschmack.»

Dann versank sie plötzlich in Gedanken, hob nach kurzem, tiefem Grübeln den Kopf, schloss das Fenster und beteuerte: «Eines Tages nähe ich dieses Röckchen!»

Als meine Oma starb, hat der alte Textilwarenhändler in unserer Gegend meiner Tante gegenüber sein Beileid ausgedrückt und ihr nebenbei berichtet: «Ihr Leben lang hat sie kleine Mengen Stoff bei mir gekauft, passend für ein sieben-, achtjähriges Mädchen, weil sie dem Kind einen Rock nähen wollte. Wer weiß, was sie mit dem ganzen Stoff gemacht hat?»

Am nächsten Tag hat meine Tante die Stoffe in der Truhe mit all den Sachen gefunden, die meiner Oma gehört hatten. Eine Geschichte, die meine Oma mir abends vor dem Schlafengehen während unserer kurzen Zusammenkünfte mehrmals anvertraut hat, als ich schon fast volljährig war. Traurig zwar, ein wenig unheimlich auch, aber so spannend, dass ich sie nie langweilig fand.

Ich schrieb die Wiederholungen damals Omas Zerstreutheit zu, dachte, ihr sei gar nicht bewusst, dass sie Dinge mehrmals erzählte. Wobei ich die Begebenheit ja immer wieder gern hörte, weil sie mir nicht wie eine Wiederholung vorkam, da Großmutter immer neue Details einflocht. Einmal, das weiß ich noch, sagte sie auch, dass es im Leben jedes Menschen Dinge gebe, über die man nicht ohne Weiteres reden könne.

Mag sein, dass sie mir mit ihrer wiederholten Schilderung etwas vermitteln wollte, das direkt zu sagen sie nicht den Mut fand?

Ihren Worten nach wurde meine Großmutter von niemandem erwartet, als sie, im Anschluss an ihre Ausbildung und Lehre in Petersburg, nach Teheran zurückkehrte. Ihre Mutter war im Jahr zuvor gestorben, ihr Vater mit seiner neuen jungen Frau auf Reisen. Nur das Dienstmädchen, eine Frau in den mittleren Jahren, war zu Hause und hieß sie willkommen.

Schon am nächsten Tag aber geschah Unerwartetes. Ihr schneidiger Onkel, ein Soldat, kam zu Besuch und eröffnete ihr: «Als junge, gebildete Frau musst du wissen, was es in unserer Gesellschaft heißt, eine Frau zu sein. Ich zeige dir heute etwas, das dir dabei helfen wird.» Er nahm sie mit zu einer öffentlichen Zeremonie, später festgehalten auf einer Fotografie, die meine Großmutter noch über Jahre hinaus in all ihren Träumen verfolgte. Die Schwarz-Weiß-Aufnahme zeigte einen wolkenverhangenen Tag und die weit aufgerissenen schwarzen Augen zweier junger Frauen, von weißem Leinen wie mit Leichentüchern bedeckt, während ein großer schwarzer Vogel über den umstehenden Zuschauern seine Kreise zog. Sittlicher Vergehen wegen sahen die beiden Frauen an jenem Tag auf dem größten, bekanntesten Platz der Stadt, dem Tupkhaneh-Platz, ihrer Auspeitschung entgegen.

«Ich stand mitten auf der Ala-ol-Dowleh-Straße und sah, wie sich die Menschenmenge auf den Platz drängte. Erregt, angespannt. Sie sahen alle aus wie aus dem Ei gepellt, fein gemacht und gemeinsam auf dem Weg zu einem Fest unter freiem Himmel. Weil das Gedränge vor dem Eingang zum Platz so dicht war, dass die Droschken nicht weiter vorankamen, sind wir ausgestiegen.»

Da der Onkel seine Uniform trug und die Menge den beiden überall Platz machte, konnten sie sich den Weg bis dicht vor die Pritsche bahnen, auf der die zwei Frauen unter weißen Laken lagen und gleich ausgepeitscht werden würden.

«Es war bitterkalt, der eisige Wind trieb einem die Kälte bis in die Knochen. Die beiden Frauen haben so stark gezittert, dass es aussah, als hätten sie nichts am Leib. Soweit ich das

Gemurmel um mich herum deuten konnte, fand das Ritual sogar mit der Billigung eines Militärchefs statt, eines Despoten, der bald über den Iran herrschen sollte. Er hatte sich ins politische Spiel eingebracht, und er spielte gut.»

Meine Großmutter schwieg, schüttelte den Kopf, lachte kurz auf, um «er spielte gut» zu betonen.

Die beiden Frauen, Amirzadeh Khanum und Azizkaschi, zählten zu Teherans namhaften Damen aus der Halbwelt und waren bekannt dafür, dass sie viel Geld verlangten und nur hohen Beamten und anderen Würdenträgern zu Diensten standen. Jetzt sollten sie, einer Fatwa gemäß, ausgepeitscht werden, weil sie wenige Abende zuvor den beiden hohen englischen Diplomaten Smart und Bridgeman hätten zur Verfügung stehen sollen.

«Um solche Fatwas zu erlassen, hatte der Militärchef immer Mullahs bei der Hand. Angeblich war er ein Werkzeug der Engländer und hatte den Staatsstreich im Jahr zuvor auf deren Geheiß und mit ihrer Hilfe ins Werk gesetzt. Mit seiner antibritischen Aktion hat er die beiden Offiziere bloßgestellt, um allen klarzumachen, dass er sich niemandem verpflichtet fühlt. Er wollte sogar zwei Fliegen mit einer Klappe schlagen, die Religiösen in der Bevölkerung für sich gewinnen, indem er ihnen zeigte: Er lehnt die Prostitution ab und bekennt sich zum Islam. Deshalb hielten viele Menschen sein Verhalten auch für pure Heuchelei, der die beiden armen Frauen einfach deshalb zum Opfer fielen, weil Reza Khan seine politischen Ziele durchsetzen wollte.»

Am fraglichen Abend waren also die beiden englischen Unglücksraben, voller Vorfreude auf großes Vergnügen in Schale

geworfen, von Vertretern des Amtes für Staatssicherheit überrascht worden, als diese aus heiterem Himmel mit der Tür ins
Haus fielen. Glück im Unglück hatte Smart, der durchs Fenster ins Freie entkommen konnte, während der Pechvogel
Bridgeman gefasst und über vier Stunden lang verhört wurde,
in einer Sprache, von der er nicht eine Silbe verstand. Mit Billigung des Militärkommandeurs stand in allen Zeitungen der
Hauptstadt, was den beiden Briten Schmachvolles widerfah-
ren war. Und inmitten der Wirren erließ Teherans berühmter
Prediger Hadschi Agha Dschamal Esfahani eine Fatwa zur
Prügelstrafe für Frauen.

Ein kalter Herbstmorgen, tückischer Wind, der immer wieder unter die Leinentücher über den beiden nackten, vor Kälte
zitternden Frauen fuhr, ihre schwarzen Augen, weit vor Entsetzen, und dazu ohrenbetäubendes Kreischen eines großen
Greifvogels – dieses Bild hat mir meine Großmutter unauslöschlich in mein noch junges Gedächtnis geprägt, nicht zuletzt, weil sie spannende Pausen setzte und auch ihre klang-
volle Stimme geschickt einsetzte.

Das schreckliche Ritual wurde in großer Eile und erbar-
mungslos vollzogen, die armen Frauen husteten und spuckten
ununterbrochen Blut.

Meine Großmutter schaute nicht zu, sie hielt die Augen
geschlossen und nahm trotzdem teil am Geschehen, denn sie
hörte jeden Peitschenhieb mit einem grausigen Sirren nieder-
gehen, bekam Gänsehaut und schloss die Augen nur noch
fester.

«Ich hatte das Gefühl, die Hiebe am eigenen Leib zu spüren.»

Alle Zuschauer dicht vor der Pritsche, auf der die beiden angeklagten Frauen lagen, waren Männer, meine Großmutter die einzige Ausnahme. Sie trug, dem Gebot der Zeit entsprechend, Tschador und Gesichtsschleier. Den Schleierzwang hat Jahre später der Militärchef eingeführt, nachdem er tatsächlich zum Schah geworden war.

Als die Peitschenhiebe aufhörten, meine Großmutter die Augen aufschlug und ihren Gesichtsschleier hob, nahm eine der beiden geschlagenen Frauen Blickkontakt mit ihr auf. Dann, so meine Großmutter, folgte der bedeutendste Teil des Ereignisses.

Sie machte rasch ein paar Schritte auf die Pritsche zu, ein Beamter stellte sich ihr in den Weg, sie blieb stehen. Eine der beiden Geschlagenen rief halblaut, über die Köpfe der umstehenden Männer hinweg: «Badschi, Schwester, was machst du mit deiner? Hm?... Badschi, sag ihnen, die gehört mir allein, und ich mache damit, was ich will!»

«Das war die Botschaft dieser armen Frau an die einzige andere Frau, die dort im Gedränge gestanden und zugeschaut hat... Noch heute habe ich ihre Stimme im Ohr, nach all den Jahren.»

Die Prügelstrafe war so gewaltsam vollzogen worden, dass jeder Hieb Fleischwunden gerissen hatte. Mit jedem Hieb hatte sich das weiße Tuch gehoben. Mit jedem Hieb hatte die Menge aufgeschrien, und in jedem Hieb schwang ein sexueller Unterton mit, der in den Männern wohl erotisch-sadistische Triebe weckte, ein schlafendes Ungeheuer!

Nach ihrer Schilderung blieb meine Großmutter einen Moment schweigend sitzen, schaute still vor sich hin und sagte dann leise: «Was da geschah, hat meinen Blick auf das Leben für immer verändert.»

MEIN VATER

Meine Sympathie für den Literaturkreis wurde mit der Zeit immer größer. Meinem Vater entging das nicht. Er freute sich darüber, dass seine Bemühungen, mein Interesse für Bücher zu wecken, die ersten Früchte trugen, und sprach nun häufiger mit mir darüber, wie sehr Literatur unser Leben bereichert. An einem Donnerstag aber wurde ich durchaus verblüfft. Mein Vater sah, dass ich an der Abendrunde teilnehmen wollte, und fragte mich: «Du bist heute mit von der Partie?»

Ich nickte, lächelte, wie jemand, der eine frohe Botschaft kundtut. Mein Vater presste die Lippen zusammen, schwieg einen Moment und sagte dann: «Gut.»

Meine Begeisterung war, wie mit Eiswasser übergossen, im Nu auf null, weil mein Vater seine Zustimmung halbherzig und erst nach kurzem Zögern gegeben hatte. Was in mir den, auch durch seinen Tonfall bestärkten, Verdacht nährte, dass es ihm diesmal keine Freude machte, mich mit in der Runde zu sehen. Auch sein Blick war wenig aufmunternd. In dem Moment klingelte es an der Haustür, mein Vater zwinkerte mir kurz zu und ging ins Erdgeschoss, um den ersten Gast des Abends ins Haus zu bitten.

Wenn ich mich in einer der Runden zu einer Sache äußerte, fiel mir an den Blicken, die mein Vater und seine Freunde wechselten, sofort auf, dass sie im Vorfeld bereits darüber spekuliert hatten, wie ich auf dieses oder jenes Thema reagieren würde. Mitunter sprach ich Dinge an, die zu thematisieren die anderen sich scheuten. Doch bei allem Einsatz, den ich brachte, und bei aller Freude, die mir die Treffen bereiteten, spürte ich andererseits eine Art Abneigung, einen Widerstand in mir wachsen. So wie ein Stümper Leuten Verdruss bereitet, die ihr Handwerk verstehen, vertieften mein Vater und seine Freunde den inneren Zwiespalt, in dem ich steckte. Zu einer Zeit, in der ich mir nichts sehnlicher gewünscht hätte, als ihrem Kreis anzugehören, führten sie mir durch ihr Desinteresse, ihre abweisenden Blicke, ihr gesamtes Verhalten unmissverständlich die Distanz vor Augen, die zwischen ihnen und mir bestand. Umso heftiger wurde mein innerer Widerstand. Jahre später, nachdem mein Rückzug aus der Runde und meine mehrjährigen Revolten ihr Ende gefunden hatten, indem ich an den Treffen wieder teilnahm, akzeptierten sie mich als ordentliches Mitglied in ihrer Gruppe, bewahrten sich ihre Zweifel aber bis zum letzten Tag. Zweifellos gehörten wir unterschiedlichen Generationen an.

An jenem Abend trafen die Gäste nach und nach ein, und ich hieß sie mehr oder minder reserviert willkommen. Bis zu dem Moment, in dem mein Vater, bei den schon anwesenden Gästen im Gästezimmer, mich zu sich rief und verkündete: «Wir haben ein dringendes Anliegen, und du bist der Einzige, der uns jetzt helfen kann.»

Er sagte das so, als würde mir eine besondere Gnade zuteil, und schwieg dann. Golschans entschuldigendes Lächeln, ihr leise flehend geneigter Kopf, ihr demütiger Blick sprachen Bände.

Ich weiß nicht, warum ich misstrauisch wurde, den Kopf wandte und in die Runde schaute, die mich ihrerseits erwartungsvoll ansah. Mein Vater sprach weiter: «Golschan hat ein Buch versehentlich von zu Hause mitgenommen, das ihrem Bruder gehört, der sich auf seine morgige Prüfung vorbereiten muss.»

Das Buch lag vor Golschan, sie schob es mit einem Finger über den Tisch auf mich zu und lächelte wieder entschuldigend, während mein Vater bekräftigte: «Er braucht das Buch jetzt.»

Ich verstand sofort, nahm das Buch vom Tisch und ging an die Haustür. Als mein Vater sah, welche Eile ich an den Tag legte, rief er hinter mir her: «Du brauchst nichts überstürzen. Gib auf dich acht!»

Ich wusste, wo Golschan wohnte. Zu Fuß eine halbe Stunde von uns entfernt. Ich hätte auch den Bus nehmen können, doch weil der Weg zu Golschan durch ein schönes, weitläufiges Gartengelände führte, das erst kürzlich zum Park erklärt und offiziell eröffnet worden war, ging ich lieber zu Fuß. Zumal Busse immer mit Verspätung unterwegs und um diese Tageszeit übervoll waren.

Da mein Vater nicht wusste, dass ich den Hausschlüssel dabeihatte, würde ich mich, nachdem mein Auftrag erledigt wäre, unbemerkt wieder zurück ins Haus schleichen und, aus einem stillen Winkel heraus, den Gästen bei ihren höchst angeregten Gesprächen lauschen können.

Als ich nach Hause kam, hatte die Runde einen Text zu Ende gelesen und war mitten in der Diskussion darüber. Der entnahm ich, dass es um eine Fabel ging, die von einem Raubvogel handelte, von einer hinterlistigen Frau, deren Mann sie des Ehebruchs verdächtigte, und natürlich von einem nichtsnutzigen Nachbarn. Aus dem lebhaften Gelächter der Runde ließ sich leicht heraushören, dass auch allerlei sexuelle Andeutungen im Spiel waren. Während die Erwachsenen sich köstlich amüsierten, hatten sie mich Grünschnabel schwarze Linsen auslesen lassen, und ich war ihnen auf den Leim gegangen. Jahre später entdeckte ich, dass die Literatur nur so strotzte vor Themen, von denen mein Vater damals fürchtete, sie könnten mich überfordern. Themen weit außerhalb der üblichen Auffassung von Anstand und Moral.

Damals hielt ich meinen Vater noch für einen geselligen Menschen, der sich gern mit seinen besten Freunden umgab und in seinem Bücherzirkel schöne Stunden mit ihnen verbrachte. Nichts machte ihn ja glücklicher als das Zusammensein mit ihnen. Umso mehr, als er sich die ganze Woche auf diese besonderen Donnerstage vorbereitete, die offenbar Ziel und Essenz seines ganzen Lebens waren.

Gesagt sei auch, dass mein Vater diese Donnerstagsrunden wie ein heiliges Ritual und nach allen Regeln der Kunst zelebrierte. Als wir klein waren, trat für mich und meinen Bruder an Donnerstagen, sobald die Teilnehmer des Lesezirkels ihre Arbeit aufnahmen, ein vorübergehendes Spielverbot in Kraft. Wir mussten uns in unsere Zimmer zurückziehen und absolute Ruhe bewahren. Er, der sich sonst eher nachlässig kleidete, warf sich an Donnerstagen in Schale, trug stets seine besten Anzüge und legte dazu teures Eau de Cologne auf, das nicht einmal zu Neujahr, sondern allein an diesem besonderen Tag zum Einsatz kam. Er, der vor allem seit seiner Pensionierung, wie meine Mutter befand, keinen Wert mehr auf eine ordentliche Rasur legte, rasierte sich donnerstags, duschte ausgiebig und putzte sogar seine Schuhe. Er, der normalerweise kein Mitspracherecht beanspruchte, wenn es um die Auswahl und den Kauf von Hausrat oder Einrichtungsgegenständen ging, und der diese Entscheidungen voll und ganz meiner Mutter überließ, begleitete sie im Laufe der zweiunddreißig Jahre, die der Lesekreis bestanden hatte, auf ihrem Weg durch diverse Geschäfte, wenn es an der Zeit war, im Gästezimmer, wo das Treffen stattfand, neue Vorhänge anzubringen oder Sitzpolster auszuwechseln, ernsthaft und mit beispielloser Ausdauer und wählte mit größter Sorgfalt und Akribie die besten Stoffe aus.

Ich brauchte allerdings Jahre, um zu erkennen, dass mein Vater sich um die besonderen Abläufe dieser Donnerstage nicht bemühte, weil er sich seinen Freunden eng verbunden fühlte. Dahinter verbarg sich etwas Bedeutenderes, ganz Grundlegendes, nämlich die faszinierende Anziehungskraft der persischen Sprache und Literatur und meines Vaters Liebe zu ihr. Mit den Jahren sah ich immer klarer, dass er sein Leben lang nur die Literatur im Kopf gehabt hatte. Sehr zum lebenslangen Verdruss meiner Mutter blieb er anderen Themen gegenüber verschlossen.

Mein Vater war Gymnasiallehrer für Literatur, in Pension, um genau zu sein. Ich habe nicht deutlich vor Augen, wie er sich auf den Weg zur Schule macht. Soweit ich ihn und unsere allmorgendliche Hektik in Erinnerung habe, saß mein Vater immer seelenruhig auf dem Sofa, las unbeirrt seine Zeitung und schenkte mir und meinem Bruder, die wir regelmäßig zu spät aufstanden, uns hastig anzogen, frühstückten und uns in unserem meist kopflosen Hin und Her mehrfach anrempelten, keine Beachtung. Dann und wann grinste er verstohlen und riet uns in seiner gelassenen Art: «Steht einfach früher auf. Dann braucht ihr euch nicht abzuhetzen.»

Dann nickte er beifällig, schob die Brille wieder auf die Nase hoch und vertiefte sich erneut in seine Zeitung.

Zwischen meinem Vater und mir bestand ein beträchtlicher Altersunterschied. Er hatte meine zwanzigjährige Mutter mit einundvierzig geheiratet, war mit achtundvierzig zum zweiten Mal Vater eines Sohnes, nämlich mir, geworden und ging, soweit ich weiß, in Pension, als ich vier oder fünf Jahre alt war. Da der Wecker meiner Mutter unser Haus aber frühmorgens aus dem Schlaf riss, musste auch er sein Tagwerk beginnen, was ihn jedoch nicht zu verdrießen schien. Vielleicht hatte er insgeheim ja auch seine Freude daran, uns in alle Richtungen hetzen zu sehen, damit wir möglichst schnell aus dem Haus kamen, während er, als Außenstehender, das Geschehen in aller Ruhe beobachten konnte. Meine Mutter hielt ihn für den glücklichsten Mann der Welt. Seinem Verhalten nach schien er sich immer wohlzufühlen. Es ging ihm gut, weil er sich den lieben langen Tag mit einer einzigen Sache befassen konnte, die ihm sehr am Herzen lag: Lesen!

Seiner Aufgabe, für alle einzukaufen und zu kochen, wurde er kontinuierlich, mit einigem Spaß an der Sache und echter Hingabe, gerecht. Übertragen hatte man sie ihm, als er in Pension ging, wenn auch erst, als seine Erschöpfung nach dreißig Jahren ununterbrochener Berufstätigkeit verflogen war. Wenn das Thema Kochen zur Sprache kam, seufzte meine Mutter jedes Mal lang und ausgedehnt, bevor sie von den Zeiten erzählte, in denen sie und ihr Mann ganztags berufstätig gewesen waren und es ihr allein überlassen geblieben war, abends, hundemüde von der Arbeit, nicht nur Abendessen zu kochen, sondern auch das Mittagessen für den nächsten Tag vorzubereiten, da wir alle gemeinsam zu Mittag aßen.

Damals hatte mein Vater sich dieser häuslichen Pflicht unter dem Vorwand, er verstehe nichts vom Kochen, entzogen. Mit seiner Pensionierung nahmen die Dinge aber ihren neuen Lauf, und er musste sich das, was er vom Kochen nicht verstand, nach und nach beibringen. Der aufmunternde Kommentar meiner Mutter dazu blieb nicht aus: «Zum Glück ist er ja ein kluger Kopf.»

Tatsächlich gab es an seiner Kochkunst nichts auszusetzen, alles entsprach deren Regeln, angefangen von den Gewürzen bis hin zur richtigen Garzeit. Das einzige Geheimnis, das er lange für sich behielt, betraf die Reihenfolge, in der er die Zutaten in die Töpfe gab, und sein Wissen darum, wann genau jede einzelne zuzugeben war. Eine Kunst, die meine Mutter nicht ganz so gut beherrschte. Wenn jemand meines Vaters Können pries, bekräftigte sie das Lob und setzte mit stolz geschwellter Brust hinzu: «Er hatte ja auch eine gute Lehrmeisterin.»

Beide Eltern erzählten, dass anfangs Minuten – mehr Zeit war nicht – genügen mussten, um unseren Vater im Kochen zu unterweisen. Er hörte aufmerksam zu, machte sich Notizen, und dank seiner Auffassungsgabe, seiner Motivation und seines Geschicks wurde binnen zwei, drei Monaten ein beachtlicher Koch aus ihm. Das gestand bisher jeder zu, der sein Essen gekostet hatte.

Eine Sache gab es an seiner Arbeit allerdings auszusetzen. Er kochte, wie bereits erwähnt, nur jeden zweiten Tag, weshalb wir während der Hälfte der Woche Reste vom Vortag essen mussten. Erträglich wurde das aber, weil mein Vater unparteiisch zu Werke ging, die Vorlieben jedes Familienmitglieds berücksichtigte und daher niemand ins Hintertreffen geriet. Alle Lieblingsgerichte kamen mit der Zeit auf den Tisch, und wenn wir mittags zu Hause einfielen, ging meine Mutter geradewegs in die Küche, schaute in alle Töpfe und servierte die Köstlichkeiten.

Wenn ich ausnahmsweise, weil ich krank war oder aus anderen Gründen, nicht in die Schule ging, erlebte ich zu Hause mit, wie konzentriert und eifrig mein Vater zu Werke ging. Sobald die anderen aus dem Haus waren, band er sich eine Schürze um – was wir anfangs lachhaft fanden – und machte sich an die Arbeit. Nachdem erstmals ein kurzes graues Haar in einer Schüssel Suppe aufgetaucht war, erweiterte er seine Uniform um eine weiße Kochmütze. Dass er die Sache mit der Zeit so gut im Griff hatte, dass die Küche nicht im Chaos ungespülter Töpfe, Pfannen und Geschirr versank, fand sogar die Bewunderung meiner Mutter.

Sie kochte an Feiertagen, augenzwinkernd und mit einem Kommentar: «Damit wir wenigstens einmal pro Woche was Ordentliches in den Magen kriegen.»

Das sagte sie in ganz ernstem Ton, gab aber zu erkennen, dass ihre Anspielung als Spaß zu verstehen sei, wobei wir uns dessen nie ganz sicher waren, weil sie sich der Sache zwar freiwillig, aber auch murrend annahm: «Na bitte, damit ist mein freier Tag dahin!»

Mein Vater hatte diese Bemerkung oft gehört, sie brachte ihn nicht aus der Ruhe. Doch meine Mutter ließ es nicht dabei bewenden. Sobald wir bei Tisch saßen, forderte sie, überzeugt von seiner Neutralität und seinem Gerechtigkeitssinn, meinen Vater heraus: «Sag ehrlich, wer kocht Ghormeh Sabsi besser? Das Gericht braucht seine Zeit. Man muss das Gemüse und die Kräuter sorgfältig anbraten, Fleisch, Bohnen, Gewürze nacheinander dazugeben.» Die Rezeptanweisungen beeindruckten meinen Vater nicht sonderlich. Er nickte zwar hin und wieder und bestätigte, was meine Mutter sagte, indem er den Zeigefinger hob und in ihre Richtung deutete, aß ansonsten aber gelassen weiter und unterbrach den Redefluss seiner Frau durch ein gelegentliches Lob ihrer Kochkunst. Wobei wir Kinder fanden, dass unsere Eltern gleich gut kochten. Vermutlich, weil beide auf die gleiche Weise vorgingen. In Ghamar hatte mein Vater allerdings eine glühende Anhängerin. Welches von Vater zubereitete Gericht sie auch aß, immer sah man ihr an, wie begeistert sie war: «Wallah, ganz ehrlich, ich hab noch keine Frau erlebt, die so gut kochen kann, und erst recht keinen Mann!»

Mein Vater zeigte sich dankbar, neigte leicht den Kopf und fragte: «Liebe Ghamar, wusstest du, dass in Europa Männer die berühmtesten Köche sind?»

Das war nicht nach Ghamars Geschmack. «Gott bewahre!», sagte sie. «Und was machen Europas Frauen die ganze Zeit? Essen und schlafen?»

Als sie meiner Mutter einen vielsagenden Blick zuwarf, stieg deren Missfallen über diesen Verlauf des Gesprächs: «Iss weiter, Ghamar, und rede nicht so viel.»

Doch Ghamar ließ sich den Mund nicht verbieten: «Sei's, wie es sei, Kochen ist Frauensache.»

Und schon wurde meine Mutter zur Feministin: «Wer hat das denn entschieden?»

Ghamar: «Das weiß ich auch nicht, aber nach dem Gesetz des Lebens war es immer schon so.»

«Dann ändern wir dieses Gesetz eben!», fuhr meine Mutter sie an, stand vom Tisch auf und beendete so die Diskussion.

Der Schah hatte mittlerweile abdanken müssen und das Land verlassen. Der Revolutionsführer war nach fünfzehn Jahren Exil wieder in Teheran, und alles deutete auf seine Machtübernahme hin, auch wenn einstweilen der noch vom Schah ernannte Premierminister amtierte, dessen Anweisungen allerdings niemand mehr Folge leistete. In den Ministerien verwehrten Beamte den Ministern Zugang zu ihren Büros.

Was uns betraf, hatte die islamische Revolution vor unserer Haustür haltgemacht, dahinter lebten wir weiter wie bisher, doch ewig konnte die Revolution nicht ausgesperrt bleiben. Ich denke, so war es in vielen Häusern der Stadt.

In jenen Tagen und inmitten von Aufruhr und Unruhen fungierte unser Gästezimmer als kleine, abgeschiedene Insel, die dem dort zusammenkommenden Grüppchen Ruhe, Liebe und Frieden bot. Kostbare Zeit für geistigen Austausch, einmal pro Woche und ungeachtet der bald in grauenvollen öffentlichen Hinrichtungen gipfelnden Welle von

Lärm und Gewalt draußen, außerhalb unseres geschützten Raums.

Mir wurde die Bedeutung all dessen nur allmählich bewusst.

DIE BLONDE WITWE

Als wir klein waren, entwickelte sich zwischen mir und meinem Bruder auf der einen und den Donnerstagsgästen auf der anderen Seite mit der Zeit eine besondere Nähe, aus der sich ergab, dass wir jedes Mitglied der Runde als Teil unserer Familie ansahen. Ich war stolz darauf, so viele Onkel zu haben. Sogar meiner Mutter, der die wöchentlichen Zusammenkünfte lästig waren, merkte man an, dass sie alle Gäste von Herzen gern mochte und aufrichtig mit ihnen umging. Manche von ihnen nannte sie sogar beim Vornamen. Es kam auch vor, dass wir Brüder uns in ihre Gespräche einmischten und die Onkel um Rat fragten, denn wir sahen sie ja häufiger als unsere richtigen Onkel.

Bald wussten nicht nur sie von A bis Z über unser Leben Bescheid. Unsere Mutter fragte die Gäste manchmal Dinge, die zeigten, dass auch sie so manche ihrer Geheimnisse kannte, bisweilen sogar bis ins kleinste Detail. Entsprechend nahm sie Anteil am Schicksal ihrer Gäste, als Frau, Gastgeberin, Mutter, die im freundlichen Umgang mit allen eine vertrauensvolle Atmosphäre schuf, was zum Teil wohl auch deshalb gelang, weil sie über Jahre hin die einzige Frau in der Runde war.

Bis zu dem Tag, an dem eine zweite Frau auftauchte, für die meines Vaters Freunde in ihrer Donnerstagsrunde eine Ausnahme machten. Eine blonde, sehr korpulente Armenierin, die bei der kleinsten Regung in Atemnot geriet und wohl an einer Kontaktallergie litt, weshalb sie stets Spitzenhandschuhe trug.

Ihre ungemeine Leibesfülle war ihrer Erscheinung auf den ersten Blick abträglich, bei genauerem Hinsehen aber gereichte sie ihr zu einer fast makellosen Schönheit. In ihrem wohlproportionierten Gesicht war alles in bester Ordnung: große Augen, ein fesselnder Blick, umrahmt von glänzendem Haar, nicht selten durch eine diamantbesetzte Spange, rechts am Kopf, gehalten. Sie war die Witwe eines an Krebs gestorbenen alten Freundes – an den ich mich nur vage erinnere –, in dessen Gedenken seine Freunde die junge Witwe, so literaturbegeistert wie ihr verstorbener Mann, zu seiner Nachfolgerin ernannt hatten.

Der Segen ihrer Anwesenheit unter so vielen Männern sorgte für gutes Klima in den Runden, indem das männliche Element nicht überhandnahm. Ich weiß noch, wie klein, verlegen und eingeschüchtert ich war, als ich sie zum ersten Mal sah, erstmals bemerkte, dass sie an den Donnerstagsrunden teilnahm. Sie fasste mir damals ans Kinn und fragte mich, wie es mir ging, von Kopf bis Fuß schwarz gekleidet, auch das weiß ich noch, vermutlich in Trauer um ihren Mann.

Bei aller Korpulenz war sie überaus weiblich, betont reizvoll zudem durch ihren sanften, versonnenen Blick und ihre einnehmend prallen, fast bis zu den Ellbogen behandschuhten Arme. Ihre Augen waren so smaragdgrün, dass man in ein

Meer zu schauen glaubte. Ganz anders als die raue See aber war sie still und gelassen. Wenn ich sie ansah, schien alles Hässliche in unerreichbare Ferne zu rücken. Während meiner gesamten Pubertät, und auch danach, hat sie zu meinem Verständnis von Frauen viel beigetragen.

Zudem rauchte sie. Als ich eines Tages an der Tür zum Gästezimmer stand und meines Vaters Gäste still beobachtete, öffnete sie ihre Handtasche, entnahm ihr eine Schachtel Zigaretten, schlug mit dem Zeigefinger leicht gegen den Schachtelboden, bis eine Zigarette aus der Schachtel hervorlugte, nahm sie, steckte sie in ihre Zigarettenspitze und schob diese zwischen ihre Lippen. Sie zündete die Zigarette an, nahm einen tiefen Zug, legte die Stirn, scheinbar nachdenklich, in Falten, stützte dann ihr Kinn auf den Daumen der Hand, mit der sie die Zigarettenspitze zwischen Zeige- und Mittelfinger hielt, ließ den Rauch langsam zwischen ihren karminroten Lippen hervorquellen, während ihre gekräuselte Stirn sich glättete. Ihr schönes Gesicht verschwand hinter der Rauchwolke, während sie mit ihrer freien Hand in aller Gelassenheit ihren Rock glatt strich und mit der anderen Hand zugleich die Asche von ihrer Zigarette streifte. In alledem lag eine solche Eleganz, dass ich glaubte, es gebe keinen schöneren Anblick als den einer in Gesellschaft von Männern rauchenden Frau.

Die zurückhaltende Witwe, die mit Schneiderarbeiten den Lebensunterhalt für sich und ihre beiden Töchter verdiente, sparte die Witwenrente ihres Mannes für die Mitgift der Töchter an. Ihr Mann war offenbar ein Mensch erster Güte gewesen, ein Gentleman par excellence, der wahre Edelmann.

77

Vielleicht werden ja alle jung sterbenden Menschen so gepriesen. An einem Donnerstagabend aber hatte er, zufällig von seiner Frau begleitet, seinen guten Ruf in den Dreck gezogen – wie meine Mutter sich ausdrückte –, indem er seine Frau vor versammelter Mannschaft geohrfeigt hat. Ein sinnloser Disput, aus einer kleinen Meinungsverschiedenheit entstanden, hatte in dem für die Bücherrunde völlig inakzeptablen Gewaltakt gegipfelt. Die Begebenheit, zwar nicht der Rede wert, zumal ich nicht alle Einzelheiten kenne, war der Runde jedenfalls Grund genug, sich mit der Witwe zu solidarisieren und sie nach dem Tode ihres Mannes in ihren Kreis aufzunehmen.

Später wurde mir klar, dass Männer im Beisein von Frauen auf ihr Verhalten und ihren Umgangston achten, dass sie sich in der Gewalt haben, möglichst nicht fluchen und auch nur wenige Zoten reißen. Wenn die schöne, ernsthafte Witwe in der Runde gelegentlich fehlte, hatte ich miterlebt, wie die Männer sich gehen ließen, sich lang und breit mit manch zweideutigem ordinären Witz aufhielten und dabei aus vollen Hälsen lachten. Sie reagierten zum Beispiel auf die zahllosen sexuellen Anspielungen in der klassischen persischen Literatur und wiesen einander zum Abschluss jeder Erörterung auf andere, das betreffende Textstück unterstreichende Passagen hin. Damals war ich allerdings schon alt genug, um in der Runde als Eingeweihter zu gelten.

Vor dieser Zeit konnte ich mit solchen Anspielungen lange nichts anfangen. Auch wenn ich mir sicher war, dass es um Dinge ging, die Moral und Anstand betrafen, waren sie für mich, als Heranwachsenden, letztlich ohne Belang. Später, geschlechtsreif geworden, wohl auch, weil ich die erwähnten

Anspielungen mittlerweile verstand, nahmen die Männer mich offiziell in ihren Kreis auf. Schließlich konnten sie mich nicht ewig in der Luft hängen lassen, konnten nicht einerseits auf meiner Anwesenheit bestehen, mich andererseits aber von ihrer schonungslos freizügigen Textanalyse ausschließen.

Denn wir lasen Werke, an denen sich kaum etwas verschleiern oder beschönigen ließ. Ich musste sehr bald erkennen, dass ein beachtlicher Teil der klassischen persischen Literatur nicht in den sehr eng gesteckten Rahmen konventioneller Vorstellungen von Moral und Anstand passt.

Und ich frage mich dieser Tage, ob hierzulande die Ablehnung des Romans nicht darauf zurückzuführen ist, dass schon die altpersische Literatur, als dessen Vorläufer, mit sämtlichen moralischen Tabus bricht – die das islamische Regime sich zu festigen und zu bewahren alle Mühe gibt – und aus der geheimnisumwobensten zwischenmenschlichen Beziehung etwas Normales, Weitverbreitetes, Selbstverständliches macht? Literatur, die wiederholt sehr offen und in den Worten vieler bedeutender, hochverehrter Lyriker und Oratoren Homosexualität so unverblümt zur Sprache bringt, dass sie sich nicht leugnen lässt. Einmal für dieses Thema sensibilisiert, wurde mir schnell klar: Diese Literatur läuft Gefahr, verfälscht zu werden. Und wo lenkende Eingriffe und die Fälschung der Werke sich als unmöglich erweisen, schweigt der Kritiker sie tot.

Betrachten wir eine Geschichte über zwei junge Männer aus dem *Masnavi* des berühmten Sufi-Dichters Dschalal-ad Din ar-Rumi. Die beiden, auf Reisen, machen in einem Kloster Station, um dort die Nacht zu verbringen. Der eine hat ein, zwei Haare im Gesicht, dem anderen sprießt noch kein Bart. Um den begierigen Armen anderer im Kloster nächtigender Männer zu entgehen, schützt der bartlose Jüngling sich und «schichtet um seinen Arsch dreißig Ziegel auf». Mitten in der Nacht überkommt einen der Männer die Lust, sich mit dem Jüngling zu vergnügen, er räumt die Ziegel, hinter denen der sich verschanzt hat, beiseite, streichelt ihn, der Junge springt auf und sagt verwundert:

Einst war das Kloster ein besserer Platz.

Heute fand ich keinen Moment hier Schutz.

Wer am Kinn drei bis vier Haare hat, sprich Bart,

Hat's besser als der mit dreißig Ziegeln um den Arsch.

Je eingehender ich mich mit diesen Texten befasste, desto klarer musste ich anerkennen, dass die Verwendung der Sprache der einfachen Leute sie vergnüglich macht, wie das obige Beispiel zeigt. Wobei die vulgären Ausdrücke so gekonnt im gehobenen Sprachschatz untergebracht werden, dass wir sie kaum als unflätig wahrnehmen, sondern sie vielmehr untrennbar mit einem vollständigen Ganzen verbunden sehen. Diese unkomplizierte, natürliche Ausgewogenheit hat uns die altpersische Literatur nähergebracht und sie für nachfolgende Generationen zur Alltagslektüre gemacht. Abid Zakani, Dichter und Zeitgenosse des Hafis, schiebt in seinen Gleichnissen alle heuchlerischen moralischen Konventionen beiseite und entlarvt die allgemeine Scheinheiligkeit mit den offensten Worten. In einem Beispiel vereinbart ein Mann mit einem Jungen, dass er ihm einen Dinar zahlt, wenn der Junge ihm erlaubt, ihm seinen Schwanz zur Hälfte in den Arsch zu stecken. Der Junge legt sich bereitwillig hin, und der Mann dringt komplett in ihn ein. «Hatten wir nicht ausgemacht, dass du ihn nur zur Hälfte reinsteckst?», fragt der Junge. Und der Mann antwortet: «Ich hatte die zweite Hälfte vereinbart.»

Dort, wo in dieser Literatur die Schönheit des menschlichen Körpers in den poetischsten Bildern geschildert wird, ist plötzlich auch von eines Jünglings Lenden die Rede. Wobei auf den ersten Blick der Eindruck entstehen könnte, hier werde, unverwechselbar, das hübsche Antlitz eines Angebeteten beschrieben, während der Dichter in Wahrheit einen anderen Körperteil preist. Anwari schreibt im zwölften Jahrhundert christlicher Zeitrechnung über des Geliebten Hintern:

Dein Arsch bringt mehr Genuss als jedes Rosenblatt.

Wohl dem, der statt eines Frauenarschs deinen hat.

Jedenfalls verdanke ich meinem Vater diese Einblicke in die Literatur. Für mich lag ihr Reiz anfangs nicht in ihrer Schönheit und Einzigartigkeit – die mir später klar wurden –, sondern in der Liebe, die mein Vater ihr entgegenbrachte. Ein in den Augen eines kleinen Jungen allwissender Vater, der kraft seines Verstandes und seiner starken Arme alle Hindernisse aus dem Weg räumt und zugleich diese Literatur verehrte. Er hat mir die Augen für die Mysterien, die Rätsel und die reiche Seele dieser Werke geöffnet und hat mir auch die Zugangswege zu ihnen gewiesen. Von Kindesbeinen an hat er mich unter jedem erdenklichen Vorwand auf Literatur aufmerksam gemacht. Bei jeder passenden Gelegenheit, manchmal auch ganz ohne besonderen Grund, hat er mir Bücher gekauft oder zum Geschenk gemacht, Zusammenfassungen der alten Werke oder vereinfachte Versionen davon, die mich oft brennend interessierten. Gleichnisse von Saadi, Geschichten aus Ferdowsis *Buch der Könige* und vor allem aus Rumis *Masnavi*.

Als ich älter wurde, machte ich mich auf die Suche nach den Originalversionen dieser Geschichten und wurde dabei nicht selten enttäuscht. Die Texte waren in schwieriger Prosa verfasst und enthielten Wörter, die ich nicht kannte. Hier sei erwähnt, dass ich eine Zeit lang durchaus frustriert war und die vereinfachten Textausgaben beiseitelegte. Wenn ich mich an ein Originalwerk wagte, halfen meine Eltern mir manchmal, es zu entschlüsseln, auch wenn ich es anfangs nicht genießen konnte, weil ich mich stark auf die korrekte Aussprache mancher Wörter oder auf ihre genaue Bedeutung konzentrieren musste, was das Lesevergnügen natürlich trübte. Als ich fünfzehn wurde, schaffte mein Vater es endlich, mich vollends für diese Literatur einzunehmen. Seine beharrlichen Versuche, mich auf den Geschmack zu bringen, hatten endlich Erfolg, und ich widmete mich ihr fortan nicht mehr, um ihm zu gefallen, sondern aus ganz eigenem Antrieb. Auch weil ich in ihr keine zermürbenden, mit überflüssigen moralischen Belehrungen gespickten Texte mehr sah. Um diesen Sinneswandel zu vollbringen, musste mein Vater mich mit jeder Wesens- und Ausdrucksform dieser Literatur vertraut machen. Fröhlich amüsante, leichte, dreiste, zwanglose Formen, von denen man kaum glauben mochte, dass sie, untrennbar mit ihr verbunden, in einer großartigen Sprache daherkamen. Indem ich all diese Formen durchdrang, wurde mir auch klar, wie ähnlich die Literatur dem Leben selbst war. Und so wurde sie zu einem Gebiet, das ich nach Herzenslust durchstreifte und das, trotz mehrjähriger Unterbrechung meiner

Streifzüge im Laufe meiner rebellischen Jugend, zu meiner großen Leidenschaft und Freude wurde. Mein Aufbegehren in Jugendjahren hat daran nichts Grundsätzliches geändert. Ich hatte mich in das Wort verliebt und verdankte diese Liebe meinem Vater.

REVOLUTION

Niemand aus meiner Familie mochte auf die Straße gehen und an Demonstrationen oder Protestmärschen teilnehmen, aber mein Vater las natürlich täglich aufmerksam und ausdauernd die Zeitung und hörte während der zwei Monate, in denen die Presse streikte, pünktlich Nachrichten auf BBC Radio. Wir sahen ihm an, dass er die Lage mit Sorge verfolgte, auch wenn er uns das nicht sagte. Da er jedoch oft lange nachdenklich war, übertrug er seine Besorgnis ungewollt auf uns. Ihm sei, so ließ er uns wissen, beileibe nicht an der Fortdauer des Schahregimes gelegen. Was ihm aber Kopfzerbrechen bereite, sei die Unklarheit in Bezug auf seine Nachfolge.

Der erste Vorteil der unsicheren Lage wurde für mich konkret spürbar, als die Schulen für unbestimmte Zeit in den Streik traten und deshalb der Unterricht vorübergehend ausfiel. So bekamen auch die Lehrer, meine Mutter unter ihnen, Gelegenheit, durchzuatmen. Zugleich zeigten sich in jenem Herbst die ersten Nachteile der Lage. Es mangelte an Öl und Benzin, und wiederholt wurde in der kalten Jahreszeit landesweit der Strom abgestellt.

Im Winter jenes Jahres herrschte abends und nachts der Ausnahmezustand, und der Strom fiel meist schon am frühen Abend aus. Um Heizöl zu sparen, schliefen wir alle in einem Zimmer, saßen also zu Hause beisammen, und weil es zum Schlafengehen noch viel zu früh war, erzählte mein Vater uns Geschichten aus seinem Leben. Unvergleichlich schöne Stunden, von vereinzelten Gewehrschüssen und der schmerzlichen Vorstellung getrübt, dass unbeteiligte Passanten getroffen worden sein könnten. Und so blieb ein bitterer Nachgeschmack. Wie kann man mit Worten so viel Schönes schaffen, während zugleich jemand, der dieselbe Sprache spricht, einen Menschen niederschießt?

Wenn schließlich der nächste Tag anbrach und wir aus dem Haus gingen, sahen wir, dass Mauern und Wände ringsum neue Parolen trugen. Jeder wusste, die Sätze waren im Schutz der nächtlichen Dunkelheit und trotz des Ausnahmezustands geschrieben worden. Was aber, wenn diese Sätze unvollständig waren? Hatten deren Verfasser das Pech, Opfer eines jener in der Nacht zuvor gefallenen Schüsse geworden zu sein? Ich ging hin zu diesen unfertigen Sätzen an den Häuserwänden und suchte am Boden davor nach Blutspuren. Doch die Schritte der vielen vorbeieilenden Passanten hatten jede Spur getilgt.

In jenen Tagen war das Warten an Tankstellen in bis zu zwei Kilometer langen Schlangen zwar ein weiteres Übel, doch es wurde einem dabei zumindest nie langweilig. Die Leute fuhren meist abends zum Tanken, standen in Staus, kamen nur schleppend voran und manchmal minutenlang gar nicht vom Fleck. Dann stiegen sie aus ihren Autos, fanden sich in kleinen Gruppen zusammen und diskutierten über die

Ereignisse des Tages. Ich erinnere mich an einen Abend, an dem ich meinen Vater begleitet und beobachtet habe, wie genau er den Leuten zuhörte und ihnen dann mit denkbar knappen Sätzen einschärfte, sich von ihrem Verstand, ihrem Wissen und von Fakten, nicht aber von kurzlebiger Wut und Emotionen leiten zu lassen. Er sprach von ähnlichen Ereignissen anderswo, weltweit, von Völkern, deren Lage sich nach großem Blutvergießen durch eine Revolution nicht verbessert hatte, und kam schließlich auf die Rolle der Mullahs zur Zeit der Safawiden zu sprechen. Mit unterdrückter Erregung in der Stimme sagte er:

«Geschichte wird geschrieben, damit Fehler sich nicht wiederholen.»

Nur allzu verständlich, dass seine Worte in der damaligen Situation, in der jedes Atom der Atmosphäre vor revolutionärem Eifer sprühte, kaum Widerhall fanden. Die Luft roch nach Blut, und jeder roch es. Trotzdem widersprach man meinem Vater nicht offen. Die Leute hörten ihm zu, erkannten an seiner Wortwahl, an seiner Art, zu reden, vor allem an seinen kurzen Redepausen und daran, wie gefasst er war, dass er ihnen einiges Wissen voraushatte. Zu guter Letzt aber setzten sie der Diskussion freudig ein Ende: «Ihre klugen Worte in allen Ehren, aber der Schah hat nun wirklich ausgedient.»

Und um ihren Worten Nachdruck zu verleihen, rieben sie sich die Hände und wiederholten: «Schluss, aus, fertig!»

Ja, es war tatsächlich Schluss. Mit dieser offenkundigen Wahrheit musste auch mein Vater sich, tief enttäuscht, schließlich abfinden. Die Uhr ließ sich nicht zurückdrehen. Wenn er zu Hause mit meiner Mutter in Kurzform rekapitulierte, worüber er mit den Menschen draußen, fast ausnahmslos Revolutionsanhängern, gesprochen hatte, wenn seine Erregung die Adern an seinem Hals anschwellen ließ, und wenn er sagte: «Diese Revolution ist meine Sache nicht, und die Atmosphäre der Unvernunft macht mir Angst!», dann versuchte meine Mutter ihn zu beschwichtigen, indem sie ihm riet: «Lass dich auf Diskussionen am besten gar nicht ein. Deine Meinung steht derzeit nicht hoch im Kurs.»

Dann erwähnte sie das Gerücht, dem zufolge das Gesicht des Revolutionsführers im Mond sichtbar gewesen sei, und dass alle unsere Nachbarn den Anblick von den Dächern ihrer Häuser aus bestätigt hatten. Mein Vater indes schüttelte tief verzweifelt den Kopf, starrte minutenlang ins Leere, spürte seine Kräfte schwinden und rührte sich nicht. Wenig später aber erhob er sich, ging in seine Bibliothek, nahm ein Buch aus dem Regal und vertiefte sich in die Lektüre. Binnen Minuten entspannten sich seine Gesichtszüge im schwachen Licht der Leselampe, und eine tiefe Zufriedenheit vertrieb seine Sorgenfalten. Solche Momente bescherten ihm die Gewissheit, dass die Literatur stärker ist als jede Revolution.

Während ihm die Gefahr eines Bürgerkriegs, die Lebensmittelknappheit, die Einmischung fremder Mächte und die Spaltung des Landes zusätzliche Sorgen machten, verschafften ihm des Schahs Ausreise, die Ankündigung der Neutralität des Militärs und die darauffolgende Einsetzung der Revolutionsregierung ein gewisses Maß an Entspannung. Er konnte erleichtert aufatmen. Doch die Ruhe währte nur kurz und brachte neue Sorgen. Sorgen, die sich zwei Jahrzehnte später zuspitzten und ihn schließlich das Leben kosteten.

MEINE MUTTER

Unter allen Büchern, die in der Literaturrunde gelesen wurden, nahm das *Buch der Könige* eine Sonderstellung ein, eine herausragende Position, dadurch bedingt, dass die Runde, sobald sie der Arbeit an anderen Werken und der Gespräche über sie müde wurde, auf dieses umfangreiche, vor elf Jahrhunderten über drei Jahrzehnte hinweg rezitierte Werk zurückgriff, um sich bald, frisch gestärkt, weiteren Werken zuzuwenden. Der Reiz dieses Werks, das die Iraner als Erfinder von Haus und Pflug, als Entdecker von Feuer und Salz ausweist, eines Buchs mit Geschichten über Herrscher und Helden, über liebestolle Königssöhne und treue Königstöchter, über den ewigen Kampf zwischen Gut und Böse, über One-Night-Stands und Dauerkonflikte, liegt in der Vielfalt seiner staunenswerten Geschichten, spannend, aufregend, abwechslungsreich. Die anrührendste unter ihnen ist das Heldenepos von Rostam und dessen Sohn Sohrab, der vom Vater, in Unkenntnis der Verwandtschaftsbande, erdolcht wird, weil er erst im Augenblick, in dem er schon zum tödlichen Stoß angesetzt hat, die Armbinde wiedererkennt, die er seiner Frau kurz vor Sohrabs Geburt und auf dem Weg in die nächste Schlacht als Erkennungszeichen hinterlassen hatte. Mit siebzehn las ich diese Geschichte anders als zuvor. Und meine neue Sichtweise schürte so tiefen Hass auf meinen Vater in mir, dass sie mich fast dazu gebracht hätte, meinem Elternhaus für immer den Rücken zu kehren.

Nicht nur das Epos von Rostam und Sohrab, jede Geschichte im *Buch der Könige* ist so eindrucksvoll, dass man ohne Übertreibung sagen kann, sie bringt das Blut der Leserschaft in Wallung und verschlägt ihr den Atem: Sei es, wenn es um das Schicksal eines Herrschers geht, der gemeinsam mit seinen Soldaten im Schnee umkommt; um ein unglückseliges Kind, das, einst auf dem Wasser ausgesetzt, zu guter Letzt einen Thron besteigt; um einen jungen Mann in der Blüte seiner Jahre, der, zu Unrecht des Verrats beschuldigt, in Haft gelangt und durchs Feuer geht; um einen Helden in einem Brunnenverlies und einen Herrscher, der auf einem Kelch mit dem Abbild des Universums erkennt, wo der Mann gefangen ist und ihn aus dem Brunnen befreit; oder um einen Unverwundbaren, dem ein Pfeil mit Doppelspitze das Augenlicht raubt und den Tod bringt …

Vielleicht fand ich das *Buch der Könige* ja auch deshalb überragend, weil meine Mutter es besonders gern mochte. Sie war Lehrerin und Kollegin meines Vaters, kannte sich, obwohl sie Mathematik unterrichtete, mit Literatur recht gut, bisweilen sogar bestens aus, war aber unentwegt verstimmt vom Gewese um die Donnerstage, die unser Leben auch an jedem anderen Wochentag überschatteten. Folglich hätte sie mich und meinen Bruder, beide mittlerweile verständig genug, gern dafür gewonnen, des Vaters Spielraum ein wenig einzuschränken. Davon ausgenommen waren allerdings die Donnerstage, an denen es um das *Buch der Könige* ging.

An solchen Donnerstagen legte meine Mutter Eifer und Begeisterung an den Tag. Sie erinnerte gelegentlich nicht erscheinende Teilnehmer an die wöchentliche Zusammenkunft, verschob bei Bedarf sogar ihren Friseurtermin, um am betreffenden Donnerstag gut frisiert zu sein. Auf ihr widersprüchliches Verhalten konnte ich mir keinen Reim machen. Ich fand es unlogisch, dass sie einerseits donnerstags ihre Gäste gut gelaunt bewirtete, andererseits aber den ganzen Rest der Woche kein gutes Haar an den Treffen ließ. Immer wieder sprach sie von der Last, die unser Vater der ganzen Familie mit seinen anstrengenden Donnerstagsrunden aufbürdete, und nutzte den Vorwurf als Druckmittel, mit dem sie ihrem Mann Zugeständnisse abtrotzte.

Den Teilnehmern der Runde gegenüber ließ meine Mutter sich allerdings nichts anmerken. Wenn sie donnerstags mit von der Partie war, ging sie so warmherzig mit den Gästen um, dass die den Eindruck bekamen, sie sehe den wöchentlichen Treffen sogar noch erwartungsvoller entgegen als mein Vater. Der rieb sich, wenn er die gespielte Freundlichkeit sah, jedes Mal erstaunt die Augen, wie einer, der zu träumen glaubt, denn – nicht zu vergessen – knapp eine Stunde zuvor hatte meine Mutter beteuert, sie habe diese Donnerstage gründlich satt.

Alle Teilnehmenden sahen in meiner Mutter eines der wichtigsten Mitglieder des Lesezirkels, der ohne sie, wie man fand, nicht rundlief. Fehlte meine Mutter, so erklärten sie sich ihre Abwesenheit damit, dass eine berufstätige Frau viele Verpflichtungen habe, zu denen auch die Sorge für ihre vierköpfige Familie zählte. Dass alle sich auf sie freuten, lag an ihrer ganz persönlichen Art im Umgang mit diesen Runden. Sie kam mit den Männern gut zurecht, war in scheinbar unbefangener Kameradschaft meist einer Meinung mit ihnen, verstand sich aufs Witzeerzählen besser als sie, trug hier und da passende Verse bei, die ein Thema brisanter machten, auch wenn die Männer herzhaft darüber lachten. Bei aller Ausgelassenheit einte sie eine Verehrung, gespeist aus ihrer Liebe für eine gemeinsame Sache. Sie hatten die Literatur und waren glücklich mit ihr.

Wenn meine Mutter an den Sitzungen teilnahm und auch ihre Ansichten beitrug, schaute die blonde Witwe sie fasziniert und mit so viel Zuspruch an, als sei sie bereit, die Überlegenheit meiner Mutter demütig hinzunehmen. Sobald meine Mutter eine Meinung äußerte, neigte die Witwe sich leicht, fast Beifall heischend, zu ihr hin. Auch wenn meine Mutter ihr keine Beachtung schenkte, überließ die Witwe ihr das Feld nicht kampflos. Wenn ein Wortbeitrag meiner Mutter die Runde begeisterte, kommentierte die Witwe dies meist mit Bemerkungen, auf die außer meinem Vater niemand wirklich reagierte. Der unschuldige Versuch einer Frau, die glaubte, wenn sie sich ein wenig Mühe gab, könne sie ebenso viel Interesse wecken wie meine Mutter, war, mit etwas gutem Willen, verständlich. Was in ihr angesichts meiner Mutter und deren Umgang mit Männern wirklich vorging, wusste ich nicht, hätte dies aber, weil sie sich ihr gegenüber bei anderen Gelegenheiten eher förmlich, fast abweisend verhielt, mit etwas bösem Willen als Neid oder Eifersucht deuten können.

Mitunter hatte ich den Eindruck, meine Mutter sei sich ihrer Akzeptanz in der Runde sehr wohl bewusst und freue sich darüber fast genauso sehr wie mein Vater, der die Treffen einberief.

Auch am letzten Donnerstag der Monarchie in unserem

Lande stand bei uns zu Hause zufällig die Herrscherchronik auf dem Plan, das *Buch der Könige*. Am folgenden Freitagabend versetzten junge Offiziere eine Kaserne im Osten der Hauptstadt in Aufruhr und lösten damit kurz darauf den Sturm der Bevölkerung auf weitere Kasernen und auf Polizeistationen aus. Am frühen Sonntag war, ohne viel Aufhebens, die Sure auf das Ende der Monarchie in unserem Land gelesen, ganz einfach!

Noch aber machte die islamische Revolution vor unserem Haus, wie auch vor vielen anderen, halt. Wir lebten so weiter wie bisher, was besonders daran zu erkennen war, dass unsere Donnerstagsrunden weiterhin stattfanden, ohne Abstriche und ohne eine einzige Absage. Alle Teilnehmer schienen zu wissen, dass die Ereignisse draußen, der Lärm, der Wahnsinn, so unglaublich sie auch waren, nichts als folgenloses Treiben waren. Der eine kam, der andere ging, sonst nichts!

Doch man kann sich noch so sehr bemühen, die Tür vor großen Ereignissen zu verschließen, irgendwann dringen sie wie Feinstaub durch die Fensterritzen, legen sich unausweichlich auf alles im Haus, und bald sieht man überall Staub, egal, wohin man schaut. So war das bei unserer Revolution, wie bei jedem anderen verfluchten Umsturz auch.

Der anfängliche revolutionäre Siegestaumel hatte sich kaum gelegt, da brachte meine Mutter die Nachricht von den ersten beunruhigenden Maßnahmen mit heim, sprich, dem Schleierzwang für Frauen. Die muslimischen Revolutionäre gingen anfangs zwar mit Bedacht vor. Doch als, von einer Handvoll verschleierter Vertreterinnen der Zunft abgesehen, Moderatorinnen aus dem Fernsehen verschwanden, schrillten die ersten Alarmglocken. Als das Ministerium für Bildung und Erziehung Lehrerinnen per Rundschreiben anhielt, im Unterricht einer islamischen Revolution gebührende Kleidung zu tragen und in diesem Sinne auch auf ihre Schülerinnen einzuwirken, war der Moment gekommen, in dem die islamische Revolution nicht länger vor unserer eigenen Tür stehen blieb, sondern über die Schwelle trat. Das Rundschreiben schloss mit dem Hinweis, die Lehrerinnen mögen sich vor Augen führen, dass sie Verantwortung für das Blut Tausender Opfer trügen, die für die Revolution zu Märtyrern geworden seien. «Woher wissen die, dass die Märtyrer wollten, dass die Frauen sich ein Stück Stoff um den Kopf binden?», ereiferte sich meine Mutter.

Heute, wenn ich Revue passieren lasse, was damals in Iran geschah, und muslimische und andere Fundamentalisten von einer Auferstehung des muslimischen Kalifats reden höre, kommt mir in den Sinn, dass Dostojewski wohl sehr falschlag, als er beim Anblick von Holbeins Werk *Der Leichnam Christi im Grabe* meinte: «Wie kann man, beim Anblick dieser Darstellung, an seine Auferstehung glauben?»

Damals hat meine Mutter eine Abschrift des Rundschreibens mit heimgebracht, damit auch mein Vater davon erfuhr. Bebend vor Wut sagte sie: «Genau schreiben sie nicht, was sie mit ‹einer islamischen Revolution gebührende Kleidung› meinen ...»

Und sie fügte hinzu: «Ich weiß, sie wollen allen Frauen ein Tuch auf den Kopf zwingen.»

Wenige Wochen nach dem Sieg der Revolution fand am

internationalen Tag der Frau erstmals ein großer Protestmarsch gegen den Schleierzwang statt, und meine Mutter, erst- und letztmals bei einer Demonstration dabei, musste, wieder daheim, enttäuscht einräumen: «Es ist sinnlos, wir werden nichts ausrichten.»

Sie beschrieb, wie man Frauen am Rande von Demonstrationen mit Knüppeln auf Arme und Hände geschlagen hatte, und sagte, dass die verborgene Macht, die dieses Vorgehen steuerte, bald alles im Griff haben werde. Ihre Voraussagen bewahrheiteten sich. Die Protestkundgebungen hielten noch eine Weile an, und die Zeitungen waren täglich voll mit Meldungen über die Knüppel, die auf Arme und Hände barhäuptiger Frauen niedergingen.

Wie das Thema Schleierzwang damals an den Mädchenschulen weiter behandelt wurde, weiß ich nicht genau, aber mir ist noch lebhaft in Erinnerung, wie meine Mutter eines frühen Nachmittags nach Hause kam, ihre Tasche auf den Tisch legte und nur ein Wort sagte: «Aus!»

Dann war sie, mit bisher nie da gewesener Seelenruhe, in einen Sessel gesunken und hatte die Arme verschränkt. An dem Tag hatte sie ihrem Schuldirektor ihre Kündigung auf den Tisch gelegt, hatte den Raum verlassen, sich damit endlich – wie sie später eingestand – einer täglichen Mühsal entledigt und die Frage aufgeworfen, welchen Eindruck sie, außer Heuchelei, ihren Schülerinnen wohl vermittelte, die sie jahrelang ohne Schleier gesehen hatten.

Der Nachteil an der Sache, die Halbierung ihrer Pensionsansprüche wegen ihrer vorzeitigen Kündigung, bekümmerte sie kaum, und auch mein Vater nahm die Angelegenheit leicht: «Kein Beinbruch», sagte er, «wir essen einfach weniger und rücken zum Schlafen enger zusammen.»

Ein Gutes hatte der Sachverhalt allerdings auch. Ab jetzt war meine Mutter ein festes Mitglied der Leserunde, was meine Position im Hinblick auf meinen Wunsch, schnell Antworten auf meine Fragen zu bekommen, stärkte. Ich spürte tatsächlich, dass mir die Donnerstagsrunden immer mehr bedeuteten, nicht wissend, dass ich bald dagegen aufbegehren würde.

Die übrige Runde begrüßte die Kündigung meiner Mutter und war überzeugt, dass mit ihr die Diskussionen lebhafter, Meinungsunterschiede deutlicher, verborgene Aspekte leichter zutage gefördert würden. Wobei Meinungsverschiedenheiten nie zu Spannungen führten. Weil jeder Teilnehmer klug genug war, nicht auf seiner Meinung zu beharren, endete jeder Disput einvernehmlich, und die Gäste verließen am Ende jedes Abends unser Haus guter Dinge und zufrieden.

Dass meine Mutter, mit ihrem sehr bodenständigen, realistischen Zugang zu altpersischen Werken, nun regelmäßig an den Treffen teilnahm, lockerte die Atmosphäre auf, weshalb es manchmal fast nur um die erotischen Andeutungen und Witze in den jeweils diskutierten Texten ging. Die Literatur konnte das Thema Sexualität, als Bestandteil menschlicher Realität, nicht einfach ausklammern, durfte Liebe und Verrat in ihrer irdischsten, spürbarsten Form zum Ausdruck bringen. So handelt beispielsweise ein Gleichnis aus dem *Marzban-Nameh* von Marzban bin Rostam, einem der berühmtesten Werke der klassischen persischen Literatur aus dem zehnten Jahrhundert christlicher Zeitrechnung, von einem Seidenhändler, der seiner sehr schönen Frau misstraut. Als die Donnerstagsrunde dieses Gleichnis vor zwei Jahren lesen wollte, hat sie mich, damals wohl noch zu jung, mit einem Trick ausgeschlossen, weil ich nicht erfahren sollte, wie eine Frau ihren Mann hintergeht.

Der Seidenhändler vermutete, dass seine Frau Umgang mit fremden Männern pflegte, und obwohl ihm Beweise für ihre Untreue fehlten, war ihm das unerbittlich an ihm nagende Misstrauen eine Last. Eines Tages, abermals tief in Gedanken an seine untreue Frau, begegnet er, vom Basar unterwegs nach Hause, einem Mann, der für teures Geld einen seltsamen Vogel zum Kauf anbietet. Er fragt den Mann, was es mit dem Vogel auf sich habe, dass er so teuer sei, und welchen Nutzen er wohl bringe. Der Mann erwiderte: «Das ist zwar ein Greif, doch das Besondere an ihm ist, dass er dem Herrn des Hauses alles berichtet, was im Haus vorgeht.»

Der Seidenhändler dachte: ‹Das ist genau das, was ich brauche, also kaufe ich den Vogel. Wenn ich nicht zu Hause bin, wird er ein Auge auf alles haben und mir später berichten, was sich zugetragen hat. Außerdem wird ein solcher Wächter im Haus dafür sorgen, dass meine Frau nicht fehlgeht und mir keine Schande macht.› Er kaufte das Tier und trug es nach Hause. Seiner Frau trug er auf: «Achte gut auf ihn, denn er ist klüger als jeder andere Vogel. Er bringt zwar keine Briefe, wie die Taube, liest aber jeden ungeöffneten Brief, kennt jedes Geheimnis und erstattet Bericht über alles, was er sieht.»

So sprach der Seidenhändler und verließ das Haus. Die Frau blieb entsetzt daheim.

Sie hatte mit dem Nachbarn, einem charmanten Schuster, seit Langem eine Affäre, und kaum war der Seidenhändler unterwegs, da lud sie den Schuster zu sich ein. Als der das Haus betrat, mahnte sie: «Sei auf der Hut, nimm mich vor den Augen dieses Vogels nicht in den Arm, tu nichts, was uns verraten könnte, denn der Vogel wird es meinem Mann berichten.» Der Schuster lachte sie aus und dachte: ‹Ob sie noch ganz bei Verstand ist?›

Er schwor, er werde vor den Augen des Vogels mit ihr schlafen und dem Tier sogar sein Geschlechtsteil vor den Schnabel halten, um zu prüfen, ob die Kreatur dem Hausherrn wirklich Bericht erstatten werde. Anfangs sträubte sich des Seidenhändlers Frau gegen des Schusters Umarmungen, gab seinem Drängen aber bald nach. Kaum hatte der Schuster den Geschlechtsakt vollzogen, hielt er dem Vogel prahlerisch sein Glied hin. Der Greif, sehr hungrig, packte das appetitliche Stück Fleisch mit Klaue und Schnabel.

Der Schuster schrie vor Schmerz so laut auf, dass sein Schrei bis hinauf in den Himmel stieg. Und als seine Qual unerträglich wurde, flehte er des Seidenhändlers Frau an: «Zeig du ihm, was du zu bieten hast, vielleicht lässt er dann ab von mir!»

Die Frau trat auf den Vogel zu, entblößte ihr Geschlechtsteil, der Vogel packte es mit der anderen Klaue und ließ es nicht mehr los. Als der Seidenhändler nach Hause kam und den Vogel sah, des Mannes Geschlechtsteil in der einen, das der Frau in der anderen Klaue, erkannte er den Verrat seiner Frau. Er stürzte sich auf beide und verprügelte sie nach Strich und Faden. Nicht lang, und die Geschichte vom gehörnten Seidenhändler hatte in der ganzen Stadt die Runde gemacht.

Da meine Mutter nun regelmäßig am Literaturkreis teilnahm, stieß auch ich fast wöchentlich dazu, zählte mittlerweile sogar ungeduldig die Tage zwischen den Treffen. Meine auf die Phase kindlicher Unbedarftheit folgende enthusiastische Wissbegier war jedoch nur von kurzer Dauer. Die Donnerstage wurden mir bald lästig, und ich ließ sie sausen. Nur um mich Jahre später, als ich begriff, wie sehr man Literatur genießen kann, dass sie große Freude macht und unvergleichlich fasziniert, bis ans Ende meines Lebens von ihr einnehmen zu lassen.

Indem ich der Donnerstagsrunde den Rücken kehrte, reagierte ich auf die Macht meines Vaters, zwei, drei Jahre nach dem Ausbruch der Revolution. Meinem Vater missfiel, dass ich meine Freizeit am liebsten ausschließlich mit Freunden und Schulkameraden verbracht hätte. Wenn ich mich mit ihnen traf, musste ich um acht Uhr abends zu Hause sein, während man ihnen scheinbar keine solchen Grenzen setzte. Wenn doch, so erwähnten sie das zumindest nicht. Sommers sah man sich einen Kinofilm am besten in der letzten Vorstellung an. Es gab nichts Schöneres. Teheraner Sommer sind sehr heiß. Nach der letzten Vorstellung ist die Luft angenehm kühl, und wer ziellos durch die Stadt schlendern will, weiß, die frühen Abendstunden eignen sich am besten dazu.

Der beste Wochentag für Kinobesuche und für den anschließenden Müßiggang ist der Donnerstag, der Tag vor dem Freitag, an dem die Leute länger als sonst draußen bleiben und überall lebhafter Betrieb herrscht. Grelle Neonwerbung, hell erleuchtete Schaufenster, hohe Springbrunnen auf vielen Plätzen und Bürgersteige, auf denen sich Menschenmengen drängen, geben jungen Leuten keinen Grund, sich zeitig auf den Heimweg zu machen. Doch der wahrscheinlichste Grund für meine Rebellion und vielleicht der sie auslösende Funke war unsere erneute Lektüre der Geschichte von Rostam und Sohrab, damals, auf dem Höhepunkt meines inneren Zwists über die Frage, ob ein Vater grundsätzlich das Recht hatte, den Donnerstagsrunden das gesamte Familienleben unterzuordnen und, schlimmer noch, mir zu verbieten, abends auszugehen. Damals wühlte mich die Geschichte von einem durch den Vater ermordeten Sohn stark auf.

Sohrab, der Sohn des legendären Helden Rostam, wächst nicht bei seinem Vater auf, begegnet ihm jedoch mehrfach, ohne dass die beiden einander erkennen, bis sie sich eines Tages im Kampf Auge in Auge gegenüberstehen. Der Kampf währt lange, alle denkbaren Waffen kommen zum Einsatz, und da weder der Vater die Oberhand gewinnt noch der Sohn, beschließen sie, ein Ringkampf möge die Entscheidung bringen. Sohrab gelingt es, Rostam niederzuringen, er zwingt ihn in den Staub, setzt sich auf ihn, schwingt den Dolch, um ihm mit einem tödlichen Hieb den Kopf abzuschlagen, da stößt Rostam, in Sohrabs Würgegriff, hervor: «Nach unseren Regeln setzt man dem Leben eines Kontrahenten nicht schon nach dem ersten Kampf ein Ende. Erst wer auch im zweiten Aufeinandertreffen siegt, darf ein Leben nehmen.» Sohrab begrüßt diese Regel, und so geht der Kampf in die zweite Runde, die Rostam für sich entscheidet und Sohrab, unter Missachtung der von ihm selbst arglistig aufgestellten Regel, den Dolch in die Seite sticht. Ein kurzes Gespräch entspinnt sich zwischen den beiden, in dessen Verlauf klar wird, dass sie Vater und Sohn sind und wie sehr Rostam seine Tat bereut. Sofort bricht er zu seinem Herrscher auf, will bei Hof ein Heilmittel besorgen, doch man holt ihn ein, um ihm zu sagen, dass für ein Heilmittel kein Bedarf mehr sei. Folgende Worte beschreiben die letzten Augenblicke des Sohnes: «Er sucht den Vater und [...] schließt die Lider.»

Wissend, dass sein Leben durch des Vaters Dolchstoß enden wird, sucht Sohrab dessen Blick. Selbst im Moment des Todes noch!

Die Vorstellung vom Vater, der den Sohn besiegt und aus dem Leben scheiden lässt, indem er ihn täuscht, ergriff wie ein Giftpilz täglich stärker Besitz von mir und brachte mich dazu, meinen Vater, seine Freunde, seine Donnerstagsrunde und alle seine Bücher zu verabscheuen. Diese Aversion, der Drang, mich gegen die väterliche Übermacht und Autorität zu wehren, brach sich in meiner Ablehnung des Lesezirkels Bahn. Diese Zusammenkünfte hatten nichts mit mir zu tun, sie hatten, außer mit meinem Vater, überhaupt mit niemandem zu tun. Weshalb also sollte das Leben der ganzen Familie darunter leiden?

Die von meiner Mutter jahrelang angestrebte familiäre Harmonie war zwar kurz vor meinem Aufstand erreicht, ihr aber offenbar keine weitere Aufmerksamkeit wert. Mein Vater zuckte unbekümmert die Achseln, tat meine Auflehnung ab und schaffte keine Gelegenheit, ihr offen zu begegnen. Ich war frustriert, fühlte mich entwurzelt, kritisierte alles und jeden, wurde bissig, sah mich vom Vater mit Missachtung gestraft und brannte einerseits darauf, mich von der Last seiner Tyrannei zu befreien. Andererseits zögerte ich, das Elternhaus zu verlassen.

Darf man, um mit Nietzsche zu fragen, wo kein guter Vater ist, einen erfinden? Nietzsche war mir damals zwar nicht geläufig, doch die Erfindung eines meinen Wünschen gemäßen Vaters gelang mir nicht.

Zu jener Zeit starb meine Großmutter. Wie oft habe ich gedacht, sie wäre die Einzige, mit der ich über das, was mich bewegt, sprechen könnte. Nun aber, auf mich selbst gestellt, musste ich mit mir und meinem Hass allein zurechtkommen. Gegen die Donnerstagsrunden lehnte ich mich so vehement und mit solcher Wut im Bauch auf, dass meine Eltern nicht den Mut aufbrachten, nach dem Grund dafür zu fragen. Dieser Zustand währte vier, fünf Jahre, bis eines Tages, an einem Sommernachmittag, ein Wunder geschah.

Ich will hier nicht unerwähnt lassen, dass mein Boykott des Lesezirkels eine Leere in mir hinterlassen hatte, die sich mit nichts anderem füllen ließ. Ja, die wöchentlichen Sitzungen hatten ihre Wirkung längst getan. Ich war praktisch mit Büchern aufgewachsen und hatte in ihrem Bann sozusagen eine zweite Erziehung genossen. Um mich aber von den Literaten abzusetzen, suchte ich Zuflucht in der Philosophie, insbesondere bei Nietzsche und Heidegger. Das erste Studienjahr an der Universität brachte mir Einblicke in die Semiotik und den Strukturalismus. Ich las Derrida, Gadamer, Ricœur und erschloss mir die Konzepte der Textexegese und Textkritik. Dann versetzten mich Dekonstruktion und Hermeneutik ins Staunen, doch auf die Frage, ob meine Bestimmung darin lag, mich erneut der Literatur zuzuwenden und ihr zeitlebens treu zu bleiben, fand ich keine Antwort. Bis meine Liebe zu ihr sich eines Tages so heftig zurückmeldete, mich förmlich ansog, dass ich Dostojewski recht geben musste, der im Fluch des Vaters ein familiäres Brandzeichen sieht, dem sich niemand entzieht. Ich bin letztendlich der Liebe verfallen, die mein Vater der Literatur entgegenbrachte, und führte die Familientradition fort.

EIN SAVAKI IN DER RUNDE

Savak ist das Kürzel und die geläufigere Bezeichnung für das Amt für innere Sicherheit, sprich, des Schahs Geheimpolizei, und für manche Leute gleichbedeutend mit Gefängnis, Folter, Hinrichtung. Sogar den einfachen Leuten machte dieses Wort Angst, obwohl, wer dazugehörte, Ehre und Prestige genoss. Die hohen Tiere, von denen es hieß, sie stünden mit dem Dienst in Kontakt, umgab eine seltsame Aura, die Furcht einflößte, Autorität und Macht verlieh und garantierte, dass man den betreffenden Vertretern mit Vorsicht und Respekt begegnete. Es gab auch Leute, die mit dieser Einrichtung in Verbindung gebracht wurden, obwohl sie – wie sich später herausstellte – nichts mit ihr zu tun hatten. Derlei Gerüchte hatten sie wohl selbst gestreut, um zumindest annähernd in den Genuss der Aura von Angst und Macht zu gelangen. Der Name dieser grauenvollen Einrichtung ist untrennbar mit dem Schicksal namhafter Häftlinge verknüpft, die im Laufe der Revolution auf freien Fuß kamen. Der Leiter der Behörde war unter den Menschen, die nur wenige Tage nach Ausbruch der Revolution auf dem Dach des Hauses, in dem der Revolutionsführer Quartier bezogen hatte, durch ein Erschießungskommando ihr Ende fanden. Schon im Vorfeld der Ereignisse aber war «Savaki» ein unentrinnbares politisches Schimpfwort, mit dem Revolutionäre alle diejenigen bezeichneten, die sie nicht in ihren Reihen haben wollten. Außer den bei der Einrichtung fest angestellten ranghohen Militärs oder Zivilisten waren in anderen Behörden, Institutionen und Vereinen Leute in nicht unerheblicher Zahl als Spione für sie tätig. So jemand gehörte auch zu unserem Lesekreis. Die Entdeckung erschütterte die Runde kurzfristig in ihren Grundfesten, Vertrauen und Zusammenhalt waren vorübergehend gefährdet.

Auch wenn der endgültige Sturz des Schahs und der Sieg der Revolution damals bereits mehrere Monate her waren, hörte man abends und nachts noch immer Schüsse, und tagsüber waren die Straßen voller Menschen, die ihren Anteil am Sieg der Revolution einforderten, mit Streiks, Demonstrationen, Protestmärschen und indem sie auf Behelfsbühnen an Straßenkreuzungen die Fäuste reckten und flammende Reden hielten. Ihr unnachgiebiger Kampf galt den Kräften, die die Revolution ausschließlich für sich beanspruchten. Ein Konflikt, in dem kein Ende absehbar war und der die ganze Stadt in Unruhe und Aufruhr versetzte.

In jenen Tagen erwähnte Golschan meinem Vater gegenüber vertraulich, Foghahi sei ein Savaki. Damals war eine Liste mit dreihundert Namen im Umlauf. Wer auf der Liste stand, hatte den Auftrag, Vereine und Kulturorganisationen zu infiltrieren und auszuspionieren. Ich weiß noch, dass Golschan, die es sonst nach unseren Treffen immer eilig hatte heimzukommen, an einem Donnerstag ausnahmsweise im Zimmer ausharrte, bis alle Gäste gegangen waren, dann auf meinen Vater zuging, ihn an der Hand zu einem Sessel in einer Ecke führte und schließlich auf einem Stuhl neben ihm Platz nahm. Sie zögerte, sah mich an, lächelte entschuldigend, räusperte sich und erklärte, sie habe etwas Besonderes mit meinem Vater zu besprechen. Der wandte sich zu mir um, sah mich an, ich ging sofort aus dem Zimmer, blieb aber in der Nähe. Ich war damals knapp fünfzehn und galt quasi als festes Mitglied der Donnerstagsrunde, was jedoch nicht hieß, dass ich schon in alle ihre Geheimnisse eingeweiht wurde.

Meine Mutter, die keinesfalls als Außenstehende galt, ging, während Golschan mit meinem Vater fast im Flüsterton sprach, im Zimmer ein und aus, räumte Gläser, Tassen, Teller von den Tischen, rückte Gegenstände an ihre Plätze zurück, verharrte kurz, sagte ein, zwei Worte und kam dann aus dem Zimmer. Jedes Mal, wenn sie, zwischen Gästezimmer und Küche unterwegs, an mir vorbeiging, sagten mir ihre fest zusammengepressten Lippen und ihr unbeirrt zu Boden gerichteter Blick, dass sie sich Sorgen machte, dass etwas Außergewöhnliches vorgefallen war.

Ich saß auf dem einzigen Stuhl im Flur, war vermeintlich mit meinem Notizheft beschäftigt, in Wahrheit aber völlig auf das Geschehen im Gästezimmer und das sich dort offenbarende Mysterium konzentriert.

Golschan trug vor, was sie zu sagen hatte, erhob sich, während mein Vater reglos sitzen blieb, weshalb nur ich und meine Mutter Golschan zur Tür brachten. Sie verabschiedete sich leise mit den Worten: «Die Wahrheit ist manchmal bitter, sehr bitter.»

Dann sah sie zu Boden und schüttelte traurig den Kopf. Nach einem Zögern, das mir endlos lang vorkam, pflichtete meine Mutter ihr bedrückt bei und lächelte verständnisvoll. Vielleicht hätten die beiden einander gern mehr gesagt, sahen angesichts meiner Anwesenheit aber davon ab, ich weiß es nicht. Jedenfalls schloss meine Mutter die Haustür hinter Golschan, schüttelte nachdenklich und mit noch immer zusammengepressten Lippen den Kopf, und beide gingen wir dann ins Gästezimmer zu meinem Vater. Der blickte auf, ohne uns anzusehen, und sagte maßlos enttäuscht: «Ich kann's einfach nicht glauben ... Wie kann so was denn sein?» und schüttelte dabei, so betroffen wie kurz zuvor meine Mutter, den Kopf. In meiner Anwesenheit sagte er nichts weiter, und meine Mutter, wie immer die Selbstbeherrschung in Person, stellte ihm keine Fragen zur Sache, setzte sich kurz neben ihn, nahm teilnahmsvoll seine Hand in ihre beiden Hände und fragte nur: «Warum ist deine Hand so kalt?»

Nicht nur sie, die meines Vaters Gemütszustände in- und auswendig kannte, auch ich wusste, warum er kalte Hände hatte. Und ich wusste, um zu verdauen, was er soeben vernommen hatte, würde er vor allem Zeit brauchen.

An jenem Abend lag ich stundenlang wach und malte mir Dinge aus. Ich war nicht sehr besorgt, aber aufgewühlt. Und die Ungewissheit hatte bald ein Ende. Die Sache kam in den folgenden Tagen nach und nach ans Licht. Einer von uns, ja, tatsächlich jemand aus unserer Mitte! Eine Schande, aller Wahrscheinlichkeit nach unauslöschlich.

Jeder Verein, jeder Interessenverband ist verdächtig. Wobei es ganz unerheblich ist, was die Menschen jeweils verbindet, ob Fußballfans oder Verfechter einer politischen Idee. Wenn Menschen sich aus irgendeinem Grund zusammentun, besteht immer die Möglichkeit, dass sich Unmut breitmacht oder dass Menschen sich erheben, Aufstände anzetteln, so jedenfalls die Lesart aller Regierungen unseres leidgeprüften Landes.

Nach den Worten meines Vaters war ihm als Erstes die Frage nach der List in den Sinn gekommen, mit der Foghahi sich in unsere Mitte geschlichen hatte. Kuscha hatte ihn der Runde vorgestellt, schon ein, zwei Jahre nach ihrer Gründung, zu einer Zeit, als mein Vater der festen Überzeugung gewesen war, man dürfe nur Leute aufnehmen, die ein echtes Interesse an der klassischen persischen Literatur mitbrachten.

Kuscha war zu uns nach Hause gebeten worden, das weiß ich noch. Er stand an einem Frühlingsabend vor der Tür, in voller Größe und polternd. Er kam rein, rempelte mich an, stieß gegen einen Stuhl und wollte, mit Näselstimme und ohne nach links oder rechts zu schauen, von meinem Vater wissen: «Worum geht's denn? Was ist so dringend, dass du mich herbestellst?»

Mein Vater hatte bedächtig die Hände gehoben und ungemein gelassen gesagt: «Keine Sorge.»

Kuscha hatte auf der Stuhlkante gesessen – wie auf dem Sprung – und hatte gesagt: «Ich mach mir keine Sorgen. Sag mir trotzdem schnell, worum's geht.»

Die Antwort auf seine Frage hatte ihn und auch alle anderen Mitglieder der Runde tief bestürzt. Kuscha hatte mehrfach beteuert: «Nicht mal mein Geist wusste davon.»

Das mochte wohl sein, dennoch hatte er sich bemüht, jeden Verdacht von sich zu weisen, hatte, mit großen Augen, Hilfe suchend mal meine Mutter, mal mich angeschaut. Zumindest mein Vater fand, er war über jeden Verdacht erhaben.

Foghahi unterrichtete persische Literatur an einem namhaften Gymnasium und war Kuschas Kollege. Ein umgänglicher Mann, der fast die Hälfte des *Buchs der Könige* auswendig kannte und der jede Diskussion über unterschiedlichste Themen um passende, laut und vernehmlich vorgetragene Verse bereicherte. Das war alles, was Kuscha über ihn und sein Leben vor seiner Aufnahme in die Donnerstagsrunde wusste.

Meinem Vater sagte er, als Foghahi ihn gebeten habe, ihn für den Lesekreis vorzuschlagen, sei ihm nicht einmal im Traum eingefallen, Foghahi zu fragen, wie er überhaupt von diesem Kreis erfahren habe. Er, Kuscha, sei der Meinung gewesen, mit Foghahi als Mitglied komme der Kreis seinem Ziel einen Schritt näher. Nun aber ärgere er sich maßlos über seine Leichtgläubigkeit. Wie seine Verblüffung zuvor erschien allerdings auch seine Wut reichlich übertrieben!

Soweit mein Vater sich erinnerte, hatte Kuscha ihm gesagt: «Ein Kollege von mir, Literaturliebhaber und genial bewandert, würde sich freuen, wenn wir ihn in unsere Runde aufnehmen.» Nun, damals sprach einiges für ihn, er war Kuschas Kollege, dazu ein Literaturnarr, wie er im Buche stand.

Ob er schon vor seiner Aufnahme in die Runde Savak-Agent gewesen war und dann den Auftrag bekam, sie anzuzapfen, oder ob er erst rekrutiert worden war, nachdem wir ihn aufgenommen hatten? In der damaligen Situation waren diese Fragen irrelevant. Vielleicht aber würde er sie uns später beantworten.

Während Zorn und Hass auf alles, was das frühere Regime betraf, die Straßen der Hauptstadt noch immer im Griff hatten, wollten die Mitglieder unserer kleinen Leserunde eine Klärung darüber herbeiführen, ob Foghahi nun Savaki war oder nicht. Mein Vater telefonierte reihum, besprach die Sache mit jedem Einzelnen und erzielte als einzig greifbares Ergebnis den Wunsch, eine Dringlichkeitssitzung einzuberufen, an der Foghahi selbst nicht teilnehmen sollte.

Was den Druck nicht aus der Sache nahm. Bis zu dem Tag, für den die Sitzung einberufen war, stand unser Telefon nicht mehr still, und Foghahis Name machte die Runde. Die Reaktionen, so mein Vater, reichten von Fassungslosigkeit und Entsetzen bis hin zu Wut und Hass. Alle Anrufer fragten sich gleichermaßen, wie Foghahi es in den Lesekreis geschafft hatte, und alle waren über ihre eigene Vertrauensseligkeit gleichermaßen erstaunt. Mein Vater fragte aufgebracht, ob denn nun jeder ein Kontrollgerät im Hause haben müsse oder ob die Donnerstagsrunde im Untergrund politisch aktiv sei? Komplotte, Verschwörungen schmiede? Die Gemüter beruhigten sich bald, man dämpfte die Stimmen und nahm, auf der Suche nach verdächtigen Ecken und Kanten, Foghahis Verhalten und alles, was er während der vergangenen Jahre gesagt hatte, unter die Lupe. Doch auch dieser Kraftakt förderte nichts Zweifelhaftes zutage. Niemand konnte sich an Unerfreuliches oder Ungewöhnliches erinnern. Und so folgerte man schließlich, dass die Savakis, immerhin Ableger von Mossad und CIA, ihr Handwerk eben verstanden. Dann kam der vereinbarte Tag, alle – außer Foghahi – trafen sich zur festgelegten Zeit und inspizierten eindringlich die Liste, die Golschan im Original mitgebracht und auf der sie Foghahis Namen zuvor rot eingekreist hatte. Die einen setzten ihre Brillen auf, hielten die Liste vors Fenster, inspizierten sie im Gegenlicht und seufzten, sobald sie Foghahis Namen entdeckten, als hätten sie in ihrer Lieblingssuppe eine Fliege aufgespürt. Andere blinzelten, wenn sie den Namen lasen, setzten die Brillen ab und hielten sich die Liste dicht vors Gesicht. Nur Mokhtar warf keinen Blick darauf: «Ich will seinen unseligen Namen gar nicht sehen», grummelte er. Nach dieser an eine Identitätsprüfung vor Gericht erinnernden Prozedur begann die Diskussion um die eigentliche Sache. Die Kläger, Schulter an Schulter, waren zugleich Prozessführer in diesem brisanten Fall. Kein Angeklagter, kein Verteidiger, keine Jury, nichts!

Die Einzige, die in der nüchternen Atmosphäre für einen Hauch Emotionen sorgte, war die blonde Witwe, die sich schluchzend die Augen wischte und mit vor Zorn verzerrtem Gesicht hervorstieß: «Ich bin fassungslos, ausgerechnet einer von uns! … Da muss ein Irrtum vorliegen. Wie kann das sonst sein?» und dann in die Runde schaute, um zu prüfen, wer ihre Bestürzung teilte.

Der Prozess verlief ungeordnet, mal redeten alle durcheinander, mal schwiegen sie gemeinsam, und meine Mutter behielt als Einzige die Gerechtigkeit im Blick. Sie argumentierte, man könne dieser Tage keiner einzigen Liste hundertprozentig trauen, und erntete heftigen Widerspruch. Die einen sahen in solchen Aufstellungen den glaubwürdigsten Revolutionsgewinn, weil sie die wahren Volksfeinde offenbarten, die dem Volk, im Dienste des Diktators, hinterrücks den Dolchstoß versetzt hatten. Ihnen hielt meine Mutter entgegen, solche Listen seien oft politisch motivierte, arglistige Täuschungen. Um ihr Argument zu stützen, nannte sie die Liste, die während der Wirren der Revolution, ein, zwei Monate vor dem Sturz des Schahs, von Revolutionsanhängern und Mitarbeitern der Zentralbank erstellt worden war und Namen von Leuten enthielt, die in den Monaten zuvor Unmengen Geldes außer Landes geschafft hatten. Wobei, so meine Mutter weiter, die Namen einiger Basaris fehlten, weil sie die Verfasser der Liste angeblich geschmiert hatten, um unentdeckt zu bleiben.

Und so brachte die Dringlichkeitssitzung schließlich nur ein Ergebnis: Man werde Foghahi zur nächsten Sitzung einladen und ihn bitten, der Runde zu erklären, warum auch sein Name auf dieser Liste stand. Mokhtar lamentierte: «Auwei, jetzt muss ich seinen Anblick ja doch noch mal ertragen!»

Um niemandem zu nahe zu treten, sprach mein Vater von einem gemeinsamen Versagen, davon, dass niemand ganz unschuldig sei. Sie alle, so wandte er ein, müssten für ihr gemeinsames Schweigen zu den Taten eines verbrecherischen Diktators Verantwortung übernehmen. Und er bat sie, zwar nichts zu beschönigen, Foghahi aber mit Toleranz und Nachsicht zu begegnen und ihm die Möglichkeit einzuräumen, das Gesicht zu wahren.

Kuscha übernahm die Aufgabe, ihn einzuladen, vielmehr halste man sie ihm, trotz seines heftigen Protests, auf. Für ihn war Foghahi fortan nur noch «dieser Mann».

Kuscha berichtete meinem Vater am nächsten Tag, er habe nur mit der Frau dieses Mannes sprechen können, die ausrichten ließ, dass dieser Mann schwer erkrankt sei, im Bett liege, unablässig klagend, aber unwillig, einen Arzt aufzusuchen. Das belaste seine Frau und die Kinder bereits.

Da dies kein Dauerzustand werden konnte, verließ Foghahi sein Krankenlager eines Tages und kam – bisher nie da gewesen – auf einen Stock gestützt zur Donnerstagsrunde.

Die Sitzung wurde sehr emotional. Wie gern hätte ich damals eine Kamera zur Hand gehabt, um Foghahis Gesichtsausdruck festzuhalten, als er unser Haus betrat. Über die Sache mit der Liste und darüber, dass sein Name mit ihr in Verbindung gebracht wurde, war er zweifellos im Bilde. Entsprechend leichenblass stand er an diesem Donnerstag vor unserer Tür. Wo war sie nun, die schwärmerische Stimme, mit der er persische Werke so klangvoll und geschmeidig vorzutragen wusste? Wo war das Selbstvertrauen, mit dem er einst Lehrstücke rezitierte und dabei den rechten Zeigefinger auch lehrmeisterlich mahnend schwang?

Er nahm Platz, kreidebleich, mit zitterndem Kinn, verstört, und schaute Hilfe suchend in die Runde. Nach Minuten, die endlos langsam verstrichen, und erst als es völlig still war im Raum, sagte er, kaum hörbar: «Meine Herren, es ist nicht wahr.»

Es blieb still, alle Köpfe senkten sich, dann sagte Hatam, verblüffter als zuvor, laut: «Was Sie nicht sagen!»

Jetzt hoben sich die Köpfe, ungläubige Blicke zielten auf Foghahi.

Der sagte, so leise wie zuvor: «Ich erkläre es gleich» und nickte mehrfach. Den Gesichtern in der Runde waren widerstreitende Empfindungen abzulesen. Deutlich sah man, wer an Foghahis Verzweiflung Anteil nahm, während andere im Feuer ihres nur mühsam gezügelten Zorns loderten und wieder andere einfach still dasaßen und zuschauten. Eines aber war allen ein gemeinsamer Grund zur Freude. Die Tatsache nämlich, dass sie nicht in Foghahis Haut steckten.

Die Revolution hatte alles auf den Kopf gestellt. Leute, die sich einst dessen rühmten, was sie hatten, schämten sich jetzt dafür, ehrlos geworden, fast zu Tode. Vor der Geschichte mit der Liste war Foghahi in den Augen meiner Mutter ein starker, entschlossener, tüchtiger Mann gewesen. Für sie zählte er zu den Menschen, die jede unangenehme Situation im Leben ohne große Mühe meisterten, und sie hatte angenehme Erinnerungen an ihn. Als sie sich einmal besorgt über den Zustand der in die Fänge des Savak gefallenen Tochter einer Kollegin geäußert hatte, nur weil das Mädchen einen verbotenen Roman gelesen hatte, war Foghahi auf einen entfernten Verwandten unter den Savak-Beamten zu sprechen gekommen, mit dessen Hilfe er vielleicht etwas erreichen könne.

Meine Mutter hatte ihm den Sachverhalt genau geschildert, und die Tochter der Kollegin war eine Woche später wieder frei. Meine Mutter war Foghahi auf ewig dankbar: «Wenn Sie wüssten, von welchen Höllenqualen Sie meine Kollegin erlöst haben!»

Und nun verschlangen die Flammen dieser Hölle Foghahi vor aller Augen. Da noch immer niemand das Wort ergriff, wiederholte er: «Es ist nicht wahr, so glaubt mir doch.»

Sofort herrschte mein Vater ihn an: «Bist du vielleicht einer, der was zu sagen hat, sodass sie dir deshalb etwas anhängen wollen?» Woraufhin Foghahi plötzlich laut in Tränen ausbrach, sich die Hände vors Gesicht hielt und bitterlich weinte.

Ein Bild zum Steinerweichen, alle waren sichtlich erschüttert, denn immerhin war Foghahi einer von uns. Meine Mutter reichte ihm ein Taschentuch und strich ihm beruhigend über den Rücken. Sie schüttelte den Kopf, in hilfloser Anteilnahme, und da der Rest der Runde einfach nur vor sich hin starrte, sagte sie: «Wenn er einen Herzinfarkt kriegt, der Arme, dann sind wir alle mit schuld, wie wir hier sitzen.»

Sie hatte recht. Ich hatte bisher noch nie einen großen, starken Mann so herzzerreißend weinen, schluchzen, seufzen sehen.

Man ließ ihm Zeit, sich auszuweinen. Auch die blonde Witwe schluchzte, schüttelte teilnahmsvoll den Kopf. Meine Mutter brachte Foghahi ein Glas Wasser, und mein Vater sagte, in versöhnlichem Ton zwar, aber noch hörbar verärgert: «So, das reicht jetzt!» Angewidert deutete er energisch auf Foghahi, als wolle er mit dieser Geste die Ereignisse dieses höchst unerfreulichen Abends aus der Welt wischen.

Darauf schien Foghahi nur gewartet zu haben. Ein, zweimal schluchzte er noch laut auf, dann hatte er sich wieder im Griff. Er ließ das Taschentuch sinken, zeigte sein tränennasses Gesicht. Den Mut, den Kopf zu heben und der Runde in die Augen zu schauen, brachte er immer noch nicht auf. Er saß da, Kopf und Hals zwischen die Schultern eingezogen, und wirkte viel kleiner als beim letzten Zusammentreffen.

Alles Weitere ist kaum der Rede wert. Im Verlauf des nun folgenden kurzen Prozesses wurden nach und nach Täter und Taten benannt. Foghahi, von meinem Vater und Mokhtar lange bedrängt, gab schließlich zu, als Sonderermittler für den Apparat tätig gewesen zu sein, wenn auch unter Zwang und ganz ohne an die Sache zu glauben. Er beteuerte, seine Rolle in diesem verdammten Apparat sei so bedeutungslos gewesen, dass sich gewiss niemand die Mühe gemacht hätte, seine Berichte über unsere Zusammenkünfte zu lesen. Er schwor, sie so abgefasst zu haben, dass niemand von uns je in Schwierigkeiten geraten wäre. Zum Abschluss verkündete er, voller Inbrunst und mit am Hals hervortretenden Adern, dass er, wenn er nicht so nutzlos und feige wäre und wenn er den Mumm hätte, seine Wünsche in die Tat umzusetzen, zur Waffe greifen und die Schreckensherrschaft des Schahs an vorderster Front bekämpfen würde.

Leicht dahingesagt, erst recht, da der Schreckensherrscher wenige Monate zuvor gestürzt worden war.

«Man muss ihm eine Chance geben.»

Das waren die ersten Worte, die fielen, nachdem Foghahi auf Bitten meines Vaters die Runde verlassen hatte, weil man sich nun im kleineren Kreis beraten wollte.

Meine Mutter begleitete den Angeklagten zur Tür, kam zurück ins Zimmer und brach die Stille mit ihrer teilnahmsvollen Bemerkung: «Leute wie er können einem leidtun. Der Arme, er war noch ganz mitgenommen.»

Und in etwas lauterem Ton fragte sie: «Warum haben wir

ihn überhaupt vorgeladen? Er konnte sich gar nicht verteidigen. Davon abgesehen, hatten wir ja längst den Stab über ihn gebrochen. Haben wir ihn herbestellt, weil wir ihn bloßstellen wollten, verachten? ... Wir können von Glück sagen, wenn er unterwegs keinen Herzinfarkt kriegt.»

Auch die blonde Witwe nahm Anteil. Mokhtar hingegen lächelte bitter: «Die Berichte genau solcher Leute waren es doch, die jede Menge junger Menschen im Land den Kopf gekostet haben.»

Da die Literatur über Foghahis Fall völlig in den Hintergrund getreten war, brachte die blonde Witwe der Runde mit einem Vers in Erinnerung, weshalb man sie vor Jahren überhaupt ins Leben gerufen hatte:

«Steckst du in den Fängen eines blutrünstigen Löwen, was bleibt dir, als dich duldsam zu ergeben?» Kuscha mochte sich dieser Rechtfertigung nicht anschließen. Er fand, dass jeder Mensch für das, was er getan hatte, Verantwortung übernehmen müsse. So auch dieser Mann.

Huschang und Mokhtar waren beide mehrfach mit dem Savak in Berührung gekommen und hatten, im Rückblick darauf, lange versucht hinter ein für sie schier unlösbares Rätsel zu kommen. Die Frage nämlich, wie der Savak an Informationen gelangt war, von denen sie glaubten, dass allein der begrenzte Kreis von Personen ihres Vertrauens darüber verfüge. Nun war ihnen klar, über welche Kanäle Informationen nach außen dringen konnten. Jedenfalls sagten beide: «Wenn eine erstickte, diktatorische Atmosphäre herrscht, steigt für das Volk die Gefahr, sich mit Korruption und Fäulnis anzustecken.»

Diese durchaus menschliche Sicht der Dinge entlastete den Angeklagten. Ich verstand sie damals nicht genau, in meiner äußersten Wut auf Foghahi, der uns alle in Gefahr gebracht hatte.

Nun schrieben sie irgendwie alles dem System zu. Meine Mutter atmete zufrieden auf und sagte: «Wenn man nach dem Ende des Naziregimes an all seinen Handlangern und Helfern hätte Vergeltung üben wollen, hätte das ein Blutbad bedeutet.»

Sie trat für eine allgemeine Amnestie ein.

Die nun folgende Diskussion zog sich lange hin. Golschan fand, man solle Foghahi bitten, der Runde zu erklären, was er dem Savak genau berichtet habe.

Worauf mein Vater einwandte: «Was soll denn das bringen? Haben wir denn Verbotenes getan? Zugegeben, die jüngste Erfahrung hat uns allerdings etwas gebracht.»

Meine Mutter, hoffnungslos, verzweifelt, fragte schrill: «Soll sich so was etwa wiederholen?»

«Alles ist möglich», befand daraufhin Mokhtar und sorgte für mehr als einen misstrauischen Blick in die Runde. Alle ließen die Köpfe sinken.

Knapp zwei Jahrzehnte später wurde klar, dass tatsächlich alles möglich war.

An dem Abend hatten die Gäste viel mehr geraucht als sonst, und als meine Mutter endlich das Fenster aufriss, um zu lüften, erstickte der schwere Rauch, so kam es mir zumindest vor, den Blütenduft draußen im Hof. Als sich nach diesem langen Donnerstagabend alle Gäste verabschiedet und auf den Heimweg gemacht hatten, ließ mein Vater den Kopf sinken und sagte zu mir und meiner Mutter: «Ich fühle mich wie zerhackt.»

Am Donnerstag der folgenden Woche erschien Foghahi nicht, obwohl die anderen ihn eingeladen hatten. Er war krank. Seine Frau hatte Kuscha erklärt: «Ich weiß auch nicht, was schon wieder los ist mit ihm. Als er letzte Woche abends vom Donnerstagstreffen kam, war er wie verwandelt. Er ist immer noch nicht ganz gesund. Manchmal sitzt er einfach da und starrt vor sich hin. Wenn ich ihn nicht anspreche, regt er sich überhaupt nicht.»

In der darauffolgenden Woche erschien er wieder, auch diesmal noch mit Gehstock, und wirkte wie nach langer Krankheit frisch aus dem Krankenhaus entlassen. Sein Kopf ragte kaum über seinen Mantelkragen hinaus, und er sah noch kleiner aus als beim letzten Treffen. Die Runde bat ihn, seine Berichte an den Savak zu erläutern. «Wir haben nicht über Politik geredet», sagte er. «Wir haben nichts gemacht.»

Dann sah er allen reihum in die Augen, suchte Bestätigung.

Damals waren über Jahre hin Menschen auf unerklärliche Weise umgekommen. Ein Autor war in einem Fluss ertrunken, ein anderer hatte einen Infarkt erlitten, ein international bekannter Ringer hatte angeblich Selbstmord begangen, und überall hieß es, für diese drei Morde sei der Savak verantwortlich. Meine Mutter sagte: «Wir reden hier über Gerüchte.»

Worauf die blonde Witwe erwiderte: «Nicht nur wir, die ganze Stadt redet darüber.»

Mein Vater stellte fest: «Aber Foghahi war für unseren Literaturkreis zuständig, nicht für die ganze Stadt.»

Alle sahen Foghahi an, der den Kopf gesenkt hielt, den Teppich anstierte und nach langem Zögern unter dem Druck der Blicke eingestand: «Wenn ich über Zusammenkünfte wie unsere geschwiegen hätte, wären sie mir gegenüber misstrauisch geworden. Aber ich war mir sicher, niemand würde in Schwierigkeiten geraten.»

In der Tat. Damals geriet niemand in Schwierigkeiten. Aber nach allem, was meine Mutter von Foghahi selbst über seine Rapporte gehört hatte, warf sie ihm nun erbost vor: «Ich fühle mich, als hätte ich jahrelang nackt unter fremder Beobachtung gestanden.»

Sie schüttelte heftig den Kopf, war wütend auf Foghahi, fast hasserfüllt, und verließ rasch den Raum, weil sie dem Mann sonst vielleicht etwas angetan hätte.

Wieder sahen alle ihn an. Er schaute kurz auf, hielt den Blicken nicht stand, senkte den Kopf. Sein Blick schrie förmlich heraus: «Bei Gott, ich schwöre, ich habe nichts getan. Und wenn, dann nur, weil ich dazu gezwungen wurde.»

Mokhtar fuhr ihn an: «Warum hast du nicht versucht dich zu drücken?! Wieso hast du den Auftrag angenommen? Wieso … hm?!»

«Weil sie mich bedroht haben», rechtfertigte Foghahi sich und fing an zu zittern.

«Und um deiner eigenen Sicherheit willen hast du alle anderen in Gefahr gebracht?»

«Aber es war doch nicht zu eurem Schaden! … Jetzt habt ihr leicht reden und könnt mich verurteilen. Ihr hättet in meiner Haut stecken müssen, damit ihr spürt, was es heißt, wenn so ein Apparat einen in die Finger kriegt!»

Dann hatte er sich in Rage geredet, war nicht mehr zu bremsen gewesen, die Worte waren nur so aus ihm herausgesprudelt. Um sie zu unterstreichen, war er sogar aufgestanden und hatte so lange weitergeredet, bis mein Vater ihn angeschrien hatte: «Jetzt reicht's, du redest uns ja alle in Grund und Boden!»

Wie widerlich die Vorstellung, dass alles, was wir in unseren Runden besprochen hatten, nach draußen gelangt war, wo wildfremde Menschen es lesen und bis ins kleinste Detail diskutieren konnten. Nackt unter fremder Beobachtung! Jedenfalls wichen die erste Verwunderung und das Entsetzen einem anderen, unbestimmten Gefühl, vielleicht Angst oder Abscheu. In den folgenden Wochen jedoch wurden Menschen, die mit dem Vorgängerregime in Verbindung gebracht worden waren, in so großer Zahl hingerichtet, dass der Lesezirkel diesen ungezügelten Rachefeldzügen einzig und allein Foghahis Begnadigung entgegensetzen konnte. Er brauchte allerdings mehrere Jahre, bis er den Gehstock aus der Hand legen und wieder aufrecht stehen und gehen konnte. Mit der Zeit fasste er neuen Mut und neues Selbstvertrauen und fand auch zu seiner kräftigen Stimme zurück.

MEINE ENTDECKUNG DER FREUDE AN DER LITERATUR

Wir wohnten in einem relativ ruhigen Teil der Stadt. An den brütend heißen Nachmittagen während der Sommerferien, wenn alles, was man beim Blick aus dem Fenster sah, in der Hitze flirrte, wurde die Stille so tief, dass sie einem regelrecht

Angst einjagte. In der heißen Jahreszeit hatten meine Eltern es sich zur Gewohnheit gemacht, nach dem Mittagessen zu ruhen, während mein Bruder in den Schwimmverein ging und ich Spaß daran hatte, in meinem Zimmer im ersten Stock am Fenster zu sitzen und nach draußen zu schauen. Dass hinter den geschlossenen Türen und Fenstern der Häuser in meinem Blickfeld menschliches Leben war, schien mir unmöglich. So fühlte ich mich auf der einen Seite noch einsamer, als ich es ohnehin schon war. Andererseits regten Hitze und Stille meine Fantasie an, und ich ließ mich in meiner Traumwelt treiben und von dem, was ich sah, zu Geschichten inspirieren.

Immer hatte ich Dinge vor Augen, von denen sich schwer sagen ließ, ob sie real oder Fantasiegebilde waren. Sicher war, dass in meiner Welt alles nach meinen Wünschen verlief und dass ich mein kleines Reich ungestört genießen konnte.

Mittags saß der Lebensmittelhändler unserer Gegend meist im Schatten der Markise vor seinem kleinen Laden auf einem Hocker, hielt Mittagsschlaf, verscheuchte, ohne dabei die Augen zu öffnen, die Fliegen vor seinem Gesicht, ließ seine Nasenflügel beben und fuhr sich dann und wann über die Stirn. Unweit stand ein hechelnder Hund im Schatten, wedelte mit dem Schwanz und starrte aufmerksam die Straße entlang. Vereinzelt regte sich dürres Laub im heißen Wind, und in der Ferne schrie ein Esel, müde, vielleicht beladen mit Stangeneis oder Wassermelonen. Mehr war nicht. Ich hielt dennoch weiter Ausschau, unbeirrt, neugierig, der Stille und der Wahrscheinlichkeit, dass sich in der brütenden Hitze nichts Großes tun würde, zum Trotz.

Mit zweiundzwanzig, im letzten Sommer vor meinem Studienabschluss, spürte ich an einem dieser sich ewig hinziehenden und unausweichlich heißen Nachmittage, wie mir der Schweiß über die Ohrläppchen rann, stand auf und schleppte mich, fast krank vor Hitze, ins Bücherzimmer meines Vaters, wobei nicht ich ging, sondern meine Beine mich trugen. Das Zimmer war nicht mein Ziel, aber mein Weg dorthin schien vorgezeichnet, ein Schicksalsweg. Ich streckte die Hand aus, nahm ein Buch aus einem Regal, schlug es auf, ohne den Titel gelesen zu haben, und hatte folgende Zeilen vor Augen:

«Der heftiger als die anderen für sie Entflammte fragt die Frau: ‹O Königin, gestattest du, dass ich sterbe?›

‹Ja›, erwidert die Frau, ‹wenn du liebst, stirb.›

Der Mann legt sich nieder und haucht auf der Stelle sein Leben aus.»

Und plötzlich war frischer Wind im Zimmer. Dieses Buch, dessen Inhalt ich zwar kannte, bisher aber nicht verstanden hatte, eröffnete mir plötzlich eine ganze Welt. Schnell nahm ich ein zweites Buch zur Hand, schlug auch das auf. Es handelte von einem Mystiker und Asketen, der nach langen Tagen der Wanderschaft eines Abends schlafen ging und von einem Mann träumte, der, einem Heiligen gleich, von gleißendem Licht umgeben, ihm ein Stück Brot reichte, in das der Asket genüsslich hineinbiss. Doch er schrak hoch aus dem Schlaf und hatte das Stück Brot nicht einmal zur Hälfte gegessen. Als er bedauern wollte, was ihm entgangen war, stellte er fest, dass er die andere Hälfte des Leckerbissens in Händen hielt. Kann Fantasie noch stärkere Wirkung entfalten?

Nach dieser Offenbarung nahm ich so viele Bücher, wie ich tragen konnte, mit in mein Zimmer, schaute schon auf das nächste, noch bevor ich das vorherige ausgelesen hatte, und las bis weit nach Mitternacht. Mein Vater hat das später lachend meinen Sturm auf seine Bibliothek genannt. Er hatte recht, an jenem Nachmittag hatte ich seine Bibliothek gestürmt. Ein Dürstender, nicht ahnend, dass er von Flüssen umgeben war.

Im Kontrast zum schlichten, eher trostlosen Anblick unserer Nachbarschaft zeigten die Bücher mir an jenem Nachmittag eine bunte, lebhafte, spannende Stadt, die sich sinngemäß so beschreiben lässt, wie Wittgenstein die Sprache sah: ein verschlungenes Gebilde voller Windungen und Wendungen, in Gestalt von Passagen und Plätzen, Läden und Moscheen, Basaren und Karawansereien, alten und neuen Häusern aus unterschiedlichen Jahrhunderten, in denen Menschen lebten, alte und junge, verliebte und Einzelgänger, Herrscher und Untertanen, Vernünftige und Verrückte.

Fast schlafwandlerisch betrat ich an diesem stillen, denkwürdigen Nachmittag die mir fremde und doch irgendwie vertraute Stadt und erlebte, wie sie eine Sehnsucht, ein Verlangen in mir wachrief, nach dem ich mich auch später in den weitläufigen Gefilden meines Lebens immer wieder auf die Suche begab, um ihm bis in jeden Winkel nachzuspüren. Mein Vater sagte dazu später: «Siehst du, mein Sohn, diese Sprache und ihre Früchte sind das Einzige, was uns nach unserer langen, blutigen Geschichte geblieben ist.»

Für mich ist diese Erkenntnis ohne Belang. Für mich zählt, dass die Literatur mir eine besondere innere Befriedigung verschafft. Eine Erfahrung, die ich bis heute nicht vollständig ergründet habe. Gut verständlich, dass ich an den Nachmittagen in jenem Sommer keine Lust hatte, mich von dieser Literatur loszureißen. Ich blieb aus Liebe, nicht aus Wissbegier, erfreute mich an ihrer Schönheit. Diese Schönheit und der Genuss, den sie mir verschaffte, waren mir genug. Laut Kant erwächst Schönheit aus der Loslösung vom Effizienz- und Rentabilitätsdenken. Flaubert hatte recht, als er sagte, eine Möglichkeit, das Leben erträglich zu machen, bestehe darin, sich in Bücher zu stürzen wie in ein endloses Fest.

Im abgedunkelten Zimmer meines Vaters war mir an all den heißen Sommernachmittagen auf dieser behaglich schönen Insel, umringt von Büchern, in denen Helden und Abenteuer mich erwarteten, erfrischend kühl. Schon als Kind waren mir dunkle, kühle Orte angenehmer als helle.

Sobald ich nachmittags diesen Raum betrat, nahm ich ein beliebiges Buch aus dem Regal und schlug es auf. Ich traf keine Wahl, griff einfach irgendein Buch heraus, weil ich wusste, jedes Werk würde mich in eine mir völlig neue Welt versetzen.

Das erste Buch, das ich von der ersten bis zur letzten Seite verschlungen habe, war das *Buch des Quabus, Quabus-Nameh*. Welch ein Schreck: Ich entdeckte unverhohlene Offenheit und unverblümte Obszönität – von der ich bisher angenommen hatte, sie fände sich ausschließlich in der Sprache sehr einfacher Menschen – in einem hinreißenden Werk!

Vierundvierzig Kapitel, verfasst vom Herrscher Kaikavus im elften Jahrhundert christlicher Zeitrechnung zur Erziehung seines Sohnes Gilanshah, den es in die Rätsel und Geheimnisse des Lebens einzuweihen galt. Ein Prinz an der Schwelle zur Pubertät. Natürlich liegt eine fast nebenbei gelernte Lebenslektion schon darin, dass, was eines Königssohns würdig ist, für das einfache Volk nicht rundweg schlecht sein kann. In diesem Werk wird wortgewandt folgende Geschichte erzählt: Ein Mann hat mit seinem Diener geschlafen und sagt nun zu ihm:

«Dreh deinen Arsch weg.»

Der Diener antwortet: «Das kann man auch höflicher sagen.»

«Wie denn?», fragt der Mann.

«Sag: ‹Wende dein Antlitz ab›», erwidert der Diener.

An anderer Stelle geht es um die Aufklärung des Prinzen in Sachen sexuelles Verlangen: «Zwischen Männern und Frauen beschränke dein Begehren nicht auf ein Geschlecht, vergnüge dich mit beiden. Jedoch begehre Männer sommers und Weiber winters.»

Wenn diese Literatur – so, wie ich es andere später oft habe sagen hören, wobei ich mich deren Überzeugung anschloss – Wesen und Widerspiegelung einer großartigen Kultur ist, wie passen dann solche Themen hinein und wie lassen die sich mit den offiziell herrschenden Moralvorstellungen vereinbaren?

Als ich in die Pubertät kam und mein Vater erkannte, dass es mir tatsächlich ernst war mit der Literatur, wollte er sie mir näherbringen, aber auch teilweise vorenthalten. Ihm war damals nicht klar, dass gerade das Verborgene mich besonders interessierte, der Reiz des normalerweise Ungesagten. Diese Werke sind ein unerschöpflicher Quell zu ergründender Lebensgeheimnisse.

Nach dem *Quabus-Nameh* las ich die gesammelten Geschichten von Mohammad Oufi aus dem dreizehnten Jahrhundert christlicher Zeitrechnung. Eine dieser Geschichten handelt von einem muslimischen Kalifen, der sich in der Moschee selbst seines Gerechtigkeitssinns und seiner Barmherzigkeit rühmt. Ein Mann unter den Betenden verspottet den Kalifen, indem er furzt. Den Wächtern am Tor zum Gotteshaus entgeht das nicht, sie ergreifen den Mann, als er nach der Predigt die Moschee verlässt, und führen ihn dem Kalifen vor. Der ruft dem Mann in Erinnerung: «Ich bin der Neffe des Propheten Gottes und heute Gottes Stellvertreter. Warum hast du mich während meiner Predigt erniedrigt?»

Der Mann gibt zur Antwort: «Deine Tugendhaftigkeit in allen Ehren. Als du uns Rat gabst, hab ich ihn aus tiefster Überzeugung angenommen. Als du aber von deinem reinen Wesen und deinem gerechten Umgang mit anderen sprachst, hab ich gefurzt, weil es sehr unanständig ist, Menschen anzulügen, die die Wahrheit sagen.»

«Warum nennst du mich einen Lügner?», will der Kalif wissen.

«Ich hab im Irak einen Garten direkt neben deinem», erklärt der Mann. «Dein Vertreter hat ihn einfach an sich gerissen. Sooft ich dich auch um Hilfe angerufen habe, es war stets vergebens. Und als du der Gemeinde heute gesagt hast, wie gerecht du bist, hielt ich mein Tun für angebracht.»

Daraufhin der Kalif: «Ich bin der Stellvertreter des Herrn, ich befinde über die Angelegenheiten der gottesfürchtigen Muslime auf Erden. Was auch immer ich jemandem gebe oder nehme, es hat seine Richtigkeit.»

«O Herr aller Gottesfürchtigen», gibt der Mann zurück. «Wenn ich während deiner Predigt einen Furz für angebracht hielt, so verdienen deine jetzigen Worte zwei.»

Das nächste Werk, das ich verschlang, war die bereits erwähnte Fabelsammlung *Kalileh und Damneh.*

In einer Geschichte über Frauen, die ihre Männer hintergehen, lesen wir, dass ein Schuster eines Abends aus dem Haus geht, um einen Besuch zu machen. Seine Frau hat ein Techtelmechtel mit einem anderen Mann, die Frau des Barbiers vermittelt zwischen den beiden. Die Schustersfrau teilt ihr mit, dass ihr Mann aus dem Haus gegangen und die Luft rein ist, und bittet sie, den Geliebten rasch zu ihr zu schicken. Wie es der Zufall will, kommt der Schuster früher als vorgesehen heim und sieht in der Nähe seines Hauses einen Mann warten. Da der Schuster seine Frau schon seit Längerem verdächtigt, bindet er sie nun an einen Pfahl im Haus, schlägt sie und geht anschließend zu Bett.

Die Frau des Barbiers macht sich eine Stunde später auf den Weg zum Haus des Schusters und sieht den Geliebten der Schustersfrau noch immer draußen warten. Durchs Fenster fragt sie sie: «Weshalb lässt du den Mann so lange warten? Halt dich ran, wenn du dich mit ihm treffen willst.»

Die Schustersfrau bittet: «Komm rein, mach mich los und such jemanden, der an meiner Stelle hier am Pfahl stehen will, damit ich meinen Freund treffen und rasch wieder heimkommen kann.»

Die Frau des Barbiers bindet die Schustersfrau los und lässt sich an ihrer statt an den Pfahl binden. Doch als die Schustersfrau das Haus verlässt, wacht der Schuster auf und ruft nach ihr. Um sich nicht zu verraten, bleibt des Barbiers Frau stumm. Mehrmals noch ruft der Schuster nach seiner Frau, wird wütend, weil er keine Antwort bekommt, tritt, ein Messer in der

Hand, an den Pfahl und schneidet der dort Festgebundenen im Dunkeln die Nase ab. Die drückt er der Frau in die Hand und sagt: «Schick die deinem Geliebten.»

Dann legt er sich wieder schlafen. Kurz darauf kehrt seine Frau heim und findet des Barbiers Frau mit abgeschnittener Nase, noch immer an den Pfahl gefesselt. Beschämt, bekümmert bindet sie sie los und nimmt ihren Platz an der Säule wieder ein. Die Barbiersfrau macht sich, mit ihrer Nase in der Hand, auf den Heimweg.

Eine gute Stunde später reckt die Schustersfrau an ihrem Pfahl die Hände zum Gebet gen Himmel, betet laut: «O Herr, du weißt, wie grausam mein Mann zu mir war und dass er mich diffamiert hat. Gib mir in deiner Gnade meine Nase zurück!»

Der Schuster wird wach, hört seine Frau beten und fragt: «Was redest du da, du nutzloses Ding?»

Seine Frau aber sagt: «Steh auf und schau, was der Herr in seiner grenzenlosen Güte vollbracht hat, als er die Erniedrigung sah und die Gewalt, die du mir angetan hast. Gott hat gesehen, dass ich rein bin, und hat mir meine Nase zurückgegeben. Er hat mich nicht ehrlos dastehen lassen vor der Welt.»

Der Mann steht auf, macht Licht und sieht die Nase seiner Frau wahrhaftig intakt und an ihrem Platz. In größtem Erstaunen über dieses Wunder bittet er seine Frau um Verzeihung für das grobe Unrecht, das er ihr angetan hat. Seine Frau bittet ihn, sie loszubinden, und nimmt ihm das Versprechen ab, sie, die Gottesfürchtige, fortan nicht mehr zu quälen und ohne ihr Einverständnis nichts mehr zu unternehmen.

Unterdessen sinnt des Barbiers Frau, mit abgeschnittener

Nase heimgekehrt, darüber nach, wie sie ihrem Mann, Freunden, Nachbarn ihr Missgeschick erklären soll. Der Barbier schrickt aus dem Schlaf hoch, herrscht seine Frau an, ihm schleunigst sein Werkzeug bereitzulegen, da er aus dem Haus müsse, einem hohen Herrn den Bart abzunehmen. Die Frau lässt sich Zeit, reicht dem Gatten schließlich nur das Rasiermesser, das der wütend in eine Ecke schleudert. Sofort wirft auch die Frau sich zu Boden und ruft schmerzerfüllt: «Au! Meine Nase!» Tags darauf führt die Familie der Frau den Barbier vor einen Richter, der sein Urteil über ihn spricht.

Diese Literatur liefert zahllose Textbeispiele, die kaum pornografischer sein könnten. Unverblümter, als es dort geschieht, kann man die Dinge, die unterhalb der Gürtellinie liegen, nicht in Worte fassen. Abid Zakani ist ein seltenes, vielleicht sogar einmaliges Beispiel dafür, wie ungezwungen sich mit dem Thema umgehen lässt. In einer seiner Geschichten lesen wir: «Ein Mann geht in den Hamam, sieht dort einen auf einem Auge blinden, sehr gut aussehenden Jungen. Der Mann schließt ein Auge und spricht den Jungen an: ‹Es heißt, wenn man einem Einäugigen seinen Schwanz in den Arsch schiebt, kann er auf dem blinden Auge wieder sehen. In Gottes Namen, ich flehe dich an, komm und fick mich.›

Der Junge schenkt den Worten des Mannes Glauben und tut, wie ihm geheißen. Kurz darauf öffnet der Mann sein geschlossenes Auge und freut sich: ‹Dem Herrn sei Dank, ich kann wieder sehen!›

Als der Jüngling das sieht, bittet er den Mann: ‹Ich habe dir zu deinem Augenlicht verholfen. Jetzt hilf du auch mir.›

Der Mann lässt sich nicht zweimal bitten. Er macht sich

mit solchem Eifer ans Werk, dass der Junge ausruft: ‹Du ver-
fluchter Hurenbruder, zieh deinen Schwanz aus meinem
Arsch, sonst werd ich auf dem andern Auge auch noch blind!›»

Ich fragte mich, warum sich in unseren mit Auszügen aus
klassischen persischen Werken übervollen Schulbüchern nicht
ein Hinweis auf diese Seite der Werke fand. Auf ihre witzige,
farbenfrohe, abwechslungsreiche Seite. Warum man uns ausschließlich ihr strenges, düsteres, ermüdendes Gesicht zeigte
und jungen Menschen meiner Generation so den Zugang zu
dieser Literatur verwehrte. Wenn ich meinen Altersgenossen
damals von meinen spannenden literarischen Begegnungen
berichtete, starrten die mich oft entgeistert an, konnten kaum
fassen, dass ich an diesen Büchern großen Gefallen fand.
Früher war das vermutlich ganz anders. Meine Vorfahren wurden in der Schule mutmaßlich mit allen Facetten dieser Literatur vertraut gemacht, weshalb sie sie auf Schritt und Tritt, in
jeder Lebenslage und bis ans Ende ihrer Tage begleitet hat.

Ich hatte ja schon in jungen Jahren, dank der vereinfachten
Fassungen klassischer Werke für Kinder, eine Bindung zur
Welt der Bücher aufgebaut. Jetzt war ich fast zweiundzwanzig, und die Literatur verschaffte mir puren Genuss, beispiel-
loses Vergnügen. Zugleich stand eine moralische Wende bevor, der Vorhang hob sich, die Literatur verlor ihre Unschuld.
Doch dieser ethische Neustart verstörte mich keineswegs, er
warf mich nicht aus der Bahn. Im Gegenteil. Ich hatte ein
Reich betreten, von dem mein Vater und seine Freunde jeden
Fußbreit zu kennen beteuerten. Der Nebel lichtete sich und
gab den ungetrübten Blick auf die Landschaft frei. Rückbli-

ckend erkannte ich: Für meinen Vater war die Literatur der einzige Lichtblick in seinem normalen, unspektakulären Alltag. Zugleich fragte ich mich, wie Menschen, die diese Literatur nicht kennen, ihr nicht immer leichtes Leben ertrugen. Genügte es wirklich, Fußballspiele anzuschauen, Kreuzworträtsel zu lösen, mit Haustieren zu spielen, um Spaß zu haben und glücklich zu sein?

FERNE GESTADE

Als ich kürzlich Claude Simons Roman *Geschichte* las, fielen mir plötzlich die Postkarten meines Onkels wieder ein. In dem Roman stößt ein Mann in seinem alten Haus auf einen Karton mit Ansichtskarten von Verwandten. Karten aus aller Welt, Notizen seines Vaters an die zukünftige Braut. Karten, die die wirren, turbulenten Zeiten, die der Vater erlebt hat, für den Sohn nachempfindbar machen. Diesen Versuch unternimmt auch Roland Barthes in seinem Essay *Die helle Kammer*, indem er seine Vergangenheit anhand einer Kindheits-Fotografie der Mutter aufleben lässt. Mit den Postkarten meines Onkels verhält es sich etwas anders.

Ich mag acht oder neun gewesen sein, als mein Vater mir ein Bündel Ansichtskarten überreicht hat. Während seines Studiums in Beirut hatte mein jung gestorbener, mir unbekannter, aber wohl sehr reiselustiger Onkel sie an meinen Vater geschrieben. Auf den Rückseiten erkundigte er sich oft nach meines Vaters Befinden, erklärte kurz und knapp, wie es ihm selbst ging, ließ ihn wissen, dass er vorhabe, in den Sommerferien nach Florenz oder London zu reisen, oder er schrieb, ob er Prüfungen bestanden oder verhauen hatte. Manche Berichte unterschrieb er nicht, sondern schloss sie stattdessen mit einem skizzierten, den Schwanz reckenden Esel, den ich für sich genommen schon unterhaltsam fand.

Weitaus ergiebiger als die knappen Skizzen und Notizen aber waren die Ansichten auf den Vorderseiten der Karten. Bilder aus den bedeutendsten Städten der Welt, von Paris und Mailand über New York und Kairo bis hin zu Istanbul und Bagdad. Zauberhafte Ansichten von Städten, die ich noch nie gesehen hatte, aber liebend gern eines Tages bereisen würde. Auf einer der Karten stand sogar zu lesen, dass der Onkel bald nach Afrika aufbrechen werde. Mein Vater erklärte mir allerdings, dass es zu der Reise nicht mehr gekommen war, weil sein Bruder unerwartet früh gestorben war. Zwischen den Karten fand sich auch ein Foto von ihm vor dem Eiffelturm an der Seite eines auf beiden Hinterbeinen stehenden Hündchens mit Hut, Brille, Fliege und Gehstock, als Andenken für Touristen, unverwechselbare Erinnerung an ihre Traumstadt Paris. Meine Verwandten sagen, ich sehe meinem Onkel ähnlich. Zumindest auf diesem Foto war davon, wie ich fand, nichts zu erkennen.

Manche Karten zeigten professionell gemachte Fotos, Ansichten sehenswerter Straßen, Märkte, Plätze der jeweiligen Städte. Auf anderen sah man von Reisenden gefertigte Zeichnungen, Menschen, Feste, Maskenbälle, Droschken, Taschenspieler, Bettler. Über Jahre hin, meist, wenn ich Fernweh hatte und in meinem Zimmer allein war, wandte ich mich meinem kleinen Schatz zu – in einer Keksdose gehütet – und konnte mich stundenlang damit befassen. Das Kino sagte mir damals noch nicht allzu viel, aber die Ansichtskarten zeigten mir immerhin Ausschnitte aus einer Welt, die weit über meine eigene hinausreichte. In meiner Fantasie wurden die Städte, ihre Straßen, ihre Menschen, Flüsse und Plätze, die Pferdekutschen und die fliegenden Händler lebendig. Und ich, mit Rucksack bepackt, durchwanderte diese Welt von einem Ende zum andern und sah mich kaum satt an ihr. Solchen Ansichtskarten verdankte ich unter anderem mein Wissen darum, dass fast jede Weltstadt an einem Fluss liegt. Dass Teheran als einzige Hauptstadt der Erde nicht an einem Fluss ihren Anfang nahm, lernte ich erst später.

Meine Familie und ich hatten damals kaum Möglichkeiten, uns an schönen Bildern zu erfreuen, weil wir nur selten auf Reisen gingen. Und da mein von Büchern umlagerter Vater sein eigenes Leben führte, lernten wir Kinder, uns unsere eigenen Welten zu schaffen. Fantasiewelten zwar, ganz unerreichbar für andere, doch für uns so real, dass wir uns, von ihrer Existenz felsenfest überzeugt, zu Recht auch als Alleinherrscher über sie sahen.

Der Welt dieser Ansichtskarten habe ich wohl auch mein Interesse für Geografie zu verdanken, seit meiner ersten Begegnung mit der altpersischen Literatur, in der Städte vorkamen, die es heute entweder nicht mehr gibt, die im Laufe der Jahre ihre Namen geändert haben oder – was mir erst als Erwachsenem klar wurde – die es nie gegeben hat. Wann immer ich auf einen mysteriösen Städtenamen traf, fragte ich den nächsten greifbaren Erwachsenen: «In welchem Land liegt die Stadt heute?» Abnus zum Beispiel, die Stadt der

Ebenholzbäume, nur in *Tausendundeiner Nacht* erwähnt, oder Orte wie Iram, der märchenhafte Paradiesgarten im Jemen, oder Ktesiphon, die Stadtruine von Bagdad, Elia, anonymen historischen Quelle zufolge Jerusalem, dem Erdboden gleichgemacht, Konstantinopel, Dschabelgha, die imaginäre Stadt am äußersten Ostrand der Welt. Oder Dschabelsa im äußersten Westen und viele andere.

Auch einen ganz besonderen Baum gab es an diesen fernen Gestaden, Tuba genannt, und bei jeder sich selten genug ergebenden Gelegenheit, zu der ich mit meinem Vater ins ländliche Umland von Teheran fuhr, in die weitläufigen Gärten, die baumbestandenen Dörfer, sollte er mir den Tubabaum zeigen, der leider nur im Paradies wächst, so hoch, dass er sogar das Himmelsdach durchbricht, weit über den Himmel hinausragt und alle nur erdenklichen Früchte trägt. In den islamischen Überlieferungen heißt es, man habe den Überbringer des Islams gefragt, warum er seine Tochter so häufig herze und küsse. Er habe geantwortet: «Auf meiner Reise gen Himmel führte Gabriel mich zum Tubabaum und pflückte mir einen Apfel. Den aß ich. Zur Erde zurückgekehrt, wohnte ich meiner Frau bei, und sie empfing Fatima. Sobald ich mich nach dem Paradies sehne, herze und küsse ich meine Tochter, und schon erfreut des Tubabaums Duft meine Sinne.»

Iram erschien mir unter all den fernen Städten die geheimnisvollste. Eine untergegangene Stadt, der Welt prächtigste, paradiesische Stadt, machtlose Zeugin des Zorns des Allmächtigen, der sich durch sie herausgefordert sah. Der Einzige, der Iram nach ihrem Untergang, Jahrzehnte nach der Etablierung des Islams in Arabien, gesehen hat, war ein Araber, der auf der Suche nach seinem verlorenen Kamel die glühend heißen Weiten der Wüste durchstreifte und plötzlich auf eine Stadt stieß, aus Gold und Silber errichtet, getragen von Säulen aus Rubinen und Smaragden. Der Mann trat durchs Stadttor und sah Haus an Haus gereiht, Garten an Garten zu beiden Seiten einer Straße, die bis zum Horizont reichte. Welche Pracht! Gärten, von perlenbestreuten Wegen durchzogen, großzügig Schatten spendende Bäume zum Schutz gegen die sengende Sonne. Und Kanäle, in denen kühles, tränenklares Wasser für angenehmes Klima und Wohlgeruch sorgte.

Nach langer, erquicklicher Reise, die ihm wie ein schöner Traum erschien, kehrte der Araber in seine Heimatstadt zurück und erzählte begeistert von seiner Entdeckung. Niemand nahm seine Worte ernst. Die Leute taten seine Berichte ab: «In der Glut der Wüstensonne sehen manche Menschen Gespenster», spotteten sie. Ein Allwissender namens Ka'b Al-Ahbar aber pflichtete ihm bei und sagte, es handele sich um die von Schaddad erbaute Stadt, die auch im Koran Erwähnung finde. Und weiter erklärte er, Schaddad, Sohn des Ad, sei nach des Vaters Tod König auf Erden geworden, habe, als er vom Paradies hörte, dessen irdisches Ebenbild errichten wollen und Befehl gegeben, alle Edelsteine der Welt beizuschaffen, von überallher. Als nach zehn Jahren alle Steine beisammen waren, habe man mit dem Bau der Stadt begonnen und sie nach dreißig Jahren schließlich fertiggestellt. Woraufhin Schaddad und sein Gefolge aufgebrochen seien, um das Werk mit eigenen Augen zu schauen. Einen Tag vor ihrer Ankunft dort aber schallte die Stimme des Allmächtigen vom

Himmel, und die Karawane kam auf der Stelle um. Iram versank im Wüstensand und verschwand für immer.

Manche, zum Beispiel die unterirdischen Städte in Episoden aus *Tausendundeiner Nacht*, erkannte man sofort als Fantasiegebilde. Andere waren mit geografischen Angaben versehen, wie Dschabelgha und Dschabelsa. In alten Texten, deren Verfasser sich die Erde als Scheibe vorstellten, wurde Dschabelgha als eine Stadt am äußersten Ostrand der Erde beschrieben. Und ihr entgegengesetzt, im äußersten Westen, lag Dschabelsa. Für die Geografen der Antike, die die Welt in sieben Königreiche einteilten, galt Dschabelsa als eine Stadt im ersten, Dschabelgha als Stadt im siebten Reich; zwei smaragdene Städte, die weder Mond noch Sonne hatten, ihr Licht von Gottes Thron erhielten, erreichbar nur für den, der sieben gefährliche Berge überwand. Die Menschen in Dschabelsa und Dschabelgha sprechen siebentausend Sprachen, haben keine menschlichen Eigenschaften und werden Tausende Jahre alt. Sie begehen nie ein Unrecht und wissen nicht einmal, dass es den Teufel gibt. Den Sufis der beiden geheimnisvollen Orte zufolge liegen Dschabelsa und Dschabelgha nicht auf Erden, sondern im Himmelreich, und nach der Überzeugung der Sufis hat der Überbringer des Islams deren Bewohnern auf seiner Reise gen Himmel einen Besuch abgestattet.

Andere Städte versanken im Wasser, wurden vom Winde verweht, nach einem Beben dem Erdboden gleichgemacht, durch die schwarze Pest entvölkert, gingen aufgrund eines Fluchs oder eines Vergehens in Flammen auf, fielen in Schutt und Asche oder wurden begraben. Wieder andere Städte existierten zwar, änderten im Laufe der Jahre aber ihre Namen wie das erwähnte Emmaus, elf Kilometer entfernt von Jerusalem, wo Jesus von Nazareth auferstand und gen Himmel fuhr, wo die Patriarchen Abraham, Jakob, Isaak, Josef und deren Frauen Sara, Rebecca und Lea begraben liegen, wo Abrahams Höhle und der Berg Sinai sind und wo Maria Jesus gebar. Die Stadt, die seit der Eroberung Palästinas durch die Muslime *Die Heilige* hieß.

Altpersische Berichte über die Entdeckung so mancher Stadt offenbaren die blühende Fantasie ihrer Verfasser. So stand zum Beispiel über Isfahan in einem solchen Bericht zu lesen, Judas, aus der Heiligen Stadt vertrieben, habe eine Handvoll Erde von dort mitgenommen und sich auf die Suche nach einer Stadt gemacht, deren Erde seiner Handvoll Erde gleiche. In Isfahan angekommen, befand er seine Suche für beendet und errichtete dort Judäa. Dorthin kam bald der Gelehrte Apollonius, der miterleben musste, wie die Bürger der Stadt seinen Diener vergewaltigten. Weshalb er sie wegen Ausschweifung und Unzucht verfluchte. An anderer Stelle heißt es über die Entstehung der Stadt, nachdem Alexander der Große alle Nichtsnutze und Müßiggänger aus von ihm erbauten Städten verbannt habe, taten die sich zusammen und gründeten eine eigene Stadt namens Isfahan.

Solchen Überlieferungen zufolge war Serendib die erste Stadt der Welt. Adam, aus dem Paradies vertrieben, stieg von einem Berg in die Stadt hinab. Seine Fußspuren finden sich bis heute an diesem Wallfahrtsort. Adam säte in der Stadt drei aus dem Paradies mitgebrachte Weizenkörner, auf dass aus jedem siebenhundert Ähren wüchsen und jede Ähre siebenhundert Körner trage, walnussgroß ein jedes. Gott machte Adam auch die Traube zum Geschenk, was den Neid des teuflischen Menschenfeinds Iblis weckte, der Adam die Rebe stahl. Der Erzengel Gabriel mischte sich ein, schlichtete den Streit und teilte die Trauben gerecht unter beiden Parteien auf. Da Iblis auf seinen Anteil des Streitguts urinierte, erntete er fortan schwarze Trauben. Als ein Affe auf den Weinstock kletterte, brachte Iblis ihn um, und des Affen Blut ergoss sich über die Erde ringsum. Am nächsten Tag machte ein Hund sich am Weinstock zu schaffen, auch den Hund brachte Iblis um. Als am dritten Tag ein Löwe die Pflanze zu brechen drohte, kostete sein Leichtsinn auch ihn das Leben. Nun soll, wer Wein trinkt, zunächst vor Freude kreischen und springen wie ein Affe, dann bellen wie ein Hund und schließlich brüllen wie ein Löwe. Adam pflanzte seinen Weinstock und erntete Essig, Sirup und Rosinen. Auch Adams Grab befindet sich in Serendib. Seiner immensen Körpergröße wegen – manche Quellen besagen, er stieß, aufrecht stehend, an den Himmel – fand sein Grab angeblich auf dem trockenen Land nicht ausreichend Platz und liegt deshalb zur Hälfte im Wasser.

Anderen Quellen zufolge befindet sich auch des Propheten Salomon Ruhestätte in Serendib. Wieder andere sind überzeugt, Serendib ist das heutige Ceylon, Sri Lanka, wo auch Sindbad, der Seefahrer aus *Tausendundeiner Nacht,* auf seiner sechsten Reise Station macht.

Aus Serendib, so heißt es, stammen die Blätter, mit denen Adam und Eva nach ihrer Vertreibung aus dem Paradies ihre Blößen bedeckten, während andere Quellen besagen, das

Paar habe bei seinem Auszug aus dem Paradies je zwei Blätter mitgenommen. Adam gab eines einem Reh zu fressen, das daraufhin bis ans Ende aller Tage Moschus gab. Das andere Blatt fraß ein Fisch, woraufhin die Versorgung mit Ambra bis in alle Ewigkeit gesichert war. Eines von Evas Blättern fraß ein Wurm, der für immer Seide lieferte, eine Biene fraß das zweite Blatt, um ewig Honig zu geben und dem Menschengeschlecht die Gnade des Paradieses zu demonstrieren.

Aus dem Garten Eden hatten Adam und Eva neben Blättern auch den Stab des Mose mitgebracht, mit dem es folgende Bewandtnis hatte: Als Adam eines der drei erwähnten Weizenkörner gegessen hatte, war ein Teil des Korns ihm zwischen den Zähnen stecken geblieben, weshalb er eines Zahnstochers bedurfte und einen Zweig vom Myrtenbaum brach. Den gaben seine Nachfahren von Prophet zu Prophet weiter, bis er schließlich zu Moses gelangte, der ihn als Gehstock nutzte und Wunder damit vollbrachte. Auch den Diamanten des Salomon hatten Adam und Eva bei sich. Da sie vom Weizen gegessen und damit ihr Recht auf Verbleib im Paradies verwirkt hatten, hatte Eva den Edelstein im Mund mit auf die Reise genommen, als Andenken. Der Diamant gelangt bald in König Salomons Hände und gereicht ihm zu Würde, Weisheit und Reichtum. Ein weiteres Erinnerungsstück aus dem Paradies ist ein Stein, der sich heute in der Kaaba befindet. Adam hatte ihn unterwegs aufgelesen, um sich gegen wütende Angreifer zur Wehr zu setzen, die ihn, der Weizen gegessen hatte, aus dem Paradies verjagen wollten. So fand auch der Stein seinen Weg zur Erde.

Zwei der fünf Dinge, die Adam und Eva aus dem Paradies mitnahmen, wird Adam bei sich haben, wenn der Lindwurm

Dabeh-ol Arz der Erde entsteigt, um die Frommen von den Ungläubigen zu trennen: den Ring des Salomon und den Stab des Mose.

Der Lindwurm wird am jüngsten Tag erscheinen. Islamischen Mythen zufolge wird das Riesentier dem Berg Safa in Mekka entsteigen, wird Arabisch sprechen, wird alle Völker der Erde heimsuchen und dank der besonderen Eigenschaften des Stabs und des Rings, die das Tier mit sich führt, wird allen Menschen bald auf der Stirn geschrieben stehen, ob sie Ungläubige oder Muslime sind. An Eigennamen wird sich bald niemand mehr erinnern, weil man die Menschen fortan nur noch Ungläubige oder Muslime heißen wird.

Ebenso stark wie die staunenswerten Städte beeindruckten mich die Wasserquellen, von denen in diesen Texten die Rede war. Die unheimlichste von allen schien mir die entlegene Quelle Suren, die Unheil brachte, weil man das Schwert, mit dem Johannes, Prophet, Täufer Jesu, Sohn des Zacharias, enthauptet worden war, in ihrem Wasser gereinigt hatte.

Wenn ich die Donnerstagsrunde nach Einzelheiten über diese fernen Gegenden ausfragte, ergaben sich daraus oft ernsthafte Debatten. Die einen hielten die Städte und Gegenden, um die es hier ging, für reine Fantasiegebilde. Die anderen fanden deren Entsprechungen in der Welt von heute und sahen beispielsweise Serendib in Indien, den Berg Dschudi im heutigen Armenien oder in der Osttürkei. Einer nicht minder erstaunlichen Lesart zufolge hatten die Städte, Berge und Täler aus den alten Schriften Ortswechsel vollzogen. Um den Lauf der Zeit unversehrt zu überstehen, hatten sie sich von ihren unbekannten Standorten in der Vergangenheit weg an die Orte bewegt, an denen sie sich heute befinden. Die diese Ansicht vertraten, sagten auch, es gab einst Berge, die später zu Einöden wurden, oder ewige Meere, die als Salzwüsten endeten. Nur die Diskussion über das Farakhkard-Meer, das der iranischen Mythologie gemäß während der Schöpfung entstand und als erstes Weltmeer ein Drittel der Erde bedeckte, führte nie zu einem eindeutigen Ergebnis. Der logischsten Erklärung nach entsprangen diesem Weltmeer die fünf Meere, aus denen später durch tektonische Verschiebungen weitere Meere wurden. Aus der iranischen Mythologie wissen wir, dass im Farakhkard-Meer der wundersame mythische Vogel Simorgh nistet, der seine Kinder mit Milch großzieht.

Auch Berge haben in diesen mythischen Gefilden erstaunliche Eigenschaften. Der Gipfel des Serendib-Bergs etwa ragt höher gen Himmel als jeder andere Gipfel der Welt. Und den in *Tausendundeiner Nacht* oft als Urberg erwähnten Berg Ghaf hat der Allmächtige aus einer Wasserwelle erschaffen, wie in Mohammad ben Mahmud ben Ahmad Tusis Fassung des Werks über die *Wunder der Schöpfung und wundersame Wesen* zu lesen steht, die er im zwölften Jahrhundert christlicher Zeitrechnung zusammengetragen hat. Und Alexander der Große, der aus der Finsternis kam und ins Licht trat, sah den Berg vor sich, von Engelshänden gehalten. Er fragte den Engel, was es damit auf sich habe, und bekam zur Antwort: «Er ist der Ursprung aller Berge. Ihn festzuhalten, hat der Allmächtige mir aufgetragen, um den Berg vor jeder Erschütterung zu schützen und dafür Sorge zu tragen, dass nicht bei der kleinsten Bewegung die Welt in sich zusammenfällt.»

Der Berg Ghaf spielt in einer Erzählung eine prominente Rolle, in der ein Königssohn den Berg erklimmen möchte und sich zu diesem Zweck im Bauch eines toten Maultiers versteckt. Ein großer Vogel nimmt den Kadaver in seine Fänge und trägt ihn hoch hinauf zum Gipfel.

In iranischen Mythen aber ragte der Berg Alborz als erster Berg aus der Erde und brauchte achthundert Jahre, um seine Höhe zu erreichen, zweihundert Jahre, um an die Sterne heranzureichen. Weitere zweihundert Jahre später reichte er an den Mond, abermals zwei Jahrhunderte später an die Sonne heran, bis er, nach nochmals zweihundert Jahren, endlich den Himmel und seine endgültige Höhe erreicht hatte. Die Wurzeln des Alborz sind mit den Wurzeln aller anderen Berge verwoben und sorgen dafür, dass auch stärkste Kräfte die Erde nicht ins Wanken bringen.

Dem Berg Dschudi wird in altpersischen Schriften die menschliche Eigenschaft der Demut zugeschrieben. Der Allmächtige, so heißt es, habe allen Bergen eines Tages angekündigt: «Bald werde ich Noahs Arche an einem von euch landen lassen», woraufhin alle Berge die Köpfe aus dem Wasser reckten, weil jeder der Erste sein wollte, der Noahs Arche empfing. Allein der Berg Dschudi senkte bescheiden sein Haupt und sagte: «Eines großen Propheten wie Noah bin ich nicht würdig.»

Aus Freude über diese Worte ließ der Allmächtige Noahs Arche am Berg Dschudi landen.

Meinem inneren Zwiespalt entsprechend war auch mein Leben zweigeteilt. Einerseits musste ich mich mit den allgemeinen politischen Zuständen im Land arrangieren. Andererseits stand ich im Bann der Literatur. Wie unvereinbar beide Seiten miteinander waren, wurde mir während meines Militärdiensts im achtjährigen Krieg gegen unser Nachbarland Irak immer bewusster. Als mich damals, in der Uniform eines jungen Offiziers, Kriegsgetümmel am eigenen Einsatzort von morgens bis abends in Atem hielt und das Wissen um die Kämpfe an allen Fronten im Süden und Westen schwer wog, war Saadis *Duftgarten* in Taschenbuchausgabe mein enger, rettender Begleiter.

Der Krieg gegen den Irak begann knapp zwei Jahre nach der Gründung der Islamischen Republik. Ein Krieg, von dem alle von der ersten Minute an dachten, er werde bereits nach ein, zwei Monaten vorbei sein, währte acht Jahre lang. Ich wurde kurz vor meinem Studienabschluss eingezogen. Damals war der Krieg in seinem sechsten Jahr und hatte das Leben aller Menschen im Land schon so tief durchdrungen, dass kaum jemand noch wusste, wann zuletzt Frieden geherrscht hatte. In dieser Situation wurde ich, nach sechs Monaten Ausbildung, im Süden stationiert, war während der zwei Jahre meines Wehrdiensts aber nie direkt im Kampfeinsatz, sondern als Elektroingenieur für die Wartung und Bereitstellung elektrotechnischer Ausrüstung für die Frontkämpfer zuständig. Leider lagen wir unweit der irakischen

Grenze, wo wir auch irakisches Fernsehen empfangen konnten. Das sendete nach Kampfhandlungen jedes Mal Bilder getöteter Iraner, während umgekehrt das iranische Fernsehen bergeweise irakische Leichen zeigte. Eine Flut unerträglicher Bilder von Gewalt, die kein Ende nahm und in der mein Kopf nie zur Ruhe kam. Während nachts explosionsbereite Granaten durch meine Albträume heulten, suchte ich tagsüber Schutz in meinen Büchern.

Dass ich mich von unserer Donnerstagsrunde entfernt, der Literatur quasi den Rücken gekehrt hatte, kam fast der Leugnung meiner Herkunft gleich. Weil ich wusste, dass ich diesen Zustand auf Dauer nicht schadlos überstehen würde, packte ich vor jeder Rückkehr an meinen Einsatzort am Persischen Golf – anders als bei Soldaten am Ende jedes Fronturlaubs üblich – statt möglichst vieler Leckereien von Mama möglichst viele Bücher in meinen Rucksack. Wenn die Philosophie Sokrates das Sterben lehrte, so lehrte die persische Literatur mich leben.

Offiziell sind Bücher in meinem Land seit jeher unerwünscht. Wer Bücher bei sich hatte, gab damit, nach offizieller Lesart, zu erkennen, dass er fand, etwas sei faul im Staate. Und wer Bücher besaß oder sich auch nur als Bücherfreund erwies, machte sich verdächtig, vor allem, wenn gesellschaftskundliche Werke oder Romane im Spiel waren. Ich aber hatte immer Bücher aus uralten Zeiten dabei, allgemein bekannte Werke, fern jeden Literaturgeschmacks junger Leute, vermeintlich unpolitisch. Entsprechend waren die Bücher und ich über jeden Verdacht erhaben. In meinem Rucksack begleitete mich auf Schritt und Tritt Saadi in Gesamtausgabe.

Dazu Rumis *Masnavi*, Auszüge aus Ferdowsis *Schah-Nameh* und natürlich eine kleine Auswahl der Verse des großen Hafis, Werke aus den Federn einzigartiger Dichter, der Großen der klassischen Literatur Irans. Damals war mir so zwingend wie nie zuvor bewusst geworden, dass diese Werke hatten entstehen müssen, als Spiegel des inneren und äußeren iranischen Wesens. Hätten nicht Ferdowsi, Rumi, Saadi und Hafis sie geschaffen, so hätten es unweigerlich andere getan. Diese Werke mussten entstehen – wie Galaxien, Sonnensysteme, die Erde, wie jedes Leben, das zwangsläufig aus Zellen entsteht.

In meinem Bekannten- und Freundeskreis kenne ich kaum jemanden, dem Dichtung gleichgültig wäre oder der unseren großen Dichtern keinen Respekt entgegenbrächte. Seit mir das bewusst ist, frage ich mich, worin unsere innere Verbindung zu diesen Dichtern genau besteht, die in jedem Moment unseres Lebens präsent sind, die wir in den Rang von Mystikern erhoben haben, deren Spuren wir auch in den letzten Winkeln unseres Daseins noch finden. Wie konnten sie sich so tief in uns einnisten und so großen Einfluss auf unsere Weltsicht nehmen? Nicht umsonst staunen europäische Experten über die hohe Wertschätzung, die wir unseren Dichtergrößen entgegenbringen.

Sogar hierzulande wundern sich Menschen, die sich nicht mit Poesie befassen, wie stark ihre Ausdrucksweise oder ihre Ansichten über Leben und Tod von unseren großen Dichtern geprägt sind, und verkennen dabei ihre eigenen dichterischen Fähigkeiten.

Als ich klein war, bot sich uns eines Sommers die seltene

Gelegenheit einer Reise nach Schiraz. Ich erinnere mich bis heute daran, wie ergriffen mein Vater damals war, wie ehrfurchtsvoll er Hafis' und Saadis Grabstätten betreten hat. Für ihn waren sie wohl Wallfahrtsorte. Mich und meinen Bruder hatte er zuvor gebeten, das Spielen für eine Weile sein zu lassen, den besonderen Ort gebührend und in angemessener Stille zu würdigen. Ich weiß bis heute, wie deutlich in der tiefen Stille dieser beiden schönen kleinen Grabstätten, von mächtigen Zedern und Rosenbeeten umringt, jeder Lidschlag hörbar war und dass Uraltes, unerreichbar Fernes in dieser Stille lag, geheimnisvoll, nicht von dieser Welt. Ob ich diese Atmosphäre schon als Kind gespürt habe oder aus Schilderungen Dritter um sie weiß, vermag ich nicht zu sagen. Fest steht aber, das Erlebnis von damals war außergewöhnlich, und wenn ich die Augen schließe, höre ich auch heute die Stille in den beiden Rosengärtchen, bisweilen den zarten Flügelschlag von Schmetterlingen, den sanften Wind, der Rosenblätter streift.

Oft habe ich mich gefragt, wie unsere Verbundenheit mit diesen Dichtern und Literaten beschaffen ist, wenn sie den Lauf der Zeit überdauern konnte. Wie kam es zu dieser erstaunlichen Synchronie? Damit einher geht auch meine Frage, wer von uns, zur Bestätigung dieser Synchronie, die Dichter in die Gegenwart geholt, sie zu unseren Zeitgenossen gemacht und wer von uns sich in ihre Zeit zurückversetzt hat. Anders gefragt: Wie lassen sich zwei so weit voneinander entfernte Epochen miteinander in Beziehung setzen? Beschäftigen uns, nach Jahren, nach Jahrhunderten, etwa noch immer dieselben Kümmernisse, Sorgen, Fragen? Mein Vater hatte meine Fragen zu zerstreuen versucht: «Das ist ja das Geniale an ihnen, dass sie ihr einleuchtendes Gedankengut, ihre Weltsicht über Hunderte von Jahren hinweg weitergeben konnten.»

Hunderte von Jahren? Also elf Jahrhunderte nach Ferdowsi? Acht Jahrhunderte nach Saadi und Rumi? Sieben nach Hafis? Vollends befriedigend fand ich das Argument nicht. Wie kann es sein, dass ein Dichter, der vor achthundert Jahren gelebt hat, heute in unserer Sprache zu uns spricht? Wie können wir, achthundert Jahre nach Saadi, die Sprache sprechen, die er uns beigebracht hat? Wobei wir ja nicht nur so reden wie er. Indem wir seine Werke heutzutage sogar als Wegweiser durch unser Leben betrachten, schützen wir seine Sprache und seine Sicht der Dinge gewissermaßen vor Überalterung. Wobei mancherorts ja auch behauptet wurde, auf Saadis Welt liege seit über acht Jahrhunderten der Staub von Vergessen und Totenstille, wenn doch alles an ihm, an seinem Werk quicklebendig ist.

Heißt das, wir denken noch so wie zu Zeiten Saadis? Stimmt es, dass wir, indem wir uns den Großen bis heute verbunden fühlen, uns ihrer Sprache bedienen und ihnen in unserem Alltag beständig Raum geben, die junge Generation dazu gebracht haben, sich zusehends von ihnen abzuwenden? Die diese Auffassung vertreten, erkennen täglich wachsende Anzeichen für diese Abwendung, wobei keine Rolle spielt, dass die großen alten Männer im Sprachgebrauch junger Menschen bis heute gelegentlich noch präsent sind.

Auch wird argumentiert, wie gut sich die Werke der Großen nach wie vor verkaufen und dass kein Jahr vergeht, in dem Kritiker und Literaturforscher nicht mit revidierten, aktuell kommentierten Neuausgaben alter Werke aufwarten. Was insbesondere für Hafis' *Diwan* gilt.

Ein Forscher vergleicht unsere beständige Bezugnahme auf unsere Dichter mit der der Italiener etwa auf Dantes *Göttliche Komödie*, weil sie ihren Alltag in diesem Werk gespiegelt sehen, oder mit der Tatsache, dass die Briten zur Lösung kniffliger Gegenwartsprobleme Rat bei Shakespeare suchen und sich im Alltag von maßgebenden Zitaten aus seinen Werken leiten lassen. Diese erstaunliche Harmonie zwischen Einst und Jetzt ist zum einen unvergleichlich, zum anderen unserem iranischen Wesen zuzuschreiben.

Die Toleranz der Iraner für religiöse Minderheiten, gemessen an der der Araber und der Osmanen, wurde im Westen vielerorts gelobt, und der amerikanische Dichter und Philosoph Ralph Waldo Emerson zeigte sich im neunzehnten Jahrhundert überzeugt, dass sie sich aus der reichen, auf großen Dichtern gründenden Kultur der Iraner speise, die er übrigens als die Franzosen Asiens bezeichnete.

Dieses Attribut mag uns schmeicheln, doch erst im zwanzigsten Jahrhundert führten gesellschaftliche Bewegungen dazu, dass Teheran bald als das Paris des Mittleren Ostens galt – die Stadt, in der 1906 das erste Parlament des Mittleren Ostens gegründet, in der 1951 die erste Verstaatlichung einer Ölindustrie im Mittleren Osten verfügt und in der 1979 aus einer Monarchie nicht per Staatsstreich, sondern durch eine Revolution eine Republik wurde.

Die Iraner prägen sich jedes vom Westen gespendete Lob gern in Gold ins Gedächtnis. Heißt das etwa, wir sind über jede Kritik erhaben?

146

Unsere Dichter, mithin unsere Denker, haben unsere uralten, ewigen Denkmuster seit jeher so nachhaltig geprägt, dass wir es heute gar nicht erwägen, uns von ihnen zu befreien, sondern, im Gegenteil, einfach weiter unbedarft glauben, es sei uns mit der überlieferten Literatur bis ans Ende aller Tage ein Werkzeug, ein umfassend tauglicher Denkrahmen zur Entschlüsselung aller Rätsel unseres Daseins an die Hand gegeben. Oft habe ich mich gefragt, ob diese Vergangenheitsbezogenheit nicht eine Fessel und unserem freien Denken eher abträglich ist. Ein Hindernis, das uns davon abhält, neue Fragen zu stellen, alte Fragen hinter uns zu lassen oder sie zumindest in Zweifel zu ziehen.

Durch meine Beschäftigung mit der persischen Literatur hatte ich für mich schon früh entschieden, dass alles gesagt war. In mir reifte die Überzeugung, dass meine Liebe zur Literatur ihren Ursprung in meiner Muttersprache hat. Trotz dieser Gewissheit befiel mich gelegentlich die Befürchtung, dass zum einen die literarischen Größen wie tiefe Meere und damit letzten Endes unergründlich seien, ganz gleich, wie tief man auch tauchen mochte. Zum andern bestand die Frage, ob man meine Zweifel an der Berechtigung der Großen als eine Art Abtrünnigkeit hätte werten können, als Verrat an meinem Vater und seinen aufrichtigen Bemühungen, mir diese Literatur näherzubringen, mich für sie zu begeistern?

Zu den prominentesten der verehrten Größen zählt ohne jeden Zweifel meines Vaters Lieblingsdichter Saadi, in dem der 2018 verstorbene iranische Philosoph und Kulturtheoretiker Dariusch Schayegan den Erzähler des emotionalen Gravizentrums aller Iranerinnen und Iraner sieht.

Saadis Ratschläge, so heißt es, gelten bis heute als ein auf gesundem Menschenverstand und praktischen Werten basierender reicher Schatz, aus dem jede Iranerin, jeder Iraner zu unterschiedlichsten Anlässen und in verschiedensten Lebenslagen schöpft. Saadi spricht über unser Leben als normale, einfache Menschen und über das Dasein im Allgemeinen. Tragen aber seine pragmatische Moral und seine konstruktiven Ratschläge nicht auch opportunistische Züge, wenn er fragt: «Ist eine kluge Lüge einer aufwiegelnden Wahrheit nicht vorzuziehen?»

Saadi-Forscher sind sich einig, dass Saadis didaktischen Werken für die Heranbildung und Entwicklung des iranischen Geistes dieselbe Rolle zukommt wie denen des großen Konfuzius in China. Saadis Werke gelten als Lebensratgeber mit pädagogischer Zielsetzung: Man möge sich mit der herrschenden Macht arrangieren, möge deren Frömmigkeit und Führungsanspruch als zwei Seiten einer Medaille akzeptieren, das Dasein trotz aller Gewalt, Verfolgung, Unterdrückung ertragen. Auch sollten die Menschen dazu angeregt werden, Bewusstsein und Urteilsfähigkeit zu schulen, sich in Duldsamkeit und Mäßigung zu üben, die sündige menschliche Natur mithilfe der Liebe zu überwinden. Tatsächlich versucht Saadi die Ecken und Kanten der menschlichen Seele, des menschlichen Wesens zu glätten, raue Stellen abzuschleifen und zu polieren, um sie in gesellschaftliche Verhältnisse einzupassen, die sich jeder Veränderung hartnäckig widersetzen, sich jedem historischen Determinismus entziehen und ihre Ordnung auf Schicksal und Vorherbestimmung gründen. Mit seiner Bildungsrichtlinie bewahrt Saadi die

Menschen vor Schaden durch die herrschenden Mächte und liefert ihnen im Lauf einer Geschichte, die nichts als die bloße Abfolge herrschender Mächte ist, tatsächlich ein Überlebensgeheimnis.

Ich halte Saadi auf mehreren Gebieten für genial. Er hatte die Stagnation, die Starre der Gesellschaften im Orient erkannt und konnte jedem Versuch, sie zu verändern, mit Spott begegnen.

Der französische Orientalist Henri Massé, der Saadi mit dem französischen Philosophen Anatole France verglich, Ersteren jedoch für klüger hielt, sah in ihm den Verfechter einer Art praktischer Ethik, deren moralische Lehren den Iranern als Urbilder, als ureigene Vorlagen dienen. Er sah einen Dichter, dessen alltagstaugliches Werk den Iranern goldene Regeln für ihr soziales Miteinander liefert.

Beispiele für solche Besonderheiten finden sich bereits in vorislamischen Werken, etwa in zur ethischen und politischen Bildung einstiger Herrscher bestimmten Schriften. Demnach ist Saadi nur einer unter vielen traditionellen Vertretern, deren Werk tief in der langen literarischen Tradition des Landes wurzelt. Ein Vorfahr Saadis, Verfasser des *Qabus-Nameh*, macht beispielsweise folgenden Vorschlag in Bezug auf Wahrheitsliebe: «Führe dich nicht als Lügner ein, erwirb dir einen Ruf als einer, der die Wahrheit sagt, auf dass man dir eine Lüge glaube, falls eine solche erforderlich würde.»

Betont sei allerdings, dass Saadi sich als Ratgeber und Moralprediger grundlegend von seinen Vorläufern unterscheidet. Seine Worte sind weder düster und freudlos noch himmlisch entrückt. Sie sind beispiellos schön und deshalb reizvoll, weil sie ohne die Bitterkeit und die trockenen Belehrungen strenger Moralisten und ohne die der Mystik eigenen Mehrdeutigkeit auskommen. Saadi ist von dieser Welt, er spricht unsere Sprache, über Dinge, die uns Tag für Tag beschäftigen. Man nannte ihn den Sprachkünstler, den Meister der Worte – keine geringe Zuschreibung im weiten Ozean der persischen Literatur. Saadi hat mit seinem Werk ein Panorama der iranischen Kultur geschaffen. Man kann es einem mit dieser Kultur und Zivilisation des Orients nicht vertrauten Vertreter des Okzidents vorlegen und sagen: «Hier steht alles drin.»

Das Hauptmerkmal der von Saadi repräsentierten Kultur liegt vielleicht genau in dem Wesenszug, den der 1926 verstorbene britische Orientalist Edward Browne benennt, wenn er Saadi als den Indikator für die kluge und ausgewogene Kombination aus Religiosität und Atheismus bezeichnet, die den iranischen Menschen ausmache.

Gläubig und konfessionslos in einem. Beides miteinander zu vereinbaren ist zwar keine einfache Aufgabe, scheint in Iran aber gelungen zu sein. Und heutzutage, in der Islamischen Republik, sind die Anzeichen dafür deutlicher denn je. Während der Revolution von 1979 wandten die Iraner sich der Religion zu, um ihre Welt zu bewahren. Das Amalgam aus beidem aber, der sogenannte politische Islam, hat nur Verwunderung und Verwirrung gestiftet.

Browne findet zudem, dass Saadi aufrichtig schreibt, dass er echte Gefühle zeigt, und entdeckt in dessen Werken kaum Spuren der träumerischen Qualitäten anderer iranischer Autoren. Saadis Standardwerk *Golestan*, den *Rosengarten*, hält er für eines der größten persischsprachigen Werke machiavellistischer Schule.

In diesem Punkt kann man ihm sicher beipflichten. Kürzlich lamentierte ein iranischer Autor: «Mein Gott, wer kann uns vor uns selbst retten?» Tatsache ist doch, dass wir uns unsere Probleme selbst schaffen. Das Verhalten derer, die in Iran zurzeit am Ruder sind, zeigt, so manche Lehre Saadis findet über Jahrtausende hinweg auch im Zeitalter der Demokratie noch starke Beachtung durch unsere Politiker.

Browne äußert sich dazu so: «Saadis Genie macht seine Werke für jeden literarischen Geschmack interessant, vom feinsten bis zum gröbsten. In seinen Werken erleben wir Stimmungen, Emotionen, die einerseits an den deutschen Philosophen und christlichen Theologen Meister Eckhart, auf der anderen Seite an Cesare Borgia denken lassen, den Kardinal und korrupten italienischen Staatsmann, den unehelichen Sohn des Papstes, den unerbittlichen Kämpfer um politische Macht, der Machiavelli zu seinem Werk *Der Fürst* inspiriert hat.» Treffen nicht auch hier, wie bei uns, Religiosität und Atheismus gleichteilig zusammen? Browne findet zudem: «Saadis Schriften bilden seine Welt, den Orient, im Kleinen ab. Er hat ihre Tugenden und ihre Laster vollkommen ausgewogen dargestellt.» Deshalb scheint auch unverständlich, warum er Saadis Schmähschriften, die drei Scherzgedichte enthalten, für unglaublich vulgär hält. Sind die nicht unsere genannten Laster?

Saadis Welt hebt sich so deutlich von der anderer großer iranischer Dichter ab, dass Henri Massé seine Beliebtheit in Europa auf eine Kongruenz mit dem westlichen Wesen und

Denken zurückführt, die sich zweifellos an seinem eleganten, prägnanten Stil festmachen lässt. Er sagt auch: «Lesen wir die großen iranischen Dichter, so stoßen wir, Angehörige des Okzidents, bei aller Genialität der Werke, auf uns fremdes Gedankengut. In Saadis Werken aber verschwinden solche Unvereinbarkeiten und Gegensätze, selbst in den Übersetzungen. Aus Saadis Werken sprechen, unverwechselbar, eine stete Ausgewogenheit zwischen Vernunft und Fantasie, die Philosophie vom gesunden Menschenverstand und eine sehr praxisnahe Ethik, in wohlgewählte Worte gefasst.» Als Ernest Renan – der 1892 verstorbene und in so vielen Disziplinen bewanderte Autor, Historiker, Religionswissenschaftler und Orientalist – sagte: «Saadi ist wahrlich einer von uns», irrte er wohl nicht.

Doch entweder verdrängte er, dass Saadi Iraner war, oder er gab uns Iranern zu verstehen: Saadi ist zu klug, um einer von euch zu sein.

Soll man das alles glauben? Ist es nicht vielmehr so, dass Saadi eine Kultur vermittelt, die eine andere Entwicklung genommen hat als die, die der westliche Blick sieht? Wie kommt es, dass westliche Denker in seinen Werken Indizien für gesunden Menschenverstand, Lebensrat, pragmatische moralische Ordnung, Anleitungen zur Lebensplanung, goldene Regeln für menschliches Miteinander und Beweise für seine sehr praktische Klugheit sahen?

Das Unheil nahm vielleicht seinen Lauf, als wir erkannten, dass der Westen uns, unsere Vergangenheit, unsere Literatur, unser Wesen, einfach alles, was uns betraf, mit wissenschaftlicher Akribie unermüdlich prüfte und studierte. Und als wir sicher sein konnten, dass der Westen diese Arbeit besser be-

herrschte als wir, haben wir uns aus der Verantwortung ge-
stohlen und ihm alle Forschungsarbeit überlassen. Jede Äußerung des Westens über uns nahmen wir als schier himmlische
Offenbarung an. Der bedeutende, 1946 verstorbene iranische
Gelehrte Ahmad Kasravi, erklärter Gegner dieses von ihm
mit Argwohn betrachteten literarischen Erbes westlicher Pro-
venienz, hat Jahrzehnte zuvor über iranische Akademiker, die
diese wertvolle Überlieferung außerordentlich begrüßen, gesagt, sie seien der westlichen Sichtweise aufgesessen, die ein
mystisch geprägtes, für die moderne Welt völlig untaugliches
Werk unablässig in den Himmel hebe. Kasravi hielt die Befür-
worter dieser Sichtweise für vom Westen fehlgeleitet.

Meiner Meinung nach sieht der Westen uns nur von außen,
nicht von innen. Seit drei Jahrhunderten versucht dieser den
Osten zu erklären. Gegenwärtig wird durch die sich zuspit-
zenden Krisen im Mittleren Osten und Phänomene wie die
Taliban, al-Qaida und ISIS offenkundiger denn je, wie
schlecht ihm das gelingt und wie wenig er über uns weiß. Die
Feststellung «Saadi ist einer von uns!» ist dabei vielleicht
doch nicht ganz aus der Luft gegriffen. Eine seiner Erzählungen wurde im Westen selbst Gegenstand einer interessanten
Geschichte. Lange hielt man sie für ein verlorenes Kapitel aus
der Genesis, dem 1. Buch Mose. Mitte des siebzehnten Jahrhunderts gab Gantinus, ein niederländischer Orientalist, im
Vorwort zu seinem Buch *Die Geschichte des Judentums* das
Gleichnis eines Mystikers wieder, das er einem Autor namens
Sadus zuschrieb, ohne jedoch nähere Angaben zu ihm zu machen. Kurz darauf las Jeremy Taylor, ein englischer Pfarrer,
das Gleichnis im Vorwort zur *Geschichte des Judentums*,

fand Gefallen an ihm, übertrug es ins Englische und veröffentlichte die Übertragung. Die las Benjamin Franklin, der amerikanische Philosoph und Politiker, und erklärte, ohne deren Quelle zu nennen, begeistert, er sei auf das verlorene Kapitel aus dem ersten Buch des Alten Testaments gestoßen. Doch sein Entdeckerruhm währte nur kurz. Im ausgehenden achtzehnten Jahrhundert wurde mit der Veröffentlichung einer Schrift über *Die Aktualität der Werke Asiens* klar, was Benjamin Franklin für ein verlorenes Kapitel aus dem Alten Testament gehalten hatte, entpuppte sich als ein Gleichnis aus der Feder des iranischen Dichters Saadi. Zur selben Zeit warf der Autor Jonathan Butcher, der das Original in einer Gesamtausgabe der Werke Saadis gelesen hatte, Franklin Erregung öffentlichen Ärgernisses wegen Betrugs vor, was für weiteren Diskussionsstoff sorgte. Mit der Entdeckung von Franklins Quelle gelangt der vollständige Inhalt der Geschichte an die Öffentlichkeit. Wir erfahren, dass der Prophet Abraham gern in Gesellschaft aß und regelmäßig Gäste einlud, mit ihm zu speisen. Als einmal eine Woche verstrichen war, ohne dass auch nur ein einziger Fremder an seine Tür geklopft hatte, machte er sich persönlich auf die Suche nach Zeitgenossen, die er bewirten könnte. Er traf auf einen alten Weißhaarigen und bat ihn, sein Gast zu sein. Der Mann willigte ein, folgte dem Propheten nach Hause, setzte sich zu Tisch und begann zu essen, ohne zuvor den Allmächtigen zu preisen. Als der Prophet dies bemängelte, klärte der betagte Gast ihn auf: «Bei uns Feueranbetern ist das nicht Brauch.» Kaum bemerkte Abraham Khalil, der Freund Gottes, dass er einen Feueranbeter zu Gast hatte, jagte er ihn auch schon davon. Wenig später überbrachte der Botenengel Gabriel ihm eine Rüge Gottes und die Frage: «Warum ziehst du deine großzügige Hand zurück, wenn ich dem Hochbetagten Hunderte Lebensjahre geschenkt habe?»

Was mich aber an Saadi fasziniert, sind seine Liebesgedichte, in denen sehr sinnlich, voller Inbrunst und Leidenschaft und ganz unverhohlen das Verlangen nach Vereinigung mit Gott und mit Menschen zum Ausdruck kommt. So heißt es in einem Vers beispielsweise:

Nichts sei zwischen uns als dies Gewand.
Wird es zum Schleier, zerreiß ich es mit harter Hand.

Sicher ist es die der Welt zugewandte, irdische Art seiner Verse, die Saadi letztendlich zu seinen anstößigen Scherzgedichten bewegt hat. Ich liebe diesen irdischen Saadi.

Ich war vierzehn oder fünfzehn, als er Thema einer Donnerstagsrunde war. Passagen aus seinem *Duftgarten* wurden gelesen, und über jeden Vers wurde ausführlich diskutiert. Mich hatte an dem Tag niemand aufgefordert, mit von der Partie zu sein, und ich hatte mich nicht aufdrängen wollen. Seine für Kinder und Jugendliche aufbereiteten Geschichten und Gleichnisse hatte ich in jungen Jahren ja bereits mit Genuss gelesen, und als ich mich später den Originalen zuwandte, lernte ich nur wenig Neues.

Am besagten Tag hatte meine Mutter mir aufgetragen, den Gästen Tee zu servieren, und als ich ins Zimmer kam, sah ich meinen Vater, Saadis *Diwan* in Händen, in seiner typischen Art auf und ab gehen und dabei laut und vernehmlich Verse rezitieren.

Es ging um einen König, der sich die Esel seiner Untertanen mit Gewalt aneignete, sie, ohne sie ausreichend mit Futter zu versorgen, für ein, zwei Tage teure Lasten tragen ließ, bis die Tiere schließlich tot zusammenbrachen. Eines Morgens soll ein junger Mann aus einem Dorf nahe der Hauptstadt in die Stadt reiten, um Besorgungen zu machen, doch der Vater rät dem Sohn:

Damit du weiter an ihm Freude hast,
Bring deinen Esel nicht morgens in die Stadt,
Weil der Unhold im Schilde nichts Gutes hat.
Statt auf dem Thron säh ich ihn gern im Sarg,
Weil er den Esel dir abspenstig macht.

Eigentlich ist der Junge zu faul, zu Fuß zu gehen, weil der Weg weit und zu Fuß im Grunde nicht zu schaffen ist. So bittet er den Vater:

Finde du einen Weg und triff eine Wahl,
Denn klüger als meine ist deine allemal.

Der Vater schlägt vor, dem Esel den Kopf einzuschlagen, die Beine zu brechen und ihn so für den König unattraktiv zu machen. Daraufhin:

Er schlug das arme Tier mit einem Stein.
Dem Esel brach der Arm, lahm wurde sein Bein.

Der Junge macht sich auf den Weg und stellt bald fest, wie beschwerlich das Fortkommen mit einem Esel ist, dem man Arme und Beine gebrochen hat.

Als er auf eine Karawane traf, o Graus,
Stieß er alle ihm bekannten Flüche aus.

Der Zufall will es, dass der König, an jenem Tag auf der Jagd, den Anschluss an sein Gefolge verliert, sich verirrt und unerkannt bei dem Bauern Quartier nimmt, dessen Sohn auf dem Weg in die Stadt ist. Des Bauern Zorn über die Umstände, die er der Eselsarme und -beine wegen hatte, ist noch nicht verraucht. Dem Unbekannten gegenüber macht er seinem Ärger Luft und bittet schließlich den Allmächtigen:

Sei das Schicksal mir nach Kräften gewogen
Und möge den Unholden nicht verschonen.
Sehe ich ihn nicht sterben in Todesqual,
Schließ ich einst kein Auge in meinem Grab.
Einer Schwangren wird besser eine Schlange geboren,
Als ein Ungeheuer zum Menschen erkoren.
Der Herrscher vernahm all das und sprach kein Wort,
Band sein Ross an, legte sein Haupt auf Sattelfilz dort.

Des Königs Reiter, die ganze Nacht über auf der Suche nach ihrem Herrn, spüren ihn am nächsten Morgen schließlich im Haus des Bauern auf. Einer der Höflinge, zum persönlichen Schutz des Königs berufen, fragt sich besorgt, was seinem Herrn am Vortage wohl zugestoßen sein mag, und erkundigt sich obendrein: «O Herr, wonach hat es Euch letzte Nacht gelüstet?»

Der König beugt sich zu seinem Höfling hin und flüstert:

Niemand hat auch nur ein Hühnerbein serviert,
Stattdessen gab's den überlangen Arm des Eselstiers.

Und bei diesem Satz brach die im Gästezimmer versammelte Leserunde in herzhaftes Gelächter aus, das sekundenlang durchs Zimmer schallte und irgendwann erstarb. Meine Mutter übertönte die anderen mit ihrem hellen Lachen, während die blonde Witwe mit gesenktem Blick nur stumm lächelnd dasaß und ich in seltsam unermesslicher Verwunderung versank. Hier ging es um des Esels Geschlechtsteil, das war mir klar, und ich fragte mich sofort: Wenn Saadi – wie ich es wieder und wieder gehört hatte – der Meister der persischen Sprache war, ein hervorragender Sprachkünstler, ein Lyriker und Wortschöpfer, der auch das Unmögliche mühelos in Worte fassen konnte, weshalb redete er dann hier wie ein Eseltreiber? Lag hierin etwa der Grund dafür, dass mein Vater Saadi von allen klassischen persischen Dichtern am liebsten mochte, was er ja oft betonte?

Der unschuldige junge Sohn, vom Vater zeitlebens zu anständiger Ausdrucksweise angehalten, hörte jetzt den Dichter obszön reden, von dem Jung und Alt sagten, die Entwicklung und Verbreitung der persischen Sprache seien in erster Linie ihm zu verdanken. Verblüfft stand der Sohn nun in einer Ecke des Raums, in dem die glühendsten Verehrer dieser Werke beisammensaßen, und war sprachlos. Die Widersprüche dieser verrückten Welt überstiegen seinen Verstand, und nirgends tat sich ein Fluchtweg auf. So war mir jedenfalls in dem Augenblick zumute.

Wie es danach weiterging, weiß ich nicht mehr. Wahrscheinlich hat die Runde sich mit der nächsten Textpassage befasst, als sei nichts gewesen, und hat ihren Abend zu Ende gebracht, ohne auch nur die geringste Spur meiner Ratlosigkeit und Verwirrung bemerkt, geschweige denn nach dem Grund dafür gefragt zu haben. Wieder einmal hatte diese Literatur mich überrascht und gehörig durcheinandergebracht.

Ja, gegen Ende jenes Abends verabredeten die Gäste sich zum nächsten Treffen, legten fest, welche Abschnitte aus welchem Buch dann gelesen würden, und verabschiedeten sich schließlich der Reihe nach wie an anderen Donnerstagabenden auch. Nun war ich mit meinem Vater allein im Raum, noch immer starr vor Schreck, den ich gewiss nur würde überwinden können, indem ich das heikle Thema ansprach. Auf einen Schlag trat eisige Stille ein. Klang meine Stimme etwa anders als sonst? War mein Tonfall ungewohnt? Ich weiß es nicht. Mein Vater jedenfalls lachte zunächst freundlich, legte mir, nach recht langem, sein Entsetzen über meine Frage verratenden Zögern liebevoll eine Hand auf die Schulter und sagte dann, gefasst und in der Hoffnung, mich zu überzeugen: «Mein Sohn, Saadi selbst hat gesagt: Der anstößige Scherz ist für das Wort, was das Salz für die Suppe.»

Dann trug er etwas in die Küche und gab mir auf seine Weise zu verstehen, dass er das Thema nicht weiter erörtern mochte.

Was genau hieß «anstößiger Scherz» hier? Der lange Eselsarm etwa?

Auch abends im Bett grübelte ich noch stundenlang über dieser Frage, bis ich irgendwann einschlief. Am nächsten Morgen schlug ich sofort nach dem Aufstehen den Begriff des anstößigen Scherzes nach: Ausdrucksform, die mit mehrdeutigen Anspielungen gegen Moral und Anstand verstößt.

Vor meinen rebellischen Jahren, in denen ich alle Verbindungen zur persischen Literatur gekappt hatte, weil sie mir gleichgültig war, hatte ich hin und wieder Saadis Gesamtausgabe aus meines Vaters Bücherregal mit auf mein Zimmer genommen, hatte sie begierig nach Saadis würzigem Salz in der Suppe durchforstet und war, tief in die Seiten seines *Diwan* versunken, täglich auf neue Beispiele für in sehr unverblümte, offene Worte gefasste Verse gestoßen. Das also ist Saadi. Das ist seine hohe Kunst der persischen Sprache?

Aus meiner anfänglichen Fassungslosigkeit wurde allmählich leise Freude, bald sogar Begeisterung über meine Entdeckung: Das also war Literatur!

Später erst las ich Kamal-ud-Din Hosseins *Verliebte Kreise*, eine vermutlich im Jahr 1530 christlicher Zeitrechnung verfasste Darstellung von Liebesabenteuern berühmter Vertreter aus Politik, Religion, Literatur und Mystik, in der auch Saadi Erwähnung findet. Der Dichter erfuhr eines Tages vom schönen Sohn eines Ministers in Tabriz und begab sich dorthin. Saadi wusste, dass der Minister den öffentlichen Hamam an bestimmten Tagen schloss, damit der Sohn ungestört baden konnte, und verbarg sich beizeiten dort, um sich am Anblick des schönen Jünglings in aller Ruhe zu weiden.

Neben den vielen Beispielen im *Duftgarten* und im *Rosengarten* ist ein Abschnitt am Ende seiner gesammelten Werke anstößigen Scherzgedichten gewidmet und entpuppt sich als wahre Fundgrube für äußerst unverblümte Worte. So lamentiert der Dichter in einem Vers etwa: Seht nur, wie viel Kummer und Sorgen mein Schwanz mir macht. Mal packt eine Hure mich am Kragen, mal schlägt ein Mann mir die Zähne ein. Heillose Schmerzen sind das, dem Schwanz gänzlich unbekannt. Mögen die lächelnden Blätter der Rose mir um meiner tränenerfüllten Augen willen vergeben. Steckt mein Ding in ihrem, bin ich glücklich. Tagsüber sehne ich den Abend herbei, wenn mein Regen ihr Gewölbe wässert. Meine Aubergine findet die zwei roten Flügel zwischen ihren

Beinen reizend und zugleich Ehrfurcht und Respekt gebietend.

In einer anderen Geschichte verliebt sich ein Sufi in einen jungen, starken Ringer, der mit Muskelkraft eiserne Ketten zu sprengen vermag. Der Mystiker unternimmt viele Versuche, mit dem jungen Mann allein zu sein. Eines Abends endlich gelingt es ihm. Er umarmt ihn, küsst ihn, will schließlich mit seinem Pfeil ins Schwarze treffen. Der junge Ringer wird wütend. Solcher Schmach, so sagt er, werde er sich nie beugen, willigt in Küsse und Zärtlichkeiten jedoch ein. Der Mystiker scheint's zufrieden, er umarmt den jungen Mann erneut und presst seine Lippen so fest auf die des Jünglings, dass man sie für zwei Mandelkerne in einer Schale hätte halten können. In so inniger Umarmung gewinnt die Begierde die Oberhand, des Mannes Geduld erschöpft sich, sein Schwanz schäumt über, der Mystiker bricht die mit dem Jungen getroffene Vereinbarung und schiebt ihm sein Glied vollständig in den Arsch. Woraufhin der junge Ringer schimpft: «Du hast dein Wort gebrochen. Dafür könnt ich dich umbringen und käme ungestraft davon.» Der Sufi drückt ihm zur Besänftigung ein paar Münzen in die Hand, woraufhin der Junge sich fügt und schließlich sagt: «Egal, wo du deinen Nagel ansetzt, schlag drauf.» Nach getaner Arbeit stellt der Sufi den jungen Ringer seinen Freunden vor, die ihm reihum, im Anschluss an Küsse und Streicheleinheiten, ihre Zapfen in den Arsch schieben, bis zum Nabel. Alsbald entbrennt ein Streit darüber, wem der Junge nun gehöre, und ein jeder, der Besitzansprüche erhebt, bezeichnet sich als den wahren Freund und Liebhaber des Jungen. Die Männer bringen ihre Sache vor einen betagten Sufi, der den Streit schlichten soll. Der weise Alte hört alle Parteien an, versinkt für eine Weile in Gedanken und spricht schließlich sein Urteil: «Unter Genügsamen reicht ein Schuh für zwanzig Füße.»

In einer anderen Geschichte erzählt Saadi von einem reichen, geizigen Vater einer Tochter, die ihre fehlenden physischen Reize nach Kräften durch schöne Kleider wettzumachen sucht. Trotz der nicht idealen Umstände gelingt es dem Vater, die Tochter mit einem stattlichen jungen Mann zu verloben. Als aber am Hochzeitsabend der Brautschleier fällt, ist der junge Bräutigam zutiefst entsetzt und findet, man habe ihm das Tor zur Hölle aufgetan, als er sich schon im Garten Eden wähnte. Er liegt die ganze Nacht wach, das Gesicht gen Wand gewandt, um den Anblick der Braut nicht ertragen zu müssen. Die bittet ihn unermüdlich, er möge sie doch endlich in die Arme schließen. Doch der Bräutigam flüstert: «Du bringst sogar das Minarett zum Einsturz. Wie willst du meine Wollust wecken? Lieber geh ich zum Todesengel, als mich dir zu nähern. Den Stich eines Skorpions zieh ich deiner Berührung vor.»

Ein paar Tage gehen ins Land, dann wendet der schöne Bräutigam sich an seinen Schwiegervater: «So, wie die Dinge liegen, werde ich nicht froh, noch wird deine Tochter glücklich.» Der Schwiegervater erwidert: «Entweder findest du dich mit der Situation ab oder du wanderst in den Knast, weil du die hohe Mitgift nicht zurückzahlen kannst.» Dem jungen Bräutigam behagt des Schwiegervaters Antwort gar nicht, und so schickt er ihm ein paar Weißbärte, die einen Mittelweg weisen mögen. Der Schwiegervater aber erweist sich als unbeirrbar. Der Schwiegersohn verzweifelt schier, weiß weder ein noch aus und ersinnt bald einen eigenen Plan. Er gewinnt das Herz seiner Schwägerin und wohnt ihr eines Nachts bei. Anfangs lamentiert sie, ein wenig kindisch, wie der Schwager findet. Er stopft ihr das Mundwerk mit Schweigegeld. Nun reckt die Schwägerin die Beine in die Höhe, und der Mann *steckt seinen Stift in ihr Kajalkästlein aus Elfenbein – Auge in Auge, eng umschlungen – Nabel an Nabel, ist Stößel in Mörser gedrungen.*

Dann kommt die Reihe an die Frau des Bruders, deren Keuschheitsgürtel er zerreißt. Auch die Mutter der Braut wird bedacht. Desgleichen die Tanten, die Schwester des Vaters, die Schwester der Mutter, beiden verabreicht er ordentliche Zäpfchen. Alsbald macht er das Haus der Amme seiner Frau ausfindig, bringt ihr an einem Donnerstagabend eine Kerze, steckt sie ihr zur Hälfte zwischen die Beine. Und der Hausdiener, kürzlich zum Manne gereift, doch aufsässig und ungehorsam, bekommt das Missfallen des Hausherrn zu spüren.

Der ritt ihn gut zu, wie's dem Maultier geziemt,
Stak den Schwanz ins makellos Hinterteil ihm.
Und selbst die Magd soll nicht leer ausgehen.
Er gibt Buttermilch auch in ihren Schlauch,
So kommt kein Neid auf die andern auf.

Tatsächlich ruht der rasende Schwiegersohn erst, als er es auch allen Freunden und Bekannten der Familie ordentlich besorgt hat.

Da der Klang der großen Trommel nicht ungehört verhallt, werden die Nachbarn bald aufmerksam, fürchten, sie könnten in Kürze selbst betroffen sein, begeben sich eilends zum

Laden des Brautvaters und berichten ihm, was sich bisher zugetragen hat. Der Brautvater erzürnt, schließt sein Geschäft, hastet heimwärts, packt alle die Eheschließung dokumentierenden Urkunden und Verträge in einen Sack und wirft ihn dem Ringer und Noch-Schwiegersohn vor die Füße: «Lieber schreib ich alle Urkunden und Kaufverträge nebst Mitgift und Brautpreis in den Wind. Steh auf und geh.»

Dem so Bedachten kommen Tränen der Freude: «Welches Unrecht legt Ihr mir zur Last?», fragt er.

Der Vater erklärt: «Hier im Haus ist kein Platz für uns beide. Keine Stute, kein Fohlen unter diesem Dach ist vor dir sicher. Und was, wenn dich eines Nachts der Teufel reitet und du dich auch über mich noch hermachst?»

Der junge Mann winkt ab. Er willigt in die Scheidung ein und ist endlich frei.

Nach meinen rebellischen Jahren festes Mitglied im Lesekreis, regte ich oft Diskussionen über diese kontroversen, ja nur vermeintlich banalen Texte an und bewirkte meist doch nur die Ermüdung der Teilnehmer. Wenn Jean Fink recht hat, der sagt, jeder Text öffnet wie ein Fenster den Blick auf etwas, dann muss ich sagen, wir alle sahen zwar dasselbe, betrachteten es aber durch verschiedene Fenster.

Ich gehörte jedenfalls nicht zu den Lesern, die Texte umstrukturieren wollten. Ich orientierte mich lieber am Ursprungstext, versuchte dessen Aussage zu erfassen, konnte aber weder zusätzliche Bedeutungen hinein- noch implizierte Bedeutungen herauslesen. Meine Maßstäbe waren vielmehr das Alltagsleben, der erste Eindruck, Gebote, Bedingungen, die dem unmittelbaren Textverständnis vielleicht entgegenstanden. Ich konnte nicht einfach ignorieren, dass Texte Andeutungen und Hinweise mitliefern, konnte nicht dem 2005 verstorbenen französischen Philosophen Paul Ricœur folgen, der Texte als von der Welt losgelöst oder als Werke sah, die sich ihre eigene Welt erschaffen.

Was die obige Anekdote Saadis und meine Folgerungen aus ihr betraf, fragten mein Vater und seine Freunde sich unentwegt, wie solcherlei überhaupt möglich und mit Vernunft und Verstand vereinbar sei, und machten sich an die moralische Deutung des Werks. Meiner Überzeugung nach bezieht ein Werk seine Glaubwürdigkeit nicht aus dem, was Leser ihm entnehmen, sondern allein aus seiner Struktur und seiner inneren Logik. Die Wahrnehmung der Leserschaft, den Gewinn, den sie aus einem Text zieht, hält der 2018 verstorbene französische Literaturtheoretiker Gérard Genette nicht für ein Kriterium im Sinne der Glaubwürdigkeit eines literarischen Werks und führt ein Beispiel aus Pierre Corneilles Stück *Le Cid* an, in dem Chimène den Mörder ihres Vaters ehelicht. Chimène, so Genette, lässt sich von Instinkten leiten, die gegen moralische Kriterien verstoßen. Dass ihr Instinkt über moralische Maßstäbe triumphiert, hält Genette für nachvollziehbar, weil Chimènes Verhalten sich nicht aus der gesellschaftlich herrschenden Meinung, sondern aus der Logik der Geschichte ergibt. Auf Saadis Erzählung bezogen finde ich deshalb, der Widerwille, den des jungen Mannes Verhalten in der Leserschaft erzeugt, sollte kein Kriterium für die Glaubwürdigkeit der Geschichte sein, weil der Mann sich, der inneren Logik des Texts folgend, vollkommen nachvollziehbar verhält.

Meines Vaters Freunde wiesen auf den Unterschied zwischen Umgangs- und Schriftsprache hin und fanden, es gehe in der gehobenen literarischen Sprache um mehr als Grammatikregeln und rein semantische Bedeutungen. Ich fragte sie, wohin es führen würde, wenn wir außer Acht ließen, dass auch die Hochsprache den Regeln für die Alltagssprache unterliegt? Sie hätten gern einen fremden Text in ein Original eingefügt und dadurch, wie sie es ausdrückten, ein literarisches Kleinod geschaffen.

Sie nahmen mir überhaupt so manches übel, warfen mir auch vor, Saadi zu einem Zotenschreiber herabzuwürdigen. Woraufhin ich zu bedenken gab, dass ich kein Experte sei und von alledem nichts verstünde. «Es ist euer Autor, der sich wie ein unpersönliches Wesen hinter dem Erzähler versteckt, und dieses zweite Ich ist nicht des Autors Erfindung, sondern ergibt sich aus dem Werk selbst.»

Mir leuchtete durchaus ein, dass mein Vater und seine Freunde sich schwertaten. Immerhin lag Saadis Gesamtausgabe gebunden, in Normalformat und goldbeschriftet, vor mir auf dem Schreibtisch. Schönschrift, edle Seitenaufmachung, mit Anmerkungen eines bedeutenden Gelehrten und einem ausführlichen Vorwort des namhaften Verlegers versehen, der die philosophische Tiefe des Werks hervorhebt und die Geschichte vom schönen Bräutigam und der hässlichen Braut zu den wenigen zählt, die eher unschicklichen Inhalts sind, ganz im Gegensatz zu Saadis zahllosen ehrbaren Geschichten und Anekdoten. Dieser Sachverhalt lässt dem Leser keinen Zweifel daran, dass auch diese vermeintlich weniger ehrbaren Geschichten eine tiefe innere Bedeutung haben. Stellen wir uns vor, sie wären nicht gemeinsam mit anderen Gleichnissen, Fabeln, Anekdoten des Autors in einem edlen Werk erschienen, sondern würden, als bloße Texte auf zerknitterten Papierschnipseln im Umlauf, von einem angeblich missratenen Schüler im Unterricht heimlich aus der Tasche gezogen, an einen angeblich nicht minder missratenen Mitschüler weitergereicht und der Lehrer würde die beiden erwischen. Würden wir die Texte in einem solchen Fall genauso beurteilen wie bisher? Die Form eines literarischen Texts hat immer auch Einfluss darauf, wie wir ihn wahrnehmen. Mit seiner Form verändert sich auch sein Inhalt.

In den Donnerstagsrunden nahmen meine Gespräche über dieses Thema meist keinen sonderlich guten Verlauf. Die Voreingenommenheit der anderen machte einen echten Gedankenaustausch so gut wie unmöglich. Ein echtes Gespräch ergibt sich dann, wenn die Gesprächspartner der Meinung des Gegenübers zumindest ihre Berechtigung zugestehen. Ich hingegen kam kaum dazu, meine Ansichten überhaupt darzulegen, weil man mir ins Wort fiel und unterschwellig zu verstehen gab, dass ich im Grunde noch zu jung und nicht reif für die Aufnahme in einen Kreis Allwissender sei. Sobald ich großspurig die Ansichten westlicher Literaturtheoretiker in die Waagschale warf, rümpfte die Runde herablassend die Nase, wandte sich desinteressiert von mir ab und focht lautstark ihre nächsten Wortgefechte aus.

Unter ihrem Lärm und ihren Analysen begrub die Runde jeden Text. Weshalb ihn auf diese Weise zunichtemachen? Weshalb in einem Kunstwerk, also beispielsweise in einer Sammlung Verse, stets mehr sehen als das Werk selbst? Weshalb soll ein Gedicht neben seiner konkreten Aussage immer auch Abstraktes vermitteln? Davon abgesehen war den Teilnehmern der Runde nicht bewusst, dass sich beim Vergleich der Geschichte vom schönen Bräutigam und der hässlichen Braut mit ähnlichen Texten Saadis, aber auch mit Teilen aus Rumis *Masnavi* oder mit vielen Werken von Khaghani, Sanai, Muhtascham Kaschani, Susani Samarghandi, Abid Sakani, Iradsch Mirza und anderen, jeder Einzelne als großer Meister der Obszönität, der unverschämt derben Verse und Anstößigkeiten herausstellt. Außerdem finde ich, dass die Geschichte nicht im Widerspruch zu universellen kulturellen Konzepten steht, sie ist plausibel und der damals, vielleicht sogar der seit jeher geltenden Bewertung menschlicher Wollust und Ausschweifung gemäß zu verstehen.

RUMI

Dschalal-e-Din Rumis *Masnavi* war in schweren Zeiten Thema unserer Leserunde. Tatsächlich sprachen wir damals donnerstags zwangsläufig zuerst über das, was in der Stadt los war, und verliehen der anschließenden Diskussion über Literatur damit quasi ihre Legitimität.

Jedes Treffen begann mit der Frage: «Und, was gibt's Neues?» Woraufhin einer von uns eine Antwort gab, die die Runde zur Kenntnis nahm, zuweilen Ergänzungen lieferte, von den einen mit zustimmendem Nicken, von anderen mit Schweigen bedacht, während wieder andere eine Information mitunter auch als komplett unzuverlässig abtaten. Wobei annähernd Einigkeit darüber herrschte, dass in jedem Gerücht auch ein Körnchen Wahrheit steckt.

Im Sommer 1988 verliefen die Donnerstagsrunden ein wenig anders. Damals fragte donnerstags jeder, der über unsere Schwelle trat, was es Neues gab, und verkündete, ohne eine Antwort abzuwarten, rasch alles, was er oder sie selbst wusste. Alle redeten durcheinander, laut und angeregt über alles und jeden. Damals geschah Entsetzliches. Tausende politische Häftlinge wurden hingerichtet.

«Wie kann so etwas sein?», fragten sich alle, während sehr schnell klar wurde, ja, es ist wirklich möglich. Im Sommer 1988 wurden drei Verantwortungsträger aus den Ressorts Justiz und Geheimdienst berufen, die über politische Gefangene verhängten Urteile zu prüfen. Eine neue Situation war eingetreten, in der ein mit der Akzeptanz des Waffenstillstands nach offizieller Lesart siegreich geführter Krieg doch nicht zu Ende war und in der Gesellschaft zu neuer Unruhe hätte führen können, weshalb Säbelrasseln angebracht schien.

Gleich zu Beginn ihrer Mission trafen die drei benannten Prüfer diverse Vorkehrungen, von denen jede für sich genommen den Häftlingen und ihren Angehörigen schon Grund zur Sorge gab. Zunächst wurden alle Fernseher aus den Haftanstalten entfernt. Zeitgleich unterband man den Zugang zu Zeitungen und verteilte an die Häftlinge gerichtete Post nicht mehr. Die tägliche Stunde Hofgang wurde gestrichen, Besuchserlaubnisse für Angehörige bis auf Weiteres ausgesetzt. Die Häftlinge hatten in ihren Zellen zu verbleiben und durften auch Krankenstationen, Werkstätten, Leseräume, Höfe, Studierstuben nicht mehr aufsuchen. Dieses

Vorgehen schürte beständig Gerüchte und sorgte stadtweit für Anspannung.

Anfangs hielt man die Meldungen für übertrieben, lachhaft, hohles Geschwätz. Angeblich wurden die Häftlinge gefragt, ob sie beteten? Ob sie im Kampf für den Islam auch bereit seien, über Minenfelder zu gehen? Antwortete ein Befragter mit «Nein!», so war das sein Todesurteil.

Ließen die Beamten über längere Zeit nichts verlauten, zogen Angehörige der Gefangenen wütend, bang, verzweifelt vor die Haftanstalten, um sich dort nach ihren Verwandten zu erkundigen, und wurden von Polizeikräften jedes Mal vertrieben. Die Gefängniszellen waren angeblich zu niedrig, um die Vielzahl der zu Erhängenden zu bewältigen, weshalb man Kräne hinzuzog, an deren Auslegern neun Menschen zugleich erhängt werden konnten. Im Volksmund hießen die Geräte bald Neuner.

Die Opfer wurden in Massengräbern verscharrt, in der Einöde weit außerhalb Teherans, und es dauerte ewig, bis die Angehörigen von den Gräbern erfuhren. Erst spät wurde bekannt, dass binnen kürzester Zeit mehr als viertausend Menschen hingerichtet worden waren.

Uns blieb nur die Literatur als Zufluchtsort. Zumindest kannten wir keinen anderen. Um die damalige Zeit lebendig zu überstehen, waren schier übernatürliche Kräfte gefragt. Die hofften wir aus der Literatur zu schöpfen. Sie sollte uns über die schweren Zeiten hinweghelfen. Und wir waren naiv genug, zu glauben, sie habe diese Kraft.

Deshalb ließen wir uns auch durch nichts von unserer Leserunde abhalten. Als wir an einem Donnerstag jenes Sommers unter dem Druck der endlosen Schreckensmeldungen fast erstickt wären, hob mein Vater nach einem drückenden Augenblick der Stille schließlich den Kopf, reckte Rumis *Masnavi* wie eine Fahne in die Höhe und sagte: «Aber wir sind stärker!»

Bei allem Zweifel, den ich daran hegte, sah ich ein, jetzt war nicht der Moment, ihm zu widersprechen. Ich schwieg und nickte wie die anderen auch, um seine Beteuerung zu bekräftigen.

Auch Rumis *Masnavi* war eines der therapeutischen Werke, die mein Vater im Regal hatte. Manchmal sah ich ihn das Buch auf einer beliebigen Seite aufschlagen und lesen. Das *Masnavi* hatte, wie ein heiliges Buch, weder Anfang noch Ende.

Manche sehen in Rumi einen Heiligen, schrieben ihm Wunder und Mysterien zu. Einer von einem Propheten an sein Volk überlieferten heiligen Schrift gleich, halten sie Rumis *Masnavi*, sein wichtigstes Werk, für den persischen Koran und sagen, Rumi habe ein Flussbett gegraben und Wasser gesandt, auf dass die Nachwelt sich daran labe.

Der Schöpfer des zweiten Korans, dieser Sucher im Ozean des Wissens, dessen Weltsicht fest auf dem Koran und auf klassischer islamischer Mystik fußt und von dessen Werk es heißt, bereits jeder Halbvers eröffne ein ganzes Universum an Rätseln und Geheimnissen, hatte mich in jungen Jahren mit seinem Gleichnis vom *Esel, der Frau und der Magd* verblüfft.

Rumi gehört zu der Handvoll iranischer Dichter, über die die Europäer schon ungemein viel gesagt haben. Rumis Geist reicht so weit, dass er einerseits Eingang in religiöse Volksweisen Bengalens gefunden und andererseits – wie manche sagen – Hegels Ansichten beeinflusst hat. Die ihn überschwänglich preisen, schießen bisweilen übers Ziel hinaus. Auf unserer Seite der Erde sagt ein iranischer Gelehrter: «Würde man, bis auf Rumis *Masnavi*, alle von denkenden Menschen geschriebenen Bücher vernichten, so hätten die, die alles jemals geäußerte menschliche Wissen zusammentragen, keinen Verlust erlitten.» Am anderen Ende der Erde nennt der Franzose Henri Massé Rumi den mit keinem anderen Dichter oder Denker der Welt vergleichbaren Einzigartigen. So sieht auch der 1917 verstorbene deutsche Orientalist Hermann Ethé in Rumi den größten mystischen Dichter des Ostens und preist ihn zugleich als den größten Dichter der Einheit des Seins.

Seine Verse gleichen eher turkmenischen Malereien, mit ihren erstaunlich lebendigen Welten aus Blüten, Sträuchern, Geistwesen und Tieren, als den perfekt komponierten Miniaturen eines Behzad. So die Meinung der 2003 verstorbenen deutschen Orientalistin Annemarie Schimmel über die Werke des Mystikers, in denen sich, wie sie auch sagt, keine Spur der prächtigen, von Rosenduft und Wein geprägten Gärten der Stadt Schiras findet, wie wir sie gern in echten persischen Versen hätten. Allerdings war das deutsche Publikum mit Rumis Werk bereits vertraut, bevor Annemarie Schimmel es ihnen noch näherbrachte und noch bevor Friedrich Rückerts Übertragungen die persischen Ghaselen in die deutsche Literatur eingeführt und für die Anerkennung dieser Versform unter deutschen Lyrikern gesorgt haben.

Durch Rückerts Übertragungen wurde Hegel mit dem großen Rumi vertraut. Der Frage, inwieweit Hegels Dialektik sich mit Rumis Weltsicht gleichsetzen oder als aus ihr hervorgegangen gelten kann, haben sich später die Länder des Ostblocks eingehender gewidmet. Wie die Antwort darauf auch ausfallen mag, Rumi findet dank Hegel das Interesse von Philosophen, Literatur- und Religionshistorikerinnen.

Als junger Leser hielt ich den bunten Bilderreigen aus Blumenranken, Vögeln, sich windenden Pfaden, Wegen und Menschen, der uns sofort umfängt, wenn wir uns mit klassischer persischer Literatur befassen, für das Werk einer alten Frau, die die unerträgliche Erschöpfung all dieser Wesen auf ein großes weißes Leintuch stickt. Kommt hier nicht Annemarie Schimmels Bild von der uralten, fantasievollen Kunst des Webens und Stickens zum Ausdruck, die Rumi mit seiner Metapher vom großen Schicksalsweber, vom Schneider des Lebens so treffend beschreibt, um den Allmächtigen und die Liebe zu vergegenwärtigen?

Rumis berühmtestes Werk beginnt mit seinem Loblied auf die von den Wundern des Allmächtigen kündende Rohrflöte. Seine Schilderung geht zurück auf die griechische Erzählung über König Midas und seine übermäßig langen Ohren, um die außer ihm und seinem Barbier niemand weiß. Da der Barbier sein schwerwiegendes Wissen nicht länger mit sich herumtragen mochte, grub er ein Loch und flüsterte sein Geheimnis dort hinein. Bald wuchs Schilf in der Vertiefung, und die Schilfrohre, mit des Königs Geheimnis aufgewachsen, gaben es eines Tages frei. Anders lautet die islamische Version dieser Erzählung. Hier wird über den Imam Ali, den ersten

Schiiten, erzählt, er habe die ihm vom Überbringer des Islams anvertrauten Geheimnisse einem Schilfdickicht am Ufer eines Sees anvertraut. Die Schilfrohre gaben ihr Wissen preis, als man sie schnitt.

Bei Nezami, einem herausragenden iranischen Lyriker des zwölften Jahrhunderts christlicher Zeitrechnung, findet sich eine ähnliche Geschichte über Alexander den Großen. Dort heißt es: Alexander der Große hatte sehr lange Ohren, die er unter seiner goldenen Krone verbarg. Sein Geheimnis kannte außer ihm nur der Sklave, der das königliche Haupt rasierte. Der König hatte ihm eingeschärft, sein Wissen zu hüten, doch der Sklave sah sich mit dieser Aufgabe überfordert. Er ging in die Wüste, steckte den Kopf in ein Brunnenloch und rief in die Tiefe, dass Alexander der Große übergroße Ohren habe. Es dauerte nicht lang, da wuchs aus dem Brunnen ein Schilfrohr, das dieses Geheimnis kannte und die Neugier eines vorbeiziehenden Hirten weckte. Der schnitt das Rohr und fertigte eine Flöte daraus. Eines Tages, auf einem Ritt durch die Wüste, vernahm Alexander der Große das Geflüster der Hirtenflöte über die Größe seiner Ohren. Indem er erst den Hirten, dann den Sklaven zur Rede stellte, erfuhr er, wie sein Geheimnis ans Licht gekommen war.

Andere Dichter legen die Geschichte so aus, dass Rumi sich als an den Lippen des Allmächtigen liegende Rohrflöte sah, von Gott nach seinem Gutdünken gespielt. Das mag übertrieben sein, denn Rumi war anfänglich kein Dichter, sondern der sehr beliebte oberste Scharia-Richter seiner Stadt. Dichtung und Musik hat er sich erst später zugewandt, nachdem Schams, sein Geliebter, für immer verschwunden war.

Rumi war dem tanzenden Wanderderwisch in einer Karawanserei begegnet. Doch der Geliebte verließ Konya bald, auch der aufgebrachten Familie und Freunde Rumis wegen, denen es missfiel, dass ein Fremder ihnen den Scheikh nahm. Schams verschwand zunächst nur vorübergehend. Als er zurückkehrte, sollen die beiden einander so innig in die Arme geschlossen haben, dass nicht zu unterscheiden gewesen sei, wer der Liebende und wer der Geliebte war. Ein normales Paar waren die beiden gewiss nicht. Die Besonderheit ihrer Beziehung sei kurz durch die Tatsache beschrieben, dass man sie tagsüber meist Wange an Wange sah und nachts eng umschlungen in einem Bette schlafend.

Über Schams' Rückkehr waren Rumis Anhänger so erbost, dass sie dem Derwisch nach dem Leben trachteten. Annemarie Schimmel schildert diese traurige Geschichte so: Rumi und Schams sitzen bis spät in die Nacht beim Gespräch, als jemand anklopft und Schams unter einem Vorwand vor die Tür bittet. Schams kommt der Bitte nach, tritt nach draußen und wird auf der Stelle erstochen. Seine Leiche endet in einem Brunnen hinterm Haus. Den Brunnen gibt es bis heute.

Rumi, vollkommen ahnungslos, leitet eine sehr lange und ihn sehr belastende Suche nach Schams ein. Er sendet Kundschafter und Kuriere aus und bricht schließlich, nachdem die Suchaktionen ergebnislos verlaufen sind, selbst auf, um ihn zu finden. Als er eines Tages unverrichteter Dinge nach Konya zurückkehrt, entdeckt er Schams in sich selbst. So hell, so klar wie der Mond. Fortan sind Rumi und Schams nicht mehr zwei getrennte Wesen, sondern auf ewig eins.

Aus dieser Erfahrung ging der Dichter Rumi hervor. Dieses

einschneidende Erlebnis hat Rumi mit Leib und Seele Musik und Dichtung werden lassen. Kurz gesagt: Rumi ist ein Geschöpf des Schams, den Rumi den Propheten der Liebe nannte und der ihm das Juwel der Verehrung und der Liebe zum Geschenk gemacht hat. Schams war wie der Funke, der die Flamme einer Lampe entzündet, Rumi war die Lampe.

In der engen Verbundenheit der beiden sah Annemarie Schimmel Anklänge an die unermesslich tiefe Freundschaft zwischen den legendären Helden Gilgamesch und Enkidu. Der 1982 verstorbene türkische Literaturwissenschaftler und Sufikenner Abdulbaki Gölpinarli jedoch erklärte die Beziehung der beiden Männer zueinander so: «Rumi war empfänglich für die Liebe. Er war wie ein Lampengefäß, das man mit Öl befüllt und mit einem Docht versehen hat. Um das Feuer zu entfachen, bedurfte es eines Funkens, einer Flamme. Schams war diese Flamme. Das Licht dieser Öllampe, der ewige Platzhalter aber wurde bald so hell, dass er sogar Schams überstrahlte. Schams wurde zu einem Schmetterling. Er hauchte in diesem Licht sein Leben aus und entschwand. So wurde Schams, dem Rumi sein *Masnavi* verdankt, für Rumi das, was Sokrates für Platon war, den er, ohne ein einziges Buch hinterlassen zu haben, zu seinen bedeutendsten Schriften inspirierte. Auch Sokrates hat den Schierlingsbecher geleert, von Menschen gereicht, denen sein inneres Feuer fremd war.»

Von Schams überlieferte Schriften zeigen, wie ausgeglichen und zutiefst mit sich selbst im Reinen er war. In einer Schrift lesen wir von einem Kalifen, der den Sema-Tanz der Derwische für die Dauer seiner Amtszeit verbietet, selbst aber, hinter verschlossenen Türen, Derwische zum Tanz einlädt. Das

Verbot bekümmert einen Derwisch so sehr, dass er starke Herzschmerzen bekommt. Eine Komplikation verschlimmert das Problem und fesselt den Derwisch schließlich ans Bett. Der herbeigerufene, bewanderte Arzt kommt der Ursache des Leidens trotz gründlichster Untersuchung nicht auf die Spur, und der Derwisch stirbt. Dem Arzt lassen die Krankheit und der Tod des Mannes keine Ruhe. Er öffnet das Grab, entnimmt das Herz des Verstorbenen, obduziert es. Und siehe da, die Komplikation und Todesursache entpuppt sich als ein wertvoller Achatsplitter, den der Arzt eilends und unbemerkt an sich nimmt. Eines Tages aber ist er gezwungen, das kostbare Stück zu verkaufen, das so prächtig funkelt wie kein zweites auf der Welt. Der edle Stein wird weiterverkauft, wandert von Hand zu Hand und gelangt schließlich an den Hof des eingangs erwähnten Kalifen, der das Prachtstück in einen Ring fassen lässt, den er am Finger trägt. Noch am selben Abend, so fügt es sich, sind Derwische zum Tanz in den Palast geladen. Als der Kalif eintrifft, sieht er mit Entsetzen Blutspuren auf seinem edlen Gewand. Aufmerksam schaut er an sich herab, entdeckt keine Wunde, nichts, was das Blut erklären würde. Als sein Blick auf seinen Ring fällt, zerfließt der teure Stein, triefend vor Blut.

Die ungewollte Trennung von Schams hieß für Rumi nicht, dass er ewig einsam blieb. Eines Tages schlenderte er in Konya über den Markt der Goldschmiede, hörte die rhythmischen Hammerschläge eines Vertreters der Zunft und verfiel plötzlich in einen Tanz, dem sich der Goldschmied unversehens anschloss. Im Nu waren die beiden Tänzer auf dem Markt von Zuschauern umringt.

So lernte Rumi den jungen Goldschmied kennen, der bald Schams' Nachfolger an seiner Seite wurde. Leider war auch dieses Glück nur von kurzer Dauer. Der Goldschmied erkrankte schwer und bat Rumi nach langem Leiden schließlich, die Welt verlassen zu dürfen.

Seiner Trauer über den Verlust des Freundes verlieh Rumi mit seinen Anhängern im Anschluss an die Beerdigung in einem gemeinsam dargebotenen – und bisher weltweit einmaligen – Tanz eindrucksvoll Ausdruck. Wenn Schams' Tod Rumi zum Dichter gemacht hat, so machte des Goldschmieds Tod ihn zum Sema-Tänzer. Und in seiner Begeisterung für diese Form der Huldigung an den Allmächtigen rief er den Orden der Tanzenden Derwische ins Leben. Seine Wirbeltänze inspirierten ihn sogar zu Versen.

Derlei Wissenswertes über Rumi erfuhr ich im Laufe mehrerer Jahre. Erstmals von ihm gehört hatte ich ja schon, als ich neun oder zehn Jahre alt war. Damals hatte mir mein Vater eine Auswahl vereinfachter Geschichten und Fabeln aus dem *Masnavi* gekauft. Darunter auch die vom Papageien und dem Kaufmann. Ein Kaufmann besaß einen prächtigen, des Sprechens mächtigen Papageien, der seine Tage in einem Käfig fristete. Eines Tages führten die Geschäfte den Kaufmann nach Indien. Bevor er aufbrach, fragte er seine Untergebenen: «Was darf ich euch aus Indien mitbringen?»

Nachdem Diener und Mägde ihre Wünsche geäußert hatten, wandte der Kaufmann sich an seinen Papageien: «Sag auch du mir, welches Andenken du dir aus Indien wünschst.»

Der Papagei hatte tatsächlich einen Wunsch: «Wenn Ihr in Indien Papageien begegnet, so berichtet ihnen von mir und meinem Schicksal. Sagt ihnen: ‹Ich sehne mich so nach euch, aber was soll ich Unglücksrabe tun, hier in einen Käfig gesperrt?› Grüßt sie von mir und lasst sie wissen, ich erbitte Rat und Hilfe von ihnen. Sagt ihnen, dass ich mich frage, ob ich hier in diesem engen Käfig einsam, von Fernweh geplagt, sterben werde, während sie im üppig grünen Indien glücklich sind? Sagt ihnen: ‹Ihr lieben Freunde, vergesst euren leidgeprüften, bekümmerten Freund nicht!›»

Der Kaufmann vernahm die Nachricht, versprach, sie Indiens Papageien zu überbringen, und machte sich auf die Reise.

Am Ziel angekommen, ging er seinen Geschäften nach, und bald führten ihn seine Wege an einem Waldstück vorbei. Als er Papageien in den Bäumen sitzen sah, brachte der Kaufmann sein Pferd zum Stehen, begrüßte die Vögel und überbrachte ihnen, was sein Papagei ihm aufgetragen hatte. Ein Artgenosse schien plötzlich wie von Krämpfen geschüttelt, er zitterte heftig am ganzen Leib, fiel vom Baum und hauchte sein Leben aus. Der Kaufmann erschrak. Bestürzt fragte er sich, wie er nur auf seinen Papageien hatte hören können? Er machte sich bittere Vorwürfe: «Ich bin schuld am Tod dieses armen Vogels. Gewiss war er mit meinem Papageien verwandt oder befreundet, sonst hätte er sich die Nachricht von dessen Schicksal nicht so zu Herzen genommen.» Beschämt fragte er sich: «Warum habe ich die Nachricht überhaupt überbracht? Warum habe ich diesen armen Vogel in den Tod geschickt?»

Er wickelte seine weiteren Geschäfte ab, betrübt, von Gewissensbissen geplagt, und kehrte nach getaner Arbeit schweren Herzens nach Hause zurück. Dort überreichte er seiner Dienerschaft reihum die erbetenen Geschenke, trat dann, gesenkten Hauptes und mit leeren Händen, an den Vogelkäfig.

«Was gibt's für mich?», fragte der Papagei erwartungsvoll. «Habt Ihr meinen Freunden meine Nachricht überbracht? Was haben sie geantwortet?»

«Das hab ich wohl», erwiderte der Kaufmann, «ich habe deine Nachricht überbracht und bereue das zutiefst.»

«Wie das?», wollte der Papagei wissen.

Der Kaufmann hielt den Blick gesenkt und schwieg. Der Papagei flehte ihn an, er möge sein Schweigen brechen. Und so berichtete der Kaufmann schließlich: «Als ich den Papageien deine Nachricht überbrachte, überkam einen von ihnen – ein Freund von dir vielleicht, zumindest schien er dir sehr zugeneigt – ein Zittern. Er fiel vom Baum, war auf der Stelle tot. Daher rührt mein tiefes Bedauern, meine Reue.»

Der Kaufmann hatte kaum geendet, da zitterte sein Papagei am ganzen Leib, stürzte von seiner Stange und starb.

Der Kaufmann schrie auf, warf vor Zorn seinen Hut zu Boden, zerriss vor Kummer sein Gewand, nahm unter Tränen schließlich seinen Papageien aus dem Käfig und fragte erschüttert: «Mein schönes sprechendes Vogeltier, was wurde nur aus dir?»

Dann hob er den Kopf und ließ die Umstehenden wissen: «Hundertfach schade, dass mein schöner sprechender Vogel tot ist.»

Kaum hatte er das gesagt, da spreizte der Papagei die Schwingen, erhob sich aus des Kaufmanns Hand und ließ sich im nächsten Baumwipfel nieder. Dem Kaufmann verschlug es beinahe die Sprache, er kam aus dem Staunen nicht mehr heraus: «Du bist mir ein schöner Vogel!», rief er in den Baum hinauf. «Sag, was geht in meinem Hause vor? Wer hat dich dieses Kunststück gelehrt?» Und er erkannte sogleich, wie müßig seine Frage war.

Mir gefiel diese Fabel sehr. Ein Vogel in weiter Ferne ist bereit, sich einen Plan zur Befreiung eines gefangenen Artgenossen auszudenken. Findig lässt er ihm eine Antwort auf seine Frage zukommen und verhilft dem Bruder so zur Freiheit. Ein zierlicher Vogel wischt dem neunmalklugen, tyrannischen Menschen eins aus. Ja, ich mochte diese Fabel sehr, doch sie war damals nicht mein einziger Favorit aus der Sammlung. Auch die Geschichte über *Lehrer und Schüler* hatte ihren Reiz, nicht zuletzt, weil ja auch ich damals Schüler war.

Den Schülern einer Schule macht ein strenger Lehrer schwer zu schaffen. Eines Tages, müde vom täglichen Unterricht und der Last der Hausaufgaben überdrüssig, beraten sie, wie sie sich der Schule für ein paar Tage entziehen können. Ein Schüler schlägt vor: «Morgen kommen wir in die Schule, gehen nacheinander in die Klasse und fragen den Lehrer: ‹Warum sind Sie so blass? Fehlt Ihnen was?› Wenn jeder von uns ihn das fragt, glaubt er am Ende wirklich, dass er krank ist.»

Den Mitschülern gefällt die Idee, gleich am nächsten Tag wollen sie sie in die Tat umsetzen und behalten ihren Plan natürlich für sich.

Am nächsten Morgen treffen die ersten Schüler am Haus des Lehrers ein, wo der Unterricht stattfindet, und warten auf ihren schlauen Kameraden. Er soll dem Lehrer als Erster die vereinbarte Frage stellen. Als der Schlauberger eintrifft, zwinkert er seinen Mitschülern vielsagend zu, betritt das Haus und begrüßt den Lehrer mit den Worten: «Möge Gott Sie vor Schaden bewahren, aber warum sind Sie so blass, Herr Lehrer?»

Der antwortet: «Ich bin kerngesund, mir fehlt nichts. Geh und setz dich an deinen Platz, die anderen kommen sicher auch gleich.»

Unterdessen beschleicht den Lehrer ein ungutes Gefühl.

Der zweite Schüler betritt das Haus, und auch er fragt den Lehrer: «Warum sind Sie so blass?»

Dem Lehrer wird zusehends mulmiger zumute, er lässt sich nichts anmerken. Nach und nach treffen alle dreißig Schüler ein, und alle stellen ihrem Lehrer dieselbe Frage. Mittlerweile fühlt er sich tatsächlich unwohl, er bekommt weiche Knie, ihm schwinden die Kräfte. Er begibt sich ins Nebenzimmer, die Schüler folgen ihm, vermeintlich besorgt. «Du hast heute früher Schluss gemacht als sonst», stellt seine Frau fest. «Was ist denn passiert?»

Ihr Mann herrscht sie an: «Bist du blind? Siehst du nicht, wie blass ich bin?»

Die Frau schaut ihren Gatten verdutzt an.

Der zetert weiter: «Meine Schüler haben sich von der ersten Minute an Sorgen um mich gemacht. Aber dir bin ich egal, und weil du mich nicht liebst, fällt dir auch nicht auf, dass es mir schlecht geht. Du hättest mir gleich heute früh sagen können, dass ich blass bin. Warum hast du den Mund nicht aufgemacht?»

Die Frau weiß kaum, wie ihr geschieht. Sie schaut die Schüler an, schaut ihren Gatten an: «Liebster», sagt sie, «du bildest dir deine Krankheit ein. Dir fehlt nichts, du bist kerngesund.»

Der Lehrer beharrt auf seiner Sicht der Dinge: «Du weigerst dich stur, anzuerkennen, wie blass und mitgenommen ich bin.»

Die Frau sagt: «Warte, ich bringe dir einen Spiegel, dann kannst du dich selbst davon überzeugen, dass du aussiehst wie das blühende Leben.»

Mittlerweile schäumt der Lehrer vor Wut: «Bleib mir mit deinem Spiegel vom Leib!», schreit er. «Ihr verschweigt mir beide die Wahrheit. Richte mir lieber schleunigst mein Bett, ich kann mich kaum noch auf den Beinen halten!»

So bleibt der Lehrersfrau nichts anderes übrig, als ihrem Mann das Bett zu richten. Der Lehrer legt sich zur Ruhe, die Schüler gehen nach Hause. Kaum dort angekommen, fragen ihre Mütter: «Wieso kommt ihr jetzt schon heim?»

Die Kinder erklären: «Der Lehrer ist leider krank geworden. Deshalb fällt die Schule aus.»

Die Mütter misstrauen ihren Kindern: «Ob das wohl stimmt? Morgen statten wir dem Lehrer einen Besuch ab, der wird uns schon sagen, was wirklich passiert ist.»

Tags darauf finden die Mütter sich also beim Lehrer ein und sehen ihn, fest zugedeckt, ächzend und stöhnend, ans Bett gefesselt.

«Was ist Ihnen denn zugestoßen?», fragen die Mütter. «Seit wann sind Sie so krank?»

Der Lehrer erwidert: «Wann es angefangen hat, weiß ich gar nicht zu sagen. Die Kinder haben mich gestern darauf aufmerksam gemacht. Ich war in meine Arbeit vertieft, und dann war plötzlich dieser tiefe Schmerz in mir.»

Diese beiden Geschichten las oder hörte ich mit großem Genuss, weil beide von einem geheimen Plan handeln, von einer Verschwörung gegen die Tyrannei, die einen Vogel in einen Käfig sperrt oder einen strengen Lehrer dazu bringt, seinen Schülern den Spaß an der Schule zu verderben. Verschwörungen, die hier ein gutes Ende nehmen.

Mit den mystisch verbrämten, moralischen Belehrungen und den langatmigen Erläuterungen, die mein Vater zu den Texten lieferte, mochte ich in jungen Jahren nichts anfangen. Ich wusste damals instinktiv, dass die Geschichten exakt das ausdrückten, was in ihnen geschrieben stand.

Allerdings standen sie im Kontrast zu den Geschichten Rumis oder anderer literarischer Größen, mit denen wir in unserem eigenen Unterricht konfrontiert wurden, Geschichten, die ausnahmslos Gehorsam und Unterordnung unter den Vater thematisierten und uns Schüler maßlos langweilten.

All das aber bedeutete nicht Rumis Ende, sondern vielmehr seinen Anfang, weil ich wenige Jahre später, mit größter Verblüffung, eine weitere Seite an ihm entdeckte. Nämlich mit der Erzählung vom Esel, der Frau und der Magd, die mich damals hochgradig neugierig gemacht und dazu gebracht hat, das *Masnavi* mehrmals von A bis Z zu lesen. Da Rumi-Kenner seit jeher die Befürchtung hegten, die Erörterung zweitrangiger oder gar tabuisierter Themen in seinen Werken, zu denen Obszönität und Pornografie zählen, könnte ihrem Ruf abträglich sein, blendeten sie entsprechende Anekdoten, Fabeln, Geschichten schlicht aus. Wenn Rumi und andere große Dichter den menschlichen Geist geformt und geprägt haben, wie soll man folgendes Gedicht dann lesen?

Eine Frau hatte eine Dienstmagd, die bisweilen von so heftigem sexuellen Verlangen gepackt wurde, dass sie sich, sobald die Herrin aus dem Haus war, an den Esel hielt, und das so häufig, dass das Tier schließlich nach der Kopulation mit Menschen süchtig wurde. Um sich, angesichts der Größe des tierischen Geschlechtsteils, vor Verletzungen zu schützen, streifte die Magd vor jedem Akt einen zuvor durchbohrten Kürbis über den Eselsphallus, den sie, derart präpariert, nur zur Hälfte in sich aufnahm, denn:

Dringt der Eselsschwanz voll und ganz dort hinein,
Reißt er Gebärmutter und Gedärme entzwei.

Da die Magd sich häufig mit dem Esel paarte, wurde das Tier von Tag zu Tag matter und war, zur großen Verwunderung seiner Herrin, bald bis auf die Knochen abgemagert. Um der Sache auf den Grund zu gehen, beschloss sie, zu beobachten, was sich zutrug, sobald sie ihr Haus verließ. So klopfte sie, als sie eines Tages heimkehrte, nicht wie gewohnt an die Tür, auf dass die Magd ihr öffne, sondern hoffte zunächst, mit einem Blick durch den Türspalt ergründen zu können, was ihrem Esel während ihrer Abwesenheit widerfuhr.

Sie sah bald nach, wie es dem Esel wohl ging.
Lag dort unter ihm das Narzissending?
Den Samenerguss bestaunt sie vom Türspalt aus,
Den Esel, der die Magd fickt wie ein Mann eine Frau.

Als die Herrin sah, dass ihre Magd dem Esel das beigebracht hatte, was Menschen sonst nur mit Ziegen oder Bären zu tun geneigt waren, wurde sie schrecklich eifersüchtig und dachte bei sich: «Das ist mein Esel, also darf ich auch von ihm profitieren. Vor allem, wenn er den Umgang mit Menschen allem Anschein nach perfekt beherrscht.» Sie ließ sich nichts anmerken, klopfte nun an die Tür und rief, noch bevor die Magd ihr öffnete: «Ich bin wieder da, mach auf, du hast dich ja halb totgeschuftet, ruh dich aus!»

Woraufhin die Magd das Werkzeug der Unzucht
Verbarg, zur Tür hintrat, sie öffnet,
Einen weichen Besen zur Hand hat und sagt:
«Bis zur Erschöpfung hab ich hier sauber gemacht.»

Als die Herrin ihre Magd mit dem Besen in der Hand sah, bewunderte sie insgeheim, wie geschickt das Mädchen sein Vergehen zu verbergen verstand. Dass ihr dabei der in seinem Treiben unterbrochene und auf die Rückkehr der Magd wartende Esel entging, zeigt: Hier wird kein Detail ausgelassen.

Unbefriedigt, wütend, mit baumelndem Ding,
Starrt das Tier, auf deine Rückkehr wartend, zur Türe hin.

Die Herrin betrat das Haus und schickte ihre Magd weg, Besorgungen machen. Nun war der Weg frei, nun konnte sie, die Herrin des Hauses, sich ungehindert mit dem domestizierten Tier vergnügen. Sie zerrte den Esel ins Haus, manövrierte ihn auf den Tisch, auf dem auch die Magd mit ihm zugange gewesen war, und bugsierte ihn über sich.

Sie spreizte die Beine, der Esel drang in sie ein,
Sein Schwanz legte Feuer in ihr, große Pein!
Und feuereifrig trieb der Esel sein Glied
So tief hinein in sie, dass sie verschied.
Sein Ungetüm zerriss die Leber ihr,

Entzweite ihr Innerstes schier.
Die Frau tat alsbald den letzten Atemzug,
Der Stuhl zu einer Seite, sie zur andern hinschlug.
Welch unseliger Tod, welche Schmach, hundertfach!
Wer hätte je gedacht, dass ein Eselsschwanz Märtyrer macht?

Die Magd kehrte heim, nachdem getan war, was ihre Herrin ihr aufgetragen hatte. Doch sooft sie auch anklopfte, niemand öffnete ihr.

Die Magd indes sah durch den Türspalt mit an,
Wie der Herrin Leben unterm Esel verrann.
Dann trat sie herzu und sagte nur: «Ach!»
Hast dich ohne Weisheit ans Werk gemacht.
Wer ohne Meister ans Ziel kommen mag,
Wird, unkundig, um sein Leben gebracht.
Hast dich nur schlecht bei mir informiert,
Dich geziert zu fragen, was tun mit dem Tier?

Hättest kein Korn aufgepickt, um dich dran zu laben,
So wär dir kein Seil in den Hals geraten.
Der Kluge erntet den Segen der Welt, nicht Leid,
Den Dummen indes hat's ewig gereut.
Da er sich verschluckt hat am Korn in der Falle,
Sei Körnerpicken verboten für alle.
Wenn das Huhn in der Falle ein Korn aufpickt,
Ist's, als fräße das Tierchen schieres Gift.
Das Huhn, das ein Korn in der Falle frisst, irrt,
Wird, wie so mancher Mensch auf der Welt, verführt.
Wie Honig verlockend schien der Schwanz dir,

Der Kürbis aber entging dir vor Gier?
Warst du in Liebe für den Esel entbrannt,
Und hast deshalb den Kürbis völlig verkannt?
Macht Wollust dein Herz taub und blind obendrein,
Dass im Esel du die Lichtgestalt Josefs vermeinst?
Sieht der Esel erst wie Ägyptens Josef aus,
Wird auch der schöne Jude noch draus.

Die Geschichte war offenbar so obszön, dass der namhafte 1945 verstorbene britische Rumi-Forscher Reynold A. Nicholson sie im Rahmen seiner Übertragung des *Masnavi* nicht mit ins Englische übertrug, sondern das Lateinische vorzog, um die Gefühle seiner englischsprachigen Leserschaft nicht zu verletzen. Für solche Rücksichtnahme unter westlichen Gelehrten gibt es bereits frühere Beispiele. So hat etwa Voltaire in der Übertragung der *Nausikaa* oder der Verse des Suleiman Sultan die wollüstigen Passagen entschärft. Wobei Nicholsons Eingriff, kurz vor Ausbruch des Zweiten Weltkriegs, im zwanzigsten Jahrhundert stattfand. Iranische Forscher schrieben Rumis obszöne Zeilen zuweilen der abträglichen Nebenwirkung des Ruhms zu, den sein Vater Baha-e Walad genoss, beteuerten zudem, sie seien Rumis Geliebtem Schams Tabrisi geschuldet, und schoben damit die Verantwortung den beiden Menschen zu, die Rumi am stärksten beeinflusst haben. Rumis Vater aber war kein ausschweifender, unmoralischer Mensch. Er war Sufi, trug den Beinamen Sultan ul-Ulema. Um einen Eindruck von seiner Bedeutung unter den Religionsgelehrten zu vermitteln, sei kurz auf die Legende verwiesen, der zufolge der Prophet persönlich ihm diesen Beinamen verliehen habe, nachdem die gesamte Gemeinde von Balkh im heutigen Afghanistan diese Verleihung geträumt hätte. In seinem Werk *Moaref*, seinen gesammelten Predigten über Monotheismus, Gottes Eigenschaften und die Auslegung des Korans, vergleicht er die Beziehung zum Schöpfer mit einer sinnlichen, sexuellen Beziehung. Seine mystischen Erfahrungen hat er in erotischer Literatur zum Ausdruck gebracht. Auch in den Schriften des Schams aus Tabriz finden sich zahllose anstößige Begriffe. Ausdrücke wie Arsch, Penis, Hoden, Eier sind keine Seltenheit. Schams war derb in seiner Wortwahl und nicht selten unverschämt. Rumi war beider Zögling.

Die Gründe für Rumis unverblümte Wortwahl sind für mich ohne Belang. Für mich ist ausschlaggebend, dass sein *Masnavi* als eines der bedeutendsten Werke der klassischen persischen Literatur bis heute auf meinem Schreibtisch liegt, dass ich es in verständlichem Persisch lesen kann und keine Erläuterungen brauche. Schon gar nicht, wenn es sich um voreingenommene Erläuterungen von Leuten handelt, die die belehrende Seite der klassischen persischen Literatur herausstellen wollen und dabei völlig verkennen, welch düsteres, einseitiges Gesicht sie ihr geben. Mich interessiert die lockere, humorvolle, sehr irdische Seite dieser Dichter. Ich spüre keine Distanz zu ihnen. Weshalb aber hält unsere konservative Gesellschaft diese Seite unserer großen Literaten nach Kräften vor unserer Jugend verborgen?

Ob wir in den Sätzen wörtlich das lesen, was der Autor ausdrücken wollte – und was im Lauf der Zeit auch unverändert bleibt –, ob wir wörtliche durch metaphorische Bedeutungen ersetzen, ob wir der Textbeschreibung Bedeutung beimessen oder zwischen textimmanenter und hineininterpretierter Bedeutung unterscheiden, letzten Endes müssen wir zu einem Urteil gelangen, ein schlüssiges, verifizierbares Ergebnis finden, das sich aus der Deutung des Texts ergibt. An diesem Punkt entzündeten sich die Meinungsverschiedenheiten zwischen mir und meines Vaters Freundeskreis.

Die Geschichte vom Esel, der Herrin und ihrer Magd war das genaue Gegenstück zu den Texten Rumis, auf die die Donnerstagsrunde überschwängliche Lobreden hielt, weil sie sein *Masnavi* für ein seit Jahrhunderten nie anders gelesenes, endgültig und erschöpfend charakterisiertes, moralisches Werk hielt. Wer sich diese alte Befangenheit bewahrt, verliert die Beziehung zur erzählerischen Wahrheit.

Rumi hat die Welt offenkundig nicht so akzeptiert, wie sie war, er hielt ihre ethischen Grundsätze, ihre Ge- und Verbote für null und nichtig. Folglich versinnbildlicht die Erzählung von Esel, Herrin und Magd nichts anderes als die Konfrontation der von Instinkten getriebenen Herrin mit den moralischen Werten und den sozialen Normen der Zeit. Und was wäre das wiederum anderes als das Fazit aus Gustave Flauberts *Madame Bovary*, klipp und klar und ohne jeden literarischen Zierrat dargestellt? Ja, Doktor Bovary war ein Einfaltspinsel, immerhin aber ein Mann, während im Leben der von Rumi beschriebenen Herrin kein Mann vorkommt. Seine Geschichte ist eine Tragödie, in der das unglückliche Ende der Heldin unser Mitgefühl wecken muss, uns vielleicht gar fürchten lässt, auch uns könnte eines Tages ein Schicksalsschlag ereilen! Ist es diese Befürchtung, die Rumi-Kenner dazu be-

wegt, diese Geschichte in den Mantel des Schweigens zu hül-
len? Jedenfalls kommen Mitgefühl und Angst, das Konzept
der aristotelischen Katharsis, hier gut zum Ausdruck.

Von derlei Einschätzungen ganz abgesehen, war Rumi wohl
daran gelegen, direkt und in einfachen Worten zu sagen, dass
Begierde blind macht. Die im Grunde scharfsinnige Herrin
sah den Schwanz, übersah indes den Kürbis. Weshalb aber
verleiht Rumi seinem Hinweis diese literarische Form?

Er galt als Anhänger der Sufi-Schule der Malamatiyya, die
Tadel für erstrebenswert hielt, in Lob und Schmeichelei aber
die größten Gefahren für Geist und Seele eines Mystikers sah.
Wer Lob wünsche, dem müsse zwangsläufig und unentwegt
daran gelegen sein, zu erfahren, was andere über ihn sagen.
Schlimmer noch, er muss sogar erkennen, ob er sich anderen
aus Gefallsucht anbiedert. Dieser Versuchung widerstand
man, indem man zum einen nichts tat, was einem das Lob
Dritter einbrachte, zum anderen, indem man sich Tadel und
Vorwürfe einhandelte. Entsprechend fiel Rumis Rat an Gleich-
gesinnte aus:

Trinkt Wasser aus einem für Wein gedachten Kelch,
Damit man euch für einen Weintrinker hält.
Weil das unter Gläubigen als verboten gilt,
Werden die Leute euch meiden …

So aber wird man Rumi nicht vollends gerecht. Er hat diese
literarische Form mit Absicht gewählt, um seiner Leserschaft
entgegenzukommen, hatte den Geschmack und die Vorlieben
seines Publikums im Blick. Die anstößigen Passagen im
Masnavi deuten darauf hin, dass für ihn auch das Einfache
Wert hat, das Ursprüngliche. Sie zeigen, hier möchte jemand

den allgemeinen Geschmack treffen. Rumi hat seine Verse oft aus dem Stegreif vorgetragen, vor abends auf Straßen und Märkten versammelten einfachen Leuten. An genau dieses Publikum richteten sich seine Geschichten. Vielleicht liegt die Bedeutung eines Texts ja auch nur in dem, was einem Autor durch den Kopf geht, während sein Werk entsteht. Ich kann mir jedenfalls lebhaft vorstellen, dass sein Publikum sich vor Lachen gebogen hat. Die Allgemeinverständlichkeit der literarischen Form ist dabei durchaus von Bedeutung.

Was mich für solche Geschichten einnimmt, ist nicht die Tatsache, dass ich Texte kennenlerne und ergründe; auch deren Aussagen und Wahrscheinlichkeit sind für mich weniger von Belang. Für mich zählt vor allem, dass sie das Leben widerspiegeln, die menschliche Natur und tiefe Lebenserfahrung.

Golschan hielt das *Masnavi* für einen mystischen Text. Statt sich dabei mit Oberflächlichkeiten aufzuhalten, so fand sie, müsse man ihn in seiner ganzen Tiefe ergründen. Sonderlich tiefgründig aber ist die Geschichte vom Esel, der Herrin und der Magd nicht. Rumi rät der Herrin gleich zu Beginn, ihr Verlangen zu zügeln:

Bedrückt einen Esel eine schwere Last,
Nimm du sie ihm rasch, sonst wirft er sie ab.
Wisse, dem Hengst ist jede Last lästige Bürde.
Doch wer unter ihm liegt, hat noch weniger Würde.

Dann tadelt er sie. Fragt, weshalb sie sich zuvor keinen Rat geholt, sich voreilig ins tödliche Vergnügen gestürzt hat:

Unterschätze die Kraft des Feuers nicht, wenn dich friert.
Umtanz es nicht ahnungslos ungeniert.
Wer von des Schmieds hoher Kunst rein gar nichts kennt,

Sei bedacht, dass ihm nicht Haar noch Bart verbrennt.

Hättest du alle Seiten deines Unterfangens bedacht, hätten Licht und Wärme des Feuers dir Freude gemacht, statt dir Bart und Haare zu verbrennen.

Alles liegt klar auf der Hand, hier kann man nichts missverstehen. Dennoch verstrickte Golschan uns in bizarre mystische Herleitungen und Analysen, aus denen niemand wirklich schlau wurde. Ich fand ohnehin, dass es eines Ariadnefadens bedurfte, um sich im Irrgarten der vielen mystischen Auslegungsvarianten zurechtzufinden. Dem Mythos der Ariadne verleiht J. Hillis Miller in seinem Buch *Ariadne's Thread* eine humoristische Note und liefert damit im Grunde die Entdeckung eines Auswegs aus dem Labyrinth eines Texts. Mag durchaus sein, dass sich mit diesem Faden die Bedeutung eines Texts erschließt, doch Hillis Miller ist der Ansicht, dass ein Gedicht oder jede andere Art von Text grundsätzlich unlesbar sei, wenn die Lektüre das Ziel habe, einfache, eindimensionale, endgültige Antworten zu finden.

Mein Vater und seine Freunde waren der Meinung, im *Masnavi* habe jedes Wort eine verborgene, aber endgültige und einzige Bedeutung, vergleichbar mit einer einfachen Rechenaufgabe, die auch nur eine Antwort habe. Die zu erschließen, sei Aufgabe der Leserschaft. Ich mochte diese Auffassung nicht teilen. Meiner Ansicht nach hatte jedes Wort mehr als eine Bedeutung. Ein einfaches Rechenexempel hat nur deshalb eine einzige Antwort, weil sie grundsätzlich bereits in der Aufgabe angelegt ist. Mein Vater und seine Freunde aber wollten nicht einsehen, dass sie, indem sie jedem Text nur eine einzige Bedeutung zugestanden, in Wahrheit die Sprache reduzierten.

193

Zudem ignorierten sie Rumis satirische, humorvoll findige Seite, seine Art, sich in Versform so auszudrücken. Sie sahen in ihm ausschließlich den Dichter, der höchstes menschliches Denken in Verse fasste, und zogen die Möglichkeit, dass ein Gedicht unterschwellige Wünsche seines Verfassers zum Ausdruck bringen könnte, nicht in Betracht. Sie hielten an ihrer Überzeugung fest, dass sich hinter der klaren sprachlichen Äußerung weitere Bedeutungsebenen verbargen.

Mein Vater sagte: «Rumi zu verstehen, ist nicht einfach, mein Sohn. Dazu bedarf es einer gewissen Vorbereitung, zu der unter anderem die Selbstreinigung gehört», und rückte damit die Aussicht darauf, dass man den Dichter eines Tages vollständig verstehen werde, in weite Ferne, genau wie der jüdische Mystiker, der die endgültige Ergründung des *Buchs der Schöpfung* am Tag des Jüngsten Gerichts prophezeite. Die Standardauffassung, der zufolge jede literarische Äußerung zwangsläufig mehrdeutig ist, kann, so finde ich, nicht als Begründung dafür herhalten, dass man über die explizit unzweideutige Aussage eines Texts hinwegsieht. Rumi war nicht der einzige Autor, der sich bestens darauf verstand, Zweifel an der Bedeutung seiner Gedichte zu säen. Man kann sogar sagen, dass sie diesen Anspruch grundsätzlich haben. Immer wieder ließen sie, direkt oder indirekt, durchblicken, dass der tiefe Sinn, die unterschwellige Bedeutung ihrer Worte sich nicht jedem sofort erschließt, weil es dazu gewisser Kenntnisse bedarf. Den unmissverständlichen Anspruch auf Mehrdeutigkeit formuliert Rumis Geliebter Schams zum Beispiel so: Ein Kalligraf schrieb drei Zeilen. Die erste konnte außer ihm niemand lesen. Die zweite konnte er lesen und jeder andere auch. Die dritte konnte weder er lesen noch ein anderer. Ich bin der, der so redet, dass weder ich noch andere es verstehen.

Diese Sichtweise steht der der modernen Schriftsteller diametral entgegen, die von ihrer Leserschaft das wörtliche Verständnis ihrer Werke erwarten.

Wenn das *Masnavi* nicht zur Enthüllung, sondern zum Verbergen von Bedeutungen geschrieben wurde, so argumentierte ich der Donnerstagsrunde gegenüber, hätte Rumi es John Cage gleichtun können. Mit *Vier Minuten und dreiunddreißig Sekunden* lieferte der seiner Hörerschaft absolute Stille. Hätte Rumi seiner Leserschaft weiße Blätter vorgelegt, hätte das die Textexegese erleichtert. Meine Anregung führte zu neuen Diskussionen, zu dem Vorwurf, ich sei ein Besserwisser, weil ich westliche Künstler ins Feld führe, und, schlimmer noch, ich setze Rumi durch derlei Vergleiche herab.

Mir lag insbesondere daran, zu zeigen, dass Rumi, indem er einen ethisch-moralischen Sprachschatz nutzte, unfreiwillig selbst zum Werkzeug dieser Sprache geworden war. Er wollte die Sprache lenken, dominieren, doch sie hat ihm die Zügel aus der Hand genommen. Hätte er sich gegen die (Ver-) Führung dieser Sprache gewehrt, wäre Wertloses herausgekommen, Texte wie Diktate eines Grundschülers, um es mit Julia Kristeva zu sagen. Texte ohne jede literarische Dimension. Tatsache ist, dass das vulgäre Vokabular Rumis Text rettet. Diese Diskussion brachte meinen Vater zur Verzweiflung, er fand sie zu komplex.

Mit dem gelegentlichen Verweis auf die Mythologie oder den Totemismus untermauerte die Runde ihre Überzeugung, dass auch das *Masnavi* tiefere Bedeutung habe, die sogar an die unergründlichen Mysterien des Korans heranreiche. Gewiss birgt unser heiliges Buch Geheimnisse, und für mich ist es unergründlich, weil ich es schlicht nicht verstehe. Was auch an den vielen arabischen Begriffen liegt, die meiner Meinung nach den gezielten Zweck verfolgen, Bedeutungen zu verschleiern. Koranrezitationen erinnern mich jedes Mal an dunkle, alte, verwinkelte Moscheen, an Mosaiken in Kuppelgewölben, an schwindelerregende Muster und Ornamente, die in fremden Sprachen zu ihren Betrachtern sprechen.

Aus dem *Masnavi* sprach, nach Ansicht des Lesezirkels, die Stimme allen Seins. Meinem Vater und seinen Freunden zufolge hatte Rumi das Rätsel des Seins gelöst und seine Verse in einem Buch mit sieben Siegeln gesammelt. Bisweilen gingen sie sogar einen Schritt weiter, stellten sein Werk in eine Reihe mit den grundlegenden Werken der Menschheit und brachten es mit dem Konzept des Heiligen an sich in Verbindung, das älter ist als jede Religion und die endgültige Bedeutung aller Dinge umfasst. Die Runde schien sich fast mit Paul Ricœur einig, der sagt, man könne in einem literarischen Text nur etwas zeigen, indem man es verbarg. Tatsache war, dass die Runde in geschriebenen Buchstaben ungelöste Rätsel sah. Wenn aber das *Masnavi*, wie das Heilige, die ultimative Bedeutung allen Seins umfasst, warum beinhaltet das Werk dann nicht seine eigene ultimative Bedeutung? Ich blieb bei meiner Ansicht, dass man, um den Kern eines Werks zu verstehen, einfach das Werk selbst betrachten und sich auf diejenige Bedeutung einigen sollte, die der allgemeinen Auffassung darüber am nächsten kommt. In diesem Punkt wusste ich mich mit Spinoza einer Meinung, der sagt, heilige Texte enthalten einfache Bedeutungen, die jedermann ihnen entnehmen kann.

Die Lesezirkler wollten das *Masnavi* einerseits in Verbindung mit allen mystischen Texten, mit der Geschichte der Mystik und mit deren Vergangenheit sehen, wie etwa die Patienten Freuds, die sich «erinnerten» oder «sich die Vergangenheit bewusst machten».

Andererseits distanzierten sie sich von Freud, indem sie an ihrem Glauben an eine einzige grundlegende textuelle Bedeutung festhielten. Falls der Verweis auf den literarischen Vorläufer hilfreich gewesen wäre, wäre ich sogar bereit gewesen, einem solchen literarischen Vorläufer noch mehr Einfluss zuzugestehen und zu sagen, *Der Esel, die Herrin und die Magd* ist so zu lesen wie sämtliche uns aus der klassischen persischen Literatur vertrauten Geheimnisse. Im vorliegenden Fall aber funktionierte das, was sich uns bei der ersten Lektüre erschloss, nach Regeln, die auch für die Alltagssprache galten. Es entstanden Werke, die – wie Jacques Derridas *Postkarte* – kein Geheimnis bergen, die in erster Linie klar verständlich, für viele Menschen zugänglich und unterwegs lesbar sein sollen.

Die Leserunde erfreute sich einerseits an der ihrer Meinung nach einzigartigen Bedeutung von Rumis Geschichten, hielt sie für größer und vollkommener, als sie tatsächlich waren, machte sich andererseits aber immer neu auf die Suche nach tieferen Schichten, nach verborgener Bedeutung. Zu guter Letzt, des langen erfolglosen Schürfens müde, erfanden sie die erwähnte einzigartige Bedeutung. Und wenn ihnen ihre seltsamen Widersprüche bewusst wurden, führten sie verzweifelt an, Rumis Gedichte seien wie ewig unerschlossene Träume, und überließen sie der Fantasie der Leserschaft. Mir schienen sie Rumis Texte so zu lesen, als müsse man ihnen gar das entnehmen, was der Autor unwissentlich gesagt hat!

Ich verstehe zumindest so viel, dass Rumi Dinge, die die innere, geistige Welt des Menschen betreffen, mithilfe der physischen Außenwelt erklären möchte. Sein hehres Ziel, sein Publikum mit den klugen, philosophischen Ratschlägen eines Mystikers zu versorgen, interessiert mich nicht. Der Text sagt uns das, was wir aus ihm herauslesen.

Ich wollte von meinem Vater und seinen Freunden wissen, welche Rolle der historische Abstand zwischen der Zeit der Entstehung des Werks und der Gegenwart spiele? Denn um die wahrscheinlichsten Bedeutungen zu erfassen, müssen wir den Text schlechterdings in unsere Zeit übertragen und die historische Distanz überwinden. Nur wenn wir das Gleichnis vom Esel, der Herrin und der Magd in unsere Zeit übertragen, werden wir dessen semantische Elemente mithilfe unserer heutigen sprachlichen Zeichen lesen, Rumi als Zeitgenossen erkennen und ihn uns schließlich sogar anders vergegenwärtigen können, als er sich selbst kennt, weil ja unstrittig ist, dass jeder Text heute, im jetzigen Augenblick, zu uns spricht. Er lässt die historischen, geistigen und gesellschaftlichen Bedingungen, unter denen er einst entstand, hinter sich und wird aktuell. Deshalb bekommen Texte von einst, heute gelesen, eine aktuelle Bedeutung und offenbaren in diesem Kontext auch Zeichen ihrer einstigen Bedeutung.

Ich warf der Diskussionsrunde ihre Rückwärtsgewandtheit

vor, ihre Versuche, die uns vom Textuniversum trennende zeitliche und historische Distanz aufzuheben und sich durch den Rückzug in die Zeit der Entstehung des Werks möglichst zu Zeitgenossen des Dichters zu machen. Ich hätte ihnen gern die Unmöglichkeit ihrer Bemühung vor Augen geführt, weil ihre Köpfe ja nicht leer und unberührt, sondern ein Amalgam aus fest mit ihrem heutigen Bedeutungshorizont verbundenen Voreingenommenheiten, Wünschen, Erwartungen und Phänomenen sind, die Husserl «ihre Lebenswelt» nennt. Seien Sie ehrlich: Kann man sich ernsthaft frei machen von den im Laufe der letzten Jahrhunderte entstandenen Dogmen, Vorurteilen und Irrtümern?

Schon möglich, dass der heutige Horizont nicht ohne den Horizont von einst existiert, aber zwischen heute und damals bestand ein echter Konflikt, den mein Vater und seine Freunde nicht wahrnahmen und über den sie nichts wussten. Dass sich während der Lektüre eines alten Texts dessen Entstehungszeit und die Gegenwart überlagern, stritt die Diskussionsrunde ab. Wenn sie alte Texte las, versetzte sie sich in deren Entstehungszeit zurück und blieb auch dort. Indem sie die Geschichte vom Esel, der Herrin und ihrer Magd aus Rumis Gedanken lösten, hätten sie sie gern komplett eliminiert und waren sich sicher, dass ich, wenn ich eines Tages genügend Lebenserfahrung gesammelt hätte, ihnen beipflichten würde.

Ich fragte die Runde, welche Bedeutung eine solche Geschichte wohl hätte, wenn jemand sie heute schreiben würde, und bekam neben ausweichenden Antworten zumindest den Hinweis, dass das natürlich vom Bildungsstand und der Auffassungsgabe des jeweiligen Lesers abhinge. Womit immerhin der Faktor Leserschaft Eingang in die Kalkulationen der Runde fand.

Rumi, Schams und auch Rumis berühmter Vater Baha-e Walad schauten über die guten und die schlechten Seiten der damaligen Zeit hinaus auf die Welt, auf alles Dasein, und erregen wohl deshalb heute so viel Widerspruch. Wäre Rumi nicht so, dann hätten sich, wie Annemarie Schimmel es beschreibt, zu seiner Beerdigung nicht auch Christen und Juden eingefunden und hätten über ihn auch nicht gesagt: «Er war unser Jesus. Er war unser Moses.»

Nach Rumis Bestattung wurde Sema getanzt und lange noch war weithin Musik zu hören. Dann wurde es still in Konya.

DER GELIEBTE MANN

Vom Überbringer des Islams soll überliefert sein: «Wenn ein Mann in einen Mann eindringt, wird Gottes Thron erzittern.»

Dennoch zeugt die große Menge klassischer iranischer Poesie und Prosa davon, dass diese Praxis in unserem Land vor tausend Jahren ihren Anfang nahm. Die Praxis der körperlichen Liebe unter Männern erreichte nach Ansicht mancher Forscher hierzulande ihren Höhepunkt, als in Iran die Türken Mittelasiens auf den Plan traten. Andere sehen ihre Ursprünge in Werken griechischer Philosophen, insbesondere in Platons *Symposion*, in dem von Homoerotik die Rede ist, und bringen sie in Zusammenhang mit der platonischen Liebe, die später in der iranischen Philosophie, bald auch in der Mystik und der Literatur häufig Thema war. Die Geschichte der Mundschenke reicht noch weiter zurück. Etwa die des Ganymed aus der griechischen Mythologie. Zeus raubt ihn und macht den hübschen Jüngling zum Mundschenken der Götter des Olymp.

Abu Ishaq aus Nischapour in der nordost-iranischen Provinz Khorassan verleiht dieser Orientierung unter Iranern in seinen Propheten-Geschichten, *Quisas al-Anbiya*, historische Tiefe und präsentiert die Iraner als die ersten Homosexuellen der Welt. Vor dieser Zeit, so heißt es, habe sich nie ein Mann mit einem anderen männlichen Wesen gepaart.

In seinem berühmten Werk aus dem elften Jahrhundert christlicher Zeitrechnung schreibt Abu Ishaq, Gott habe den Propheten Lot, Abrahams Cousin, zur Verkündung seiner Gebote ins iranische Kerman am Rande der Wüste Lut gesandt. Lot kam zu den Iranern, lud sie ein, statt vieler Götter einem einzigen zu huldigen, berichtete von Wundern und guten Beispielen anderwärts, bis sie sich ihm schließlich anschlossen.

Woraufhin Iblis, dem die Bekehrung der Iraner zum Monotheismus ein Dorn im Auge war, eine teuflische List ersann, sich in Gestalt eines Fremden in die Stadt begab und einige Städterinnen zum Ehebruch verleitete. Sooft man ihn auch aus der Stadt vertrieb, er kehrte jedes Mal zurück und ließ sich nicht von seinem Tun abbringen. Eines Tages aber erschien er in Gestalt eines anderen Fremden und ließ die Menschen in Kerman wissen: «Wollt ihr den Fremden loswerden, der täglich eure Stadt heimsucht, um Unzucht mit euren Frauen zu treiben, so müsst ihr seiner habhaft werden und ihn vergewaltigen.»

Kermans Bürger befolgten den Rat, ergriffen den Unzüchtigen, sobald er sich in der Stadt blicken ließ, und vergewaltigten ihn. Er verließ die Stadt, kehrte regelmäßig zurück und wurde ebenso regelmäßig vergewaltigt. Dieses Ritual wiederholte sich so oft, dass es den Männern Kermans allmählich zur Gewohnheit wurde, ja, dass sie sogar den Geschmack an ihren Frauen verloren und immer häufiger mit Männern verkehrten. Lot verbot ihnen das, doch sie schlugen seine Worte in den Wind: «Nie werden wir von unserem Tun ablassen», sprachen sie, verprügelten den Propheten gar und ließen ihn wissen: «Wenn dein Gott uns das verbieten will, dann wollen wir weder dich noch deinen Gott.» So blieben sie Ungläubige und drohten Lot an, ihn zu steinigen, wenn er sie nicht in Frieden ließe.

Hatte, zum Anbeginn der Zeit, Abu Ishaq Lots Volk an den Rand des iranischen Hochlands geführt, so fanden zahlreiche Forscher auch in dem berühmten Araber Abu Nawas einen iranischen Vorläufer und Vertreter der unzüchtigen Lyrik, da Nawas im Jahr 757 christlicher Zeitrechnung in Ahwas, im Norden des Persischen Golfs, als Sohn einer Iranerin namens Golban zur Welt kam. Den Forschern nach sei Abu Nawas im Alter von zwölf Jahren gen Basra, jenseits des Persischen Golfs, gereist und später mit dem Dichter Walebeh, der angeblich eine schmutzige Beziehung zu ihm unterhielt, nach Kufa weitergezogen und dort in schlechte Gesellschaft geraten. In Kufa habe er bald Bagdad zum nächsten Reiseziel erkoren und sei am Regierungssitz des Kalifen Harun al-Raschid Hofdichter geworden.

Damals ist in all seinen Gedichten die Rede von Wein und

hübschen Jungen, wobei Mädchen nicht ganz außer Acht gelassen werden. Nach seinem Dienst bei Harun al-Raschid zog Abu Nawas nach Ägypten weiter und erwarb sich als Schmied derber, ja gotteslästerlicher Verse einen Ruf, der bis nach Andalusien reichte. In der gesamten arabischen Literaturgeschichte hat unter Wissenschaftlern aus Ost wie West kein Dichter größeres Interesse erregt als er. Als fiktive Gestalt kommt er in der nordafrikanischen Mythologie vor, und von seinen nächtlichen Gelagen liest man sogar in den *Märchen aus Tausendundeiner Nacht*. Orientalisten wie Wagner, Schüler, Hamuri und Schade-Hamburg haben sein Werk erforscht, und der Orientalist und Politiker Alfred von Kremer sowie Michel de Montaigne haben einige seiner Loblieder auf den Wein übertragen. Abu Nawas war der iranischen Kultur sehr zugetan und führte sich in so manche Gesellschaft als von hoher Abstammung ein.

Folglich hat, nach Auffassung einiger Gelehrter, Abu Nawas dem Motiv des männlichen Geliebten den Weg in die persische Lyrik bereitet. Über seine homoerotischen Beziehungen wird Unterschiedliches berichtet. Zwei Jahrhunderte nach Abu Nawas notierte der arabische Globetrotter und Dichter Abu Dulaf in sein Reisetagebuch, Abu Nawas habe auf einer Reise nach Khorassan eines Tages in einem Kloster Rast gemacht und dort einen stattlichen, geistreichen Mönch angetroffen. Der junge Mann bewirtete Abu Nawas, und nachdem der Gast gespeist und getrunken hatte, bat er den Gastgeber, mit ihm zu schlafen. Der willigte ein und genoss Abu Nawas zutiefst. Als Abu Nawas jedoch kurz darauf seinen Teil der Übereinkunft einforderte, weigerte der Mönch sich vehement,

Abu Nawas geriet in Rage, bezichtigte den jungen Mann des Wortbruchs und erschlug ihn.

In der arabischen Literatur handeln nicht nur Abu Nawas' Gedichte von homoerotischer Liebe. In vielen anderen Geschichten zu diesem Thema kommen interessanterweise häufig Iraner vor. So heißt es in einem Fall etwa, ein Mann nichtarabischer Herkunft, nämlich ein Iraner, habe eines schönen Tages einen jungen Mann vom Wege abgebracht und mit zu sich nach Hause genommen. «Bist du ein ungläubiger Iraner?», fragte der junge Mann.

Und der Iraner erwiderte: «Ja.»

«Bringst du mir Gotteslästerung bei?», fragte der junge Mann.

«Mit Vergnügen», sagte der Iraner, brachte den jungen Mann dazu, sich hinzulegen, und hatte Geschlechtsverkehr mit ihm.

«Was soll das?!», rief der junge Mann. «Was machst du da?»

Der Iraner beschwichtigte ihn: «Hab Geduld. Du wolltest lernen, wie Gotteslästerung geht. Dies ist der erste Teil des Prinzips.»

An dem Donnerstag, an dem Abu Nawas und sein poetischer Liebhaber unser Gesprächsthema waren, verwunderte mich bezeichnenderweise noch nicht, dass die Runde das Erscheinen dieses Liebhabers der moralischen Schwäche des Dichters zuschrieb. Erst später geriet ich gehörig ins Grübeln, als ich bei klassischen iranischen Dichtern auf Liebeslyrik traf, die die Vermutung nahelegte, bei der geliebten Person handele es sich um einen Mann. Eine erste dahingehende

Ahnung befiel mich bei einem berühmten Ghasel des großen Hafis, in dem es heißt:

Offnes Gewand, ein Vers auf den Lippen, Kelch in der Hand,

Trat mitternachts an mein Lager, ließ sich nieder am Rand,

Neigte das Haupt mir entgegen und sang in traurigem Ton:

«O mein Liebster seit vielen Jahren, schläfst du schon lang?»

Ich reimte mir damals zusammen: Eine verliebte Person, die mitten in der Nacht singend, angetrunken und mit einem Krug Wein in der Hand zum Haus des Geliebten aufbricht, kann nur ein Mann sein.

Als ich meinen Vater darauf ansprach, zögerte er mit seiner Antwort ein wenig länger als sonst. Er murmelte etwas, war sichtlich bemüht, eine passende Erwiderung zu finden, legte mir herzlich die Hand auf die Schulter und sagte: «Also, es mag schon sein, dass der Geliebte ein Mann war.»

Als er sah, wie verblüfft ich war, schob er rasch nach: «Das ist natürlich Auslegungssache und hängt davon ab …»

In dem Moment klingelte das Telefon und bot meinem Vater somit einen Fluchtweg.

Wovon hängt das ab? Das habe ich ihn nicht gefragt. Das Telefonat war kurz, doch meinem Vater stand der Sinn nicht nach einer Fortsetzung unseres Gesprächs. Auch ich legte keinen besonderen Wert mehr darauf, weil ich meine Antwort bekommen hatte. Der Gesichtsausdruck meines Vaters hatte Bände gesprochen, Ja, hatte er gesagt, leider ist das so. Weshalb leider? Es ist doch seltsam, dass die Leute einerseits beteuern, wie ergeben sie dem Geist und der Weltsicht dieser großen Literaten sind, andererseits aber wünschen, das wahre Gesicht ihrer Werke möge verborgen bleiben. Mein Vater hatte mich zwar nicht belogen, aber ich hätte gern die ganze Wahrheit von ihm erfahren. Er hat sie mir vorenthalten.

Ja, mir leuchtete bald ein, dass in den Liebesgedichten der großen iranischen Lyriker, an denen zum Glück kein Mangel herrscht, die geliebte Person sich häufig als Mann entpuppt und dass Liebeslyrik allgemein in unterschiedlichen Versformen Ausdruck findet, während für Loblieder insbesondere auf die homoerotische Liebe meist die Form des Ghasels gewählt wird. Ghasel bedeutet ursprünglich Liebesspiel.

Die Darstellung der gleichgeschlechtlichen Liebe, als über mehrere Jahrhunderte hinweg allgemein verbreitetes Verhalten, dient in der persischen Literatur nicht nur literarischen Zwecken. Sie konfrontiert den Iran mit einer Erkenntnis. Die Dichter konnten sich nicht einfach in den Dienst einer Sache wie allgemeinen Anstands stellen, den es damals vermutlich gar nicht gab. Sie sahen den Menschen so, wie er war, nicht so, wie er sein soll. Und wahrscheinlich liegt Saadis außergewöhnliche Beliebtheit genau darin begründet. Voltaire war überzeugt, ein ganzes Volk kann in emotionalen Dingen oder in Bezug auf das, was ihm guttut, nicht irren.

Aber ich will nicht ungerecht sein. Entweder offenbart die Literatur keine zwischen sich und der allgemein herrschenden Moral klaffende Kluft, oder aber literarisches Schaffen fand unabhängig von dem statt, was Moral und Anstand geboten. Wie dem auch sei, es wird jedenfalls deutlich, dass die iranische Literatur die Darstellung angeblich widerwärtiger, schäbiger oder makaberer Inhalte zu keiner Zeit unterbunden hat, um Moral und Anstand zu wahren, und dass für die Mehrheit der iranischen Dichter nicht der ethisch-moralische Nutzen ihrer Werke im Vordergrund stand.

Wobei die Liebe zu einem Mann nicht immer mit dem physischen Liebesakt einhergehen musste. So berichtet ein Reisender aus Andalusien in seinen *Versuchungen des Teufels*: «Ich sah einen Sufi in Begleitung eines hübschen Jünglings, dem er nicht von der Seite wich. Abends verrichtete er sein Gebet und schlief dann bei dem Jungen. Kaum eine Stunde verging, da wachte der Mann verstört auf, begab sich erneut zum Gebet und legte sich, wenn ihn der Schlaf überkam, wieder zu ihm. So wiederholte sich das Ritual mehrmals, bis in die frühen Morgenstunden. Als es hell wurde, erhob der Mann sich schließlich, reckte die Hände gen Himmel und sprach zu Gott: ‹O Herr, du weißt, auch in der vergangenen Nacht hab ich nichts Schlimmes getan, also lass uns gemeinsam ins Paradies eingehen.› So richtete der Sufi es ein, dass im Ausgleich für entgangene Freuden im Diesseits zumindest für sein Vergnügen im Jenseits gesorgt wäre.»

Andererseits konnte die Liebe zu jungen Männern so heftige Züge annehmen, dass sie Sufis, aus Angst, sie könnten schwach werden und sich versündigen, in den Selbstmord trieb. Weshalb asketische Sufis auch nie mit Jungen allein blieben. Einer ihrer Vertreter war überzeugt, dass mit Mädchen ein Teufel sei, mit Jungen aber zwei.

Die meisten Sufis waren Päderasten und beriefen sich zur Rechtfertigung ihrer Neigung auf den mystischen Grundsatz der Schönheit Gottes und seiner Liebe zur Schönheit. Wer schöne Menschen liebte, lebte folglich nach Gottes Ethik.

Zugleich sahen die Mystiker in der Schönheit des Einzelnen die Schönheit aller, die des Ganzen und so wiederum Gottes Schönheit. Nach platonischer Lesart hatte irdische Schönheit ein himmlisches Vorbild. Also priesen manche Sufis die Schönheit oder pflegten die Liebe zu schönen Männern, weil sie in der Schönheit eines der Grundprinzipien des Sufismus sahen. Entsprechend förderte man, indem man der Schönheit huldigte, die Empfindsamkeit, den geistigen Scharfsinn, die sittliche und moralische Bildung des Einzelnen zum Wohle der gesamten Menschheit. Das schöne Antlitz eines Jünglings spiegelte die prächtige Erscheinung Gottes, die Verkörperung des Allmächtigen, und vermutlich hieß der schöne Geliebte deshalb poetisch Schahed, Zeuge, der zugleich Zeugnis und Grund für Gottes Schönheit war.

Die Hinweise auf Homosexualität in der klassischen persischen Literatur blieben deshalb so gut wie unentdeckt, weil im Persischen für die dritte Person nur ein Pronomen verwendet wird. Spuren, die das Geschlecht der geliebten Person verraten, finden sich dennoch. In Anspielungen auf das männliche Glied beispielsweise, oder wenn unmissverständlich von Bartflaum die Rede ist, vom geschwungenen Brauenbogen oder von Wimpernpfeilen – eindeutige Attribute für Kriegslust und Wagemut, aus denen hervorgeht, dass es sich bei der angebeteten Person um einen jungen Mann handelt. In der historischen Epoche, die die Dichter besingen, waren Frauen praktisch nirgendwo in der Öffentlichkeit präsent. Jungen und junge Männer hingegen waren fast allgegenwärtig und standen im Mittelpunkt des Interesses. Erst wenige Jahrzehnte vor Beginn der Moderne besangen Dichter auch die Schönheit unter dem Schleier der Frauen, die sich in ihrer Bewegungsfreiheit durch Häusermauern und -wände eingeschränkt, aus dem öffentlichen Raum ausgeschlossen, vollständig der Führerschaft und Vermittlerfunktion der Männer unterworfen sahen. Die Männer waren sich in der für sie frei verfügbaren Arena selbst genug, wurden buchstäblich zu Selbstversorgern und befriedigten auch ihre physischen Bedürfnisse innerhalb dieses Rahmens. Saadi beschreibt das in einer seiner Geschichten so:

Zwei, einander einig ins Auge sehend,
Mag ein jeder gern, kann auch ich gestehen.
Ein Freund im Laden, an warmen Quellen und drauß',
Seit an Seit im Freien, aufeinander zu Haus.
Erst einer dem andern nabeltief hinten rein.
Dann darf der andre hinten, der eine vorn sein.

Klar und deutlich, schwarz auf weiß. Alle lieben den gleichgeschlechtlichen Geliebten, und auch Saadi liebt ihn, weil beide, in der Werkstatt, im Hamam, in der Wüste, auf der Straße oder zu Hause, zusammen, innerhalb der vier Wände auch aufeinander sein und einander wechselseitig begatten können.

Nicht nur bei Saadi, auch in mindestens der Hälfte aller Verse des Hafis gibt sich an Begriffen wie Sohn, bartlos, Bartflaum der männliche Geliebte unmissverständlich zu erkennen. Tatsächlich lässt sich nur bei einem geringen Teil der klassischen persischen Lyrik definitiv sagen, die geliebte Person ist eine Frau. In diesem Sinn entspricht die Jagd nach jungen Männern der Aktivität des Schürzenjägers und gilt als männliche Eigenschaft, die oft auf männliche Geliebte zielt. Manch einer dieser Männer brachte es zu einigem Ruhm und machte, ähnlich wie berühmte Kurtisanen im Westen, Geschichte. Große Berühmtheit erlangte Ayas, Sklave und Liebhaber des Sultans Mahmud von Ghasni. Die innige Verbundenheit der beiden diente vielen klassischen persischen Liebeslyrikern als Vorlage. Im elften Jahrhundert christlicher Zeitrechnung fand der berühmte Faroukhi für Ayas folgende Worte: «Er ist so schön, dass Frauen bei seinem Anblick ihren Männern den Laufpass geben.»

Nicht nur die klassische persische Lyrik bietet männlichen Geliebten eine Arena. Wir begegnen ihnen auch in Geschichtsbüchern, Reisetagebüchern, Ratgebern. In den Überlieferungen des Welteroberers Al-Juwayni nimmt eine solche Liebe sadistische Züge an. In einem Text heißt es über Ala-e-Din, einen religiösen Führer der Ismaeliten, er sei einst einem bartlosen Jüngling namens Hassan begegnet, habe ihn bei sich aufgenommen, habe ihn sehr geliebt, bisweilen jedoch auch so sehr gequält, dass er ihm bald alle Zähne ausgeschlagen und auch ein Stück seines Geschlechtsteils abgeschnitten habe. Dennoch blieb Hassan Ala-e-Dins Favorit und Geliebter, auch als sein Bartwuchs einsetzte. Zudem fand Ala-e-Din eine Frau für Hassan, der nie den Mut aufbrachte, seinen ehelichen Pflichten ohne Ala-e-Dins Zustimmung nachzukommen, während sein Herr sich ebenfalls mit Hassans Braut zu vergnügen wusste.

Noch bedeutender als Hassan war Gheledsch, ein Sklave des Sultans Dschalal-e-Din aus Choresmien im heutigen Usbekistan, dessen legendärer Heldenmut im Widerstand gegen die Mongolen viele Seiten unserer Geschichtsbücher füllt. In einem Werk über die Geschichte der Mongolen heißt es, der Sultan sei schwer in Gheledsch verliebt gewesen. Der aber wurde bald krank und erlag seinem Leiden wenige Wegstunden vor Tabriz. Der Sultan vergoss bittere Tränen und befahl Soldaten und Zivilisten, den Leichnam nach Tabriz zu bringen. Den Menschen dort befahl man, sich zu versammeln und die Trauerklage anzustimmen. Wer sich weigern sollte, hätte harte Strafen zu befürchten. Unversehens aber änderte der Sultan seinen Plan. Er wollte den Geliebten nicht zu Grabe tragen, sondern ihn lieber auf Schritt und Tritt an seiner Seite wissen. Bevor er speiste und trank, ließ er ihm den ersten Bissen und den ersten Schluck zukommen, und niemand hatte den Mut, dem Sultan in Erinnerung zu rufen, dass sein reizender Geliebter verschieden war. Wer auch immer ihm diese Nachricht überbrächte, wäre unverzüglich des Todes. Und so stellte man Speis und Trank neben Gheledschs Leichnam ab, kehrte zum Sultan zurück und ließ ihn wissen, dass Gheledsch den Boden unter des Sultans Füßen küsse und ausrichten lasse: «Der Güte des Sultans sei Dank, heute geht es mir besser.»

Im selben Buch finden wir Schilderungen über die homoerotischen Liebesspiele des Seldschukensultans Sendschar. Einer schlechten Angewohnheit folgend, brachte er jedoch Geliebte, die sich zu seiner Macht und Größe aufzuschwingen drohten, nach gewisser Zeit aufs Grausamste um. Mit dem Sklaven Songhor vergnügte er sich zwei Jahre lang, ließ ihm auch ein Zelt errichten, königlich wie sein eigenes. Letzten Endes aber waren auch des Sklaven Tage gezählt. Der Sultan ersann einen grausamen Plan zu Songhors Ermordung. Er rief alle Staatsmänner und Generäle zusammen, wohl wissend, dass ein jeder einen Dolch im Ärmel trug. Dann bat er Songhor in den Saal, der kaum über die Schwelle getreten war, als die Gastgeber reihum auf ihn einstachen und ihn zerfleischten.

Auch des Sultans Sklave Dschohar wurde erdolcht, wobei der Sultan dessen Todeskampf nicht beiwohnte. Als er von seinem Palast aus die flehenden Hilfeschreie vernahm, gewiss durch wiederholte Dolchstöße ausgelöst, bemerkte er seinem Gefolge gegenüber nur: «Dschohar, der Arme, sie bringen ihn um.»

Auch ein sehr wagemutiger Soldat konnte zum Geliebten werden und dank der Liebe eines Emirs, eines Sultans, sogar in den Rang eines Generals aufsteigen. Seit der Zeit der Ghasnaviden, in der die Türken die Geschichte Irans beherrschten, ist der Geliebte meist ein türkischer Soldat, der seinen Platz in der persischen Lyrik gemeinhin als zänkisches, ungestümes, treuloses, verlogenes, wortbrüchiges und blutrünstiges Wesen einnimmt. In der Liebeslyrik indes werden ihm meist Mandelaugen, eine schmale Taille, hoher Wuchs und lockiges Haar zugedacht. Hier versinnbildlicht der Türke den schönen Geliebten, seine Blicke sind Pfeile, die Brauen ein Bogen, die Locken ein Lasso. Faroukhi preist in seinen Liebesversen hauptsächlich die homoerotische Liebe und hat einem Offizier zahlreiche Verse gewidmet. Nämlich dem Geliebten des Onsori Malik al-Schuara, dem obersten Poeten am Hofe des Sultans Mahmud von Ghasni. So geschickt, wie der Soldat beim gemeinsamen Liebesspiel für Vergnügen sorgt, so wagemutig verbreitet er auf dem Schlachtfeld Angst und Schrecken. In einem Gedicht von Amiri Mazi, im ausgehenden elften Jahrhundert christlicher Zeitrechnung Hofdichter der Seldschukenherrscher, ist dieser Geliebte ein ranghoher Soldat, der sein Schwert im Kampf zu führen versteht und den Feind das Fürchten lehrt. Bei Festbanketten indes ist er verführerisch wie eine Braut. Ebenfalls im elften Jahrhundert besingt der namhafte Lyriker Sanai einen geliebten Soldaten, der beim Festgelage zum Kelch Wein greift und im Kampfgetümmel zum Schwert.

In jener Epoche ist der Geliebte demnach schön und kampfbereit zugleich. Damals war homoerotische Liebe keine Schande. Und man kann das elfte Jahrhundert christlicher Zeitrechnung ohne Übertreibung als Epoche homophiler iranischer Dichter bezeichnen. Sanai denkt verzückt zurück an den Kuss, den er am Vorabend, trunken, den Lippen eines hübschen Jünglings geraubt hat. Andernorts treibt er die Begegnung mit einem schönen Jungen in Liebe und Verzückung so weit, dass er ihn zunächst unumwunden zu sich nach Hause einlädt, ihn im Rausch umarmt, kaum noch an sich halten kann und endlich das Band an des Jungen Hose löst.

Gestern, in der Geldverleiherzeile der Karawanserei

Stand ein Jüngling, viel prächtiger, als jede Perle es sei.

Frug ihn, Lieblingssohn deines Vaters, wirst du heut mein Gast?

Wie nicht, frug er, und kam mit in die Karawanserei.

Dort betrank er sich, bis das Haupt ihm wurde bleischwer.

Mich versuchte sofort die verfluchte Satanei.

Frug Vaters Lieblingssohn, ob du drei Küsse für mich hast?

Sechs, sagt er, wenn in deinem Säckchen Silber steckt statt
Blei.

Zehn Dirham, vom Erbe des Vaters mir geblieben,
Gab ich dem hübschen Jüngling, fand gar nichts dabei.
Sein Hosenband tat ich auf und genoss den Anblick sehr.
Ein Backenpaar, Augenweide und seidenweich.

In einem anderen Gedicht erzählt er, wie zwei Männer um
einen hübschen Jüngling buhlen. In diesem Liebesabenteuer
lenkt ein einsamer Muezzin einen Mann ab, um ihm den Jungen, mit dem er sich gern in der Gebetsnische vergnügen
würde, abspenstig zu machen. Sanai treibt das Geschehen
offen und unverhohlen zum Höhepunkt.

Hast du gehört von dem Mann in Herat,
Der höchst bewandert war, vielfach begabt.
Jedoch sehr litt unter der einen Not,
Dass man seinem Schwanz nirgends Nahrung bot.
Seit geraumer Zeit hat er nicht mehr gefickt,
Traf einen Jüngling, sah keinen Ort fürs Glück.
Schier ausweglos schien's, es wuchs seine Pein.
Trat, notgeplagt, in die Moschee hinein.
Fand Gotteshaus und Gebetsnische leer,
Sah, in Vorfreude, bald kein Halten mehr.
Vor zwei Silberhügeln der Vorhang fiel,
Hin drängt's den Fisch zum silbernen Quell.

Indes kriegt ein Derwisch von dem Treiben Wind,
Begibt sich schnurstracks auf den Weg dorthin.
Sieht einen Jüngling, Blick rückwärts gewandt,
Einen Mann, bestes Stück, horngleich, in der Hand,

Das er wohl in des Jünglings Hintern einführt,
Als der Asket wütend ins Gotteshaus stürmt,
Maulschellen, Stockhiebe, Schläge verteilt,
Wie ein Stier obendrein lauthals schreit.
Solch Tun im Land ist schuld daran,
Dass Regen fehlt und niemand ernten kann.
Durch der Unzüchtgen Sünden, die des Lot,
Sind Frühlingswolken trocken und tot.

Das Ende der Welt führt gewiss herbei,
Wer Unzucht in Gebetsnischen treibt.
Der Erregte zog sich behänd' zurück,
Des Muezzins Zugriff geschickt entrückt.
Doch kaum saß der Unhold vor der Tür,
Nahm der Derwisch den Platz ein dafür.
Der Geschasste riskiert noch rasch einen Blick,
Wie's wohl steht um des Asketen Geschick?
Keine Münze gab er, kein Körnchen für das,
Nun steckt sein Stößel im Butterfass.

Mitunter bezeichneten die Dichter sich selbst als Väter, die Geliebten als Söhne, wiesen so auf ihr Verantwortungsgefühl für die jungen Menschen hin, hoben ihre Fürsorgepflicht hervor. Auch in der westlichen Literatur findet sich das Thema des väterlichen Beistands für männliche Geliebte. *Sarrasine* ist in der gleichnamigen Novelle von Honoré de Balzac Bildhauer und Schüler des Bildhauers Edmé Bouchardon und verliebt sich 1758, während eines Aufenthalts in Rom, in die Opernsängerin Zambinella, als er sie erstmals auf der Bühne sieht. Balzac schildert, wie lebendig, zart, wunderschön Sarrasine Zambinella auf den ersten Blick findet und dass er alle nur denkbaren Eigenschaften der Weiblichkeit in ihr vereint sieht. Ihre Stimme klar, ihr Blick unendlich liebevoll, die Haut blendend weiß. Sarrasine ist hingerissen von Zambinella und beeindruckt von ihrer Ähnlichkeit mit den Venus-Skulpturen der alten Griechen. Eine wahre Ausnahmefrau, ein Meisterwerk. Wie gern würde Sarrasine auf die Bühne eilen, um Zambinella unverzüglich zur Frau zu nehmen. Die Aufführung vergeht allzu rasch. Sarrasine, im Liebesrausch, verlässt den Saal, eilt in sein Atelier, macht mehrere Skizzen von seiner Angebeteten, ruft sie sich unermüdlich in Erinnerung und fertigt binnen einer Woche ein Tonmodell von ihr. Unterdessen geht er Abend für Abend in die Oper, um die Frau, die er vergöttert, aus nächster Nähe sehen zu können. Zambinellas Kollegen wissen mittlerweile um die Liebe des jungen Franzosen zu ihr und weihen sie ein. Als sie ihm daraufhin eines Abends von der Bühne herab einen sehr verheißungsvollen Blick zuwirft, scheint die Liebe auf Gegenseitigkeit zu beruhen.

Endlich bietet sich die lang ersehnte Möglichkeit einer ersten Begegnung. Sarrasine bringt in seiner heftigen Liebe für Zambinella schon die Hochzeit ins Gespräch, und Zambinella stellt ihm eine höchst befremdliche Frage: «Was, wenn ich keine Frau wäre?»

«Ein interessanter Spaß!», erwidert Sarrasine. «Nur eine Frau hat so sanft gebogene, zierliche Schultern.»

Während einer Audienz des Papstes, umringt von Bischöfen, Kardinälen, Eskorten, sieht Sarrasine Zambinella in

Männerkleidern, ein Schwert um die Hüften gegürtet, und fragt den Herrn, der zufällig neben ihm steht, verwundert: «Kleidet Madame sich aus Respekt für die Kardinäle als Mann?»

Der Herr antwortet mit einer Gegenfrage: «Von welcher Frau sprechen Sie?»

«Von Zambinella natürlich!», erklärt Sarrasine.

«Wissen Sie denn nicht, dass im Reich des Papstes Frauenrollen von Männern gespielt werden? In Rom stand bis heute noch keine Frau auf einer Bühne.»

Und damit hatte der Mann recht. Der arme Sarrasine wusste tatsächlich nicht, dass im Italien jener Zeit Castrati Frauenrollen sangen und spielten. Als Kardinal Cicogniara von Sarrasines Liebe zu Zambinella erfährt, schickt er seine Diener aus, den Widersacher aus dem Weg zu räumen. Zudem entwenden die Handlanger Zambinellas Skulptur aus Sarrasines Atelier. So bleibt Zambinella, was er seit jeher war: des Kardinals Protegé, ein Mignon, homosexueller Partner eines Angehörigen höchster Gesellschaftskreise.

Schon Jahrhunderte vor Balzac beklagte Faroukhi, als Beschützer-Vater, den Wankelmut seines Geliebten, so jung, dass er sein Sohn sein könnte. Er werde ihm unter der Bedingung treu bleiben, dass der Geliebte sich seinen Küssen nicht länger widersetze.

O mein Sohn, wer und wie bist du nur, verkenn ich dich gar?

Deinem Vater gegenüber ganz unberechenbar.

Küss keinen andern, so du nicht willst, dass ein andrer mich küsst.

Oh, Vaters Liebling, welch Quelle für Kummer und Pein du
bist.

Willst nicht, dass deinen Vater jemand küsst außer dir,
So zier dich nicht und treib keine Ränke mit mir.

Schließlich fleht er den Geliebten an, er möge ihn, wie einst,
mit Wein und Küssen beglücken.

Der Markt für homoerotische Liebe bot damals Abwechs-
lung, man hatte nicht nur die Wahl zwischen unterschiedlichen Männertypen, sondern konnte auch zwischen mehreren Nationalitäten wählen. Auf die Beschreibung indischer
und türkischer Männer lässt Faroukhi in einem Gedicht den
Vergleich beider Typen folgen:

Der Inder ist gut gelaunt, bezaubernd, hat Witz obendrein,
Ohne Umschweife beim Küssen und Beisammensein.

Bis ein Türk dich mit drei verstohlnen Küssen bedacht,
Hast mit dem Inder du dich längst schon ans Werk ge-
macht.

Das berühmte *Rendezvous der Freunde* von Max Ernst
zeigt, surrealistisch, eine Gruppe von Freunden, Dostojewski
und Raffael unter ihnen, in einer Art Gebirgslandschaft.
Auch Paul Éluard, Louis Aragon und André Breton sind mit
dabei. Manche der insgesamt siebzehn Männer sind sitzend
zu sehen, andere stehen. Fast alle schauen geradeaus, wie zum
Gruppenfoto vor einer Kamera versammelt. Es fällt auf, dass
Dostojewski die Beine nicht übereinandergeschlagen und
Max Ernst rechts, Jean Paulhan links auf dem Schoß hat.
Dostojewskis ernste Miene und sein eindringlicher Blick
könnten andeuten, dass die beiden entweder des ausgezeich-

neten Lehrmeisters liebste Verehrer oder aber hervorragende, mithin verhätschelte Schüler sind. Hätte ein Maler den im zwölften Jahrhundert christlicher Zeitrechnung lebenden Lyriker Susani Samarghandi mit zwei prominenten Dichtern nach seiner Zeit so gemalt, säße meiner Meinung nach Rumi auf Samarghandis einem Knie, Saadi auf dem anderen.

Zur Beschreibung der Liebe unter Männern beginnt die Liebeslyrik des Susani Samarghandi mit sanfter Erotik und wird, ungewöhnlich für seine Zeit, zunehmend unverblümter. Europäische Romane des achtzehnten Jahrhunderts werden meist durch ein Vorwort eingeleitet, aus dem hervorgeht, wie der Erzähler in den Besitz von Dokumenten, Schriften, Memoiren gelangt ist. Durch die Stimme des Erzählers war auch der Hinweis auf den Unterschied zwischen Fantasie und Wirklichkeit gewährleistet. Susani aber gibt in keinem seiner Verse solche Hinweise und nimmt dem Publikum die Möglichkeit, etwaige Hinzudichtungen anders auszulegen, als er sie verstanden wissen will. Diese Lyrik beeindruckte die iranische Leserschaft, denn die Verse standen in einem kulturellen Zusammenhang, erwuchsen aus einem Kontext, der ihnen Glaubwürdigkeit verlieh, und wurden, indem Individuen auf sie reagierten, zu Allgemeingut. Susani sagt in einem seiner Gedichte über das Gesäß des Geliebten:

Zweigeteilt hab ich, aus Rohsilber, einen Berg gesehen.
Die Berghälften, die ich sah, waren ein Silberarsch.
Aus rohem Silber ein ganzer Berg, dass man vermeint,
Ein Schwerthieb habe den Berg entzweigeteilt.
Etwa so weich und so weiß wie Jasminblüten aufgetürmt.
So makellos und so rein muss eine echte Perle sein.

Da eine so dezente Beschreibung dem Dichter offenbar nicht genügt, geht er einen Schritt weiter, treibt die Lobeshymne für des Geliebten Lenden unverhohlen erotisch auf einen Höhepunkt zu und gelangt gar zu dem Schluss, den Genitalien eines geliebten Mannes gebühre ein erheblich höherer Rang als denen einer Frau:

Aus Rohsilber hat dieser Sohn einen Arsch,
Kein bessrer auf der Welt als sein Arsch.
Färbst glutrot wie im Schmiedefeuer mein Gesicht.
Wertvoll wie Rohsilber, dieser Arsch.
So rund und so prall und so schön eng,
Sucht seinesgleichen auf der Welt, dieser Arsch.
Für deinen Silberarsch geb ich mein Geld,
Denn dein Arsch ist mir einen Goldschatz wert.
Schätzt die Vulva nicht höher als Perlen und Gold,
Wer Pracht und Juwelenglanz eines Arschs genießt,
Monat für Monat Blut aus der Vulva fließt.
Blutet sie, bietet Zuflucht der werte Arsch.
Wo die Vulva erschöpft, bringt Leben der Arsch.
Wie Gift ist die Vulva, honigsüß, Nektar der Arsch.
Groß bist du, stolz und weithin bekannt,
Weil dein Schwanz seinen Sitz hat in einem Arsch.

Gab es in anderen Ländern ähnliche literarische Traditionen des Lobgesangs auf homoerotische Liebe im Allgemeinen, auf des Mannes Lenden im Besonderen? In der gesamten westlichen Literatur ist *Der Schüler Alkibiades*, im Jahr 1652 anonym verfasst – und später dem libertären Priester und Philosophen Antonio Rocco zugeschrieben –, das erste Werk,

das den Analverkehr propagierte und als eindeutig porno-
grafisches Werk in der Diskussion stand. Im achtzehnten
und neunzehnten Jahrhundert wurde Homosexualität in den
meisten europäischen Metropolen mit dem Tode bestraft.
Gerichtlich verfolgte man noch im Jahr 1950 britische Autorinnen und Autoren, die Homosexualität offen zum Thema
machten. Anders in Frankreich. Honoré de Balzac veröffentlichte *Sarrasine* 1871.

Iranische Lyriker hingegen, die die gleichgeschlechtliche
Liebe bereits im zwölften Jahrhundert priesen, wurden nicht
nur nicht belangt, sie brüsteten sich auch damit und brachten
es, angesichts der weiten Verbreitung homosexueller Prakti-
ken, sogar zu gewissem Ansehen. Susani singt:

Wir haben der Welt den großen Teppich ausgerollt,
Haben der ehrbaren Sklaven Ärsche gespalten.
Da der unglückselige Schwanz daran Freude hat,
Haben wir die Großen zum Arschficken angehalten.
Weil wir der Wahrheit ehrlich ins Auge blickten,
War für uns kein Weg trefflicher als der von hinten.

In einem anderen Gedicht kommt ihm jegliche Zurückhaltung abhanden. Er präsentiert sich, heftet sich seinen Phallus
dabei förmlich wie eine Medaille an die Brust und wird ganz
unverhohlen pornografisch.

Zweifellos verleiht der unbewegt wirkende Tonfall, in dem
er über simple, vertraute, allgemein verbreitete, alltägliche
Dinge berichtet, den Versen eine geheimnisvolle Tiefe. Zudem
glaube ich, die leidenschaftliche, körperliche homosexuelle
Liebe konnte in der klassischen persischen Literatur letztendlich aufgrund der sprachlich bedingten geringen Verbreitung

und des mangelnden Zugangs zu maßgeblichen Kreisen nicht voll zum Ausdruck kommen. Was dessen ungeachtet zum Ausdruck kam, konnte nicht über das hinausreichen, was wir heute lesen können.

Hält uns, von alledem abgesehen, diese Literatur nicht den Spiegel vor? Oder sind wir am Ende noch immer die Nachfahren der Urmenschen, die sich auf Bildern nicht selbst zu erkennen vermochten? Woher rührt diese grenzenlose Toleranz, diese ungezügelte Freiheit, Empfindungen auszudrücken? Wie konnte sie in unserer streng regulierten, so voreingenommenen Gesellschaft überhaupt entstehen? In einem seiner Gedichte gibt Susani sich prahlerisch wie ein Don Juan und erklärt, er sei bereits als Junge ungemein anziehend gewesen. Im folgenden Gedicht spricht er so stolz und ungeniert über sein Genital, als sei er Linga oder das Geschlechtsteil des indischen Gottes Shiva oder ein Hindu-Heiliger, mit dessen Phallus Menschen ihre Nahrungsmittel segnen. Selbst zwischen den Zeilen seiner Ode an das männliche Glied liest man, dass er sein Geschlechtsteil schier rituell verehrt.

Ich lag kaum an der Amme Brust,
Schon füllte mein Schwanz beide Arme ihr.
Kein Esel hat einen Schwanz wie ich.
Dein Gesicht strahlt schöner als Mondeslicht.
Dein Arsch verleibt hundert solcher Schwänze sich
Bis zu den Eiern ein und leidet nicht.

Wollte Susani hier etwa eine unbewusst gehegte Abneigung gegen sexuelle Erregung und körperliche Liebe zum Ausdruck bringen, auf dass seine Leserschaft angesichts der moralischen Grenzüberschreitung auch von sich selbst angewidert wäre?

Wurzelt Liebe nicht im Wunsch nach Vergnügen, nach Freude, Genuss? Befriedigt sie den Geliebten nicht, so erreicht sie ihr Gegenteil, die Selbstbefriedigung, und führt in den Narzissmus. Der Dichter schließt hier jedes Missverständnis aus. Er verlangt ein Urteil seiner Leserschaft und fragt in Bezug auf seine Art der Dichtung und seine Kunstfertigkeit ohne Umschweife:

Wären meine Verse ohne Arsch und Schwanz schön?

Denn meine Verse sind männlich und ich, Versschmied, bin Mann.

Und so fordert er andere Dichter, Kollegen, indirekt auf, seine Art der Dichtung fortzuführen.

Man merkt den Versen an, dass deren Schmieden ihr Beruf Spaß gemacht hat und dass iranische Lyriker in dieser Sprache bereits bewandert predigten, lange bevor im Westen der Marquis de Sade das Alphabet der körperlichen Liebe und Erotik auszubuchstabieren suchte. In de Sades *Philosophie im Boudoir oder Die lasterhaften Lehrmeister*, 1795 verfasst, bevorzugt Dolmancé den Beischlaf mit Männern und vollzieht ihn mit Frauen am liebsten von hinten. De Sade hatte seinen Ruhm zu einem nicht unerheblichen Teil der Tatsache zu verdanken, dass er unverschämt und eindeutig über Sexualität schrieb. Gemessen an Susani aber schneidet er, wie ich finde, schlecht ab. Roland Barthes wusste vermutlich weder um Susani noch um dessen Lyrik. Andernfalls hätte er in seinem berühmten Werk *Die Lust am Text* zur Unterscheidung zwischen Freude und Lust nicht die Werke des Marquis de Sade als Quell der Freude genannt, sondern die des Susani Samarghandi.

Um den Eindruck zu vermeiden, iranische Dichter muslimischen Glaubens hätten sich unentwegt und ausschließlich dem Thema Liebe gewidmet, sei hier das Verbot im Rahmen des heiligen Monats Ramadan erwähnt, der für Muslime Fasten und Askese bedeutet. Für Lyriker, die die Liebe nicht nur besangen, hieß das, während der übrigen elf Monate des Jahres bestmöglich vorzusorgen, um den Monat der Abstinenz überstehen zu können. Faroukhi erklärt zu diesem Tatbestand, dass auch der Rest der Stadt dies tue, es jedoch, anders als der verrückte Poet, nicht offen ausspreche:

Hab diesen Monat verbracht mit Fastengebet und Gotteslob,
Ich, Wein, Tanz, Gesang und der Junge, schön wie der Mond.
War ich einen Monat im Jahr hübsch artig und fromm,
Hab ich mich elf Monate lang eher schlecht benommen,
In einer Nacht eines Mondes entgangne Küsse wettgemacht,
Mit Küssen und dem, was Blicken verborgen bleibt,
Was die ganze Stadt will, worüber niemand schreibt
Oder spricht außer mir, dem närrischen Eselstier.

Auch Susani behagen die mit dem Fastenmonat verbundenen Einschränkungen nicht, und er klagt darüber, wie schwer es ihm fällt, sich zu beherrschen, wenn ihn sogar beim Beten die Lust überkommt, sich mit anderen zum Gebet verneigten Männern zu paaren. Er schiebt alle Schuld auf die schwere Last, die sein mannhafter Phallus, riesig wie der eines Esels, ihm aufbürdet:

Meines abgöttisch geliebten Silberglieds Paarungsdrang
Hat mich im strengen Fastenmonat vom Weg abgebracht.
Sklavisch passt ich mich der Scharia Regeln an,
Suchte Freudenmädchens Vulva nicht noch Sklavenarsch,

Enthielt mich, wie zu Ehren des Fastenmonats verlangt.

Abendessen am Morgen und Morgenpaarung des Abends.

So groß war die Lust, die mich überkam, mich zu paaren,

Dass ich beim Beten nicht wusste, ob sitzen, ob stehen,

Wann beim Fastengebet mich verneigen, wann knien,

Meines Schwanzes Drang nachgeben nach des Imamen Arsch,

Im Licht der Kandelaber zählen, der Reihe nach,

Wo und wes prallen Hintern wohl wählen, welch Silbergesäß?

Solch quälende Bürde beschert mir mein schrecklicher Schwanz,

Zunichte wird mich mein Schicksal machen, ganz.

Mein stattlich Gemächt hat mir wohl Rang und Namen verschafft,

Kein Esel, der mir den Rang jemals streitig macht.

Und auch Manutschehri empört sich in einem Gedicht über die religiösen Schranken und sieht vorübergehend vom Geschlechtsverkehr mit Männern ab, weil in dieser Religion ja prinzipiell alles untersagt sei, was Vergnügen bereite. Er schreibt:

Den Sklaven lieb ich und den Kelch mit Wein.

Weder Tadel noch Spott bringt mir zu Ohr.

Verboten sind die ersten beiden, ich weiß.

Solche Freuden öffnen dem Rechtsbruch das Tor.

Bald fand sich in der persischen Lyrik eine solche Fülle an männlichen Geliebten, dass manche Literaten im männlichen Loblied auf den geliebten Mann ein Charakteristikum der Versform der Kassiden sahen. Und selbst als später das Ghasel die Kassiden ablöste, spielte der Geliebte für Lyriker eine unverändert schillernde Rolle.

DIE SACHE MIT DES GELIEBTEN BART

Der männliche Geliebte mag rank, zypressenschlank und rotwangig sein, mag silberne Lenden haben, sich bestens auf den Umgang mit dem Lasso, aufs Reiten und aufs Bogenschießen verstehen. Auch ein trefflicher Ringer mag er sein. Und doch hat er einen kleinen Schönheitsfehler, ähnlich der Rose, die nie ohne Dornen ist. Der winzige, bisweilen riesige Ausmaße annehmende Fehler führt zu einem Problem: nämlich zur Sache mit des Geliebten Bart.

Solange der Umworbene jung oder jugendlich ist, läuft alles gewissermaßen reibungslos. Das Unglück nimmt erst seinen Lauf, sobald Bartsprossen das hübsche Antlitz eines Jünglings entstellen und fortan untauglich machen. Die Freier treten den Rückzug an, der Markt für Männerliebe stagniert.

Faroukhi drückt in einem Gedicht sein Bedauern darüber aus, dass dem geliebten Knaben bereits im zarten Alter von fünfzehn, sechzehn Jahren der Bart sprießt. Er beklagt auch die Tyrannei des Schicksals, das den Ort, den der Dichter mit Küssen überhäufen möchte, untauglich macht:

Auf jasminweißen Wangen zog Schwarz sich von Ohr zu Ohr.

Im mondhellen Antlitz ließ beiderseits Nachtdunkel seine Spur.

Obgleich er erst fünfzehn, sechzehn Jahre alt war,

Lag das schwarze Band auf seinen Wangen unverkennbar.
In diesem Antlitz hat das Schicksal nach Kräften gewirkt,
Indem es mir den Ort, den ich küsste, grausam verdirbt.

Im Falle eines jungen Offiziers legt der Dichter leise Begeisterung an den Tag und setzt den sprießenden Bart mit sprießenden Veilchen gleich, obwohl er die Sicht auf das zarte
Tulpenoval des geliebten Gesichts versperrt und wie herein-
brechende Dunkelheit einen Spiegel verfinstert.

Nun umrahmt wohl Veilchenwuchs des Obersten Gesicht,
So wie des chinesischen Spiegels Glanz bald erlischt.
Veilchen, die beidseits unter des Geliebten Locken sprießen,
Im tulpen-ovalen Antlitz keinen Raum mehr ließen.
Bist du Veilchenverkäufer, kauf ich dir keines ab,
Da im Antlitz des Obersten ich genug davon hab.

Es gab aber auch Dichter, wie den im zwölften Jahrhundert
lebenden Zahir-ud-Din Fariabi, denen das männliche Geschlecht so gefiel, wie es seit jeher ist. Sie fanden den Geliebten mit Bart nicht hässlich.

So wie Bartflaum nimmer verunstaltet dein Gesicht,
Leidet der Rose Pracht unter Dornen nicht.

Der jugendliche Geliebte, bei dem sich erster Bartwuchs –
ein Bärtchen oder Bartflaum – einstellt, ist oft noch hinnehm-
bar, solange der Bart zart und nicht tiefschwarz ist. Harte,
borstige Bartstoppeln aber sind inakzeptabel, Nadeln gleich,
mit denen man aus grobem Gewebe Packtaschen näht. In
seinem *Rosengarten* sagt Saadi dazu:

Wie ein Reh gingst du einst davon,
Kehrst dies Jahr als Panther zurück.
Saadi mag Bartflaum sehr, jedoch

Nicht jeden Halm, wie der Packtaschennäher.

In einem anderen Gedicht sagt er:

Ich sprach ihn an und sagte, sieh nur, dein hübsches Gesicht.

Weshalb auf Mondes Rund diese Ameisenfülle?

Er erwiderte, was geschehen ist, weiß ich nicht.

Hat sich's, einstige Pracht beweinend, in Schwarz gehüllt?

Jedenfalls war der Bart des Geliebten in der persischen Lyrik ein gängiges Thema. Susani Samarghandi etwa bezeichnete ihn auch als Angriff, als Überfall, als Not und Drangsal bringenden Raubzug. Oder er verwendete das Bild eines aus einem Jasminstrauch sprießenden Schilfrohrs. Allerdings ist er überzeugt, so dicht der Bartwuchs auch sein mag, den Marktwert eines jungen Arschs vermag er nicht zu senken.

Im Sturm nahm er die Götter Hotans, der Bart.

Kehr nicht wieder mit List, Tücke und Kriegskunst, Bart.

Stieß den rechtschaffnen Menschen dereinst urplötzlich

Tür und Tor für Mühsal und Pein weit auf, der Bart.

O Erbarmen, denn tiefschwarz befiel er

Des Mondrunds Wangen, das silberne Kinn, der Bart.

Mein Liebster stellt mir seinen Bart gegenüber.

Ach, mein Liebster, mein Gegenüber, der Bart.

Wo flüchtige Küsse honigsüß Leben waren,

Sprießt nun, grobes Schilf im zarten Jasmin, der Bart.

Wie schade, dass um den geliebten, süßen Mund,

Rings um dies liebliche Mundrund wuchert der Bart.

Den hohen Wert deines Arschs wird das nicht schmälern.

Das Geschäft wird blühen, trotz zwölf Mann schweren Barts.

In einem anderen Gedicht warnt derselbe Dichter einen Jungen, er dürfe seinen Bart keinesfalls sprießen lassen, wenn er sich Kummer und Sorgen ersparen wolle. Natürlich ist eine solche Warnung sinnlos, weil ein Bart ja auch sprießt, ohne dass man ihn zuvor gesät hätte. Folgerichtig verliert der Dichter die Beherrschung und meint erbost:

Mein wie einst Geliebter, lässt den Bart dir jetzt stehen.

Greif zu Arsen, und wo keines zur Hand ist, zur Klinge.

Dann, wütend, weil der Bartwuchs sich beim allerbesten Willen nicht verhindern lässt:

Da ein Bart dein Antlitz wie Wasser bedeckt und mein Feuer erlischt,

Leg mein Horn ich in den Staub, dir zu Füßen, womit nun Ruhe ist.

Und um ihn als Verursacher für die Flaute am Liebesmarkt zur Verantwortung zu ziehen, sagt er:

Nirgendwo geht dein Arsch, der Rosenblätterhügel, hin,

Denn nun sprießt stachliges Dornengestrüpp aus deinem Kinn.

Womit das Thema Bart in der klassischen persischen Literatur noch nicht erschöpft ist. In einem Bericht über ein Fest, zu dem der Richter einer Stadt geladen hat, kommt der Bart sogar als Weinfilter zum Einsatz. Man amüsiert sich prächtig, der Richter, in Hochstimmung, hält den Geliebten im Arm, da trägt man ihm zu, die Freude werde nicht mehr lange währen, weil der Wein zur Neige gehe und in sämtlichen Flaschen nur der Bodensatz noch übrig sei. Der berauschte Richter ordnet an, die Neige zu filtern, auf dass auch der letzte Tropfen noch gute Verwendung finde.

Vergeblich suchen die Festgäste nun nach einem als Weinfilter taugenden Gegenstand. Ein Prediger unter ihnen beobachtet die geschäftige Suche, greift sich ans Kinn, tritt vor die Menge und bietet als Hilfsmittel seinen Bart an, den er, wie er betont, seit Jahren täglich mit Seife wasche und aufs Gründlichste reinige. Der Richter, höchst erfreut über des Predigers Beistand, packt den Bart mit einer Hand, durchkämmt ihn mit den Fingern der anderen wie mit einem Kamm, hält ihn über ein leeres Glas, befindet ihn nach kurzer Prüfung für angemessen und erteilt den Umstehenden Anweisung, alle Weinreste über des frommen Retters Bart zu gießen, was der Festgemeinde zu weiteren Stunden der Unterhaltung verhilft.

DER PREIS DES LIEBESGEDICHTS

Wer homoerotische Gedichte schrieb, tat das meist nicht ausschließlich. Um sich Kritik und Rügen der religiösen Führer zu ersparen, die, zumindest öffentlich, aus ihrem Missfallen über derlei Lyrik kein Hehl machten, fassten Dichter auch ihre Hingabe an religiöse Riten in Verse. Zu den interessantesten unter ihnen gehört der im sechzehnten Jahrhundert christlicher Zeitrechnung schreibende Muhtascham Kaschani, nicht zuletzt aufgrund seiner berühmt gewordenen Elegie über den Tod des Imams Hossein, Enkels des Propheten Mohammad. Der Imam und zweiundsiebzig seiner Freunde und Verwandten kamen im Jahr 680 christlicher Zeitrechnung in der Schlacht bei Kerbela ums Leben, tranken mit dürstenden Lippen den Todeswein. Die Schiiten sehen in Imam Hossein den größten Märtyrer ihrer Geschichte. Alljährlich wird der Tragödie im schiitischen Trauermonat Muharram weltweit mit bestimmten Ritualen gedacht. Einem dieser Rituale gemäß sind Mauern und Wände von Moscheen sowie Zelte und Plätze, an denen Passionsspiele zur Aufführung kommen, schwarz zu verhängen und mit in Schönschrift verfassten Versen zu verzieren – die Muhtascham aus dem historisch bedeutenden Anlass aufs Anrührendste zu schmieden verstand.

Diese Verse aber offenbaren nicht die ganze Wahrheit über den Dichter, dessen Werk sich tatsächlich überwiegend jungen Männern widmet, in die er schwer verliebt war. Sein berühmtestes Werk, *Dschalalieh*, enthält Ghaselen über die Liebe, die er einem Knaben namens Dschalal entgegenbringt. In dieser von einem Wissenschaftler als Liebesroman nach iranischem Verständnis bezeichneten Abhandlung reist Dschalal, die Rose aus einem prachtvollen Rosengarten, von Isfahan nach Kaschan, wo unser Liebesdichter lebt. Sich selbst führt er als geneigten Herzensgeber, Dschalal als geschickten Herzensdieb ein, dem er auf den ersten Blick verfallen ist. Bei der zweiten Begegnung tanzt Dschalal für den Dichter und trägt dabei einen federverzierten Hut. Anschließend sitzt das verliebte Paar beieinander und plaudert so angeregt, dass der Poet zu sterben vermeint, sobald der Knabe sich auch nur einen Wimpernschlag lang von ihm abwendet.

Da bald ganz Kaschan von dem schönen Jüngling redet, steigt sein Marktwert rasch, und dass Dschalal gegen die Aufmerksamkeit anderer Interessenten nicht das Geringste einzuwenden hat, macht unseren hart auf die Probe gestellten

Dichter insbesondere deshalb brennend eifersüchtig, weil unter ihnen auch ein Freund von ihm ist. Indem Dschalal Muhtascham immer seltener besucht, wird er für Dritte umso begehrlicher. Bis der untröstliche Dichter aus Verzweiflung zum Mittel der Drohung greift:

Erzittre, bricht eine Feuersbrunst aus meinem Munde hervor,

Sobald meine wutentflammte Zunge dir entgegenzüngelt.

Das Druckmittel zeigt offenbar Wirkung. Der junge Geliebte, sturzbetrunken, besucht den Dichter spätabends und verbringt die Nacht bei ihm. Doch auch ein verliebter Widersacher bleibt nicht untätig und ersinnt erneut ein Komplott, um Zwietracht zwischen dem Rivalen und dem Geliebten zu säen. Auch dieser Plan gelingt, ein weiteres Mal ist ein Keil zwischen die beiden getrieben.

Auf einem Festbankett begegnet der Dichter dem treulosen Dschalal erneut, und wieder wühlt der mit seinem Tanz die Herzen seiner Anbeter auf. Unser verliebter Dichter spricht vor den Festgästen offen von seiner reinen Liebe, gesteht, dass er den Geliebten wohl hätte besitzen können, stattdessen aber dürstend und mit gebrochenem Herzen zurückbleiben werde, ohne dass auch nur ein Tropfen Wein aus dem Leben spendenden Kelch des rubinroten Knabenmunds des Dichters Lippen benetzt hätte.

Weil unser Dichter argwöhnt, dass sein Geliebter viel Zeit mit anderen Männern verbringt, und weil die Eifersucht ihn schier auffrisst, will er sich Gewissheit verschaffen. Er macht sich zur Wohnung des Geliebten auf und sieht ihn in der Tat, berauscht, vergnügt, mit des Dichters Widersachern in vertraute Plaudereien vertieft. Aus Verzweiflung sehnt er den Tod herbei.

Als seinen engsten Freunden auffällt, wie sehr er unter der Trennung von Dschalal leidet, setzen sie alles daran, ihn aufzuheitern, machen Pläne, um Dschalal wieder für den Dichter einzunehmen. Dass Dschalal Gefallen an einigen Freunden findet, die sich, im Sinne des Dichters, um ihn bemühen, stürzt unseren Poeten unweigerlich in noch tiefere Trauer. Und Dschalal erfährt wohl erst jetzt, wie sehr der Dichter leidet. Er zeigt sich reumütig, was unseren Dichter überglücklich macht und seine Liebe zu Dschalal neu entfacht. Zugleich aber weiß die ganze Stadt bereits, dass Dschalal nach Isfahan zurückkehren wird.

Dschalal verbringt seine letzte Nacht in Kaschan mit unserem Dichter, dem der Augenblick des Abschieds wie ein Sturm der Ewigkeit erscheint. Mit Dschalals Abreise, so sagt er, habe sein Liebesbaum den Herbst erreicht, vor Sehnsucht nach dem Geliebten werde er sich die Augen ausweinen und wohl erblinden. Als seine Hoffnung auf eine allerletzte Begegnung vor Dschalals Abreise zunichtewird, ist der Dichter gewiss, das nächste Wiedersehen der beiden wird im Jenseits sein.

Ein Akademiker schreibt über Muhtascham und *Dschalalieh*: «In einer mittelalterlichen Kleinstadt mitten in einer fernen, brennend heißen Wüste macht ein Eremit die Erfahrung der Liebe, die ihn zu glühenden Ghaselen inspiriert.»

Liebesgeschichte, ein weiteres Werk Muhtaschams, besteht, kurz umschrieben, aus seinen in Versform verfassten

Briefen an junge Männer, in die er verliebt war. Dass unser homosexueller Dichter zugleich das eindrucksvollste Klagegedicht über den verlustreichen Kampf des Imams Hossein schrieb, zeigt vielleicht, dass man Homosexualität einst nicht für eine schwere Sünde, sondern für normal hielt.

War es Liebeskummer, eine Art Melancholie, die Muhtascham bewogen hat, den in die Elegie über das Opfer des Prophetenenkels in der unbarmherzigen Wüste bei Kerbela gelegten Eifer auch auf die Darstellung von Liebesspielen mit Knaben zu verwenden?

Das Staunen über iranische Dichter und ihre Werke nimmt damit kein Ende. In einem der berühmtesten iranischen Liebesgedichte, das immer zitiert wird, wenn es um herzzerreißende Liebe geht, ist die geliebte Person ein Mann. Vahshi Bafghi, der berühmte Verfasser des Werks, ist ein Zeitgenosse Muhtaschams.

Das schwermütige Zeugnis der Liebe für den treulosen Geliebten beginnt so:

Freunde, hört die Geschichte von meiner Seelenqual,
Lasst euch von heimlich ertragenem Kummer sagen.
Dieses lodernde Feuer verschweigen, wie lang noch?
Es verbrennt mich, dies Geheimnis zu hüten, bis wann?

Dann spricht der Dichter den Treulosen direkt an:

O Sohn, wie oft soll ich dich in andrer Armen sehen?
Dich munter, trunken vom Wein andrer Begleiter sehen?
In andren stets die Quelle deines Frohsinns sehen?
Andre als Mundschenke bei all euren Gelagen sehen?

Durchaus erwähnenswert finde ich hier, dass ein anerkannter Literaturwissenschaftler, vor der islamischen Revolution in Iran verstorben, diese Zeilen in seinem Buch über den Lyriker unerwähnt ließ und dem Dichter damit einen Hidschab verpasst hat. Wenn unsere Dichter auch unsere Denker sind, welche Hand wagt dann den Griff zur Schere?

Ein anderer Akademiker schreibt, Liebe unter Männern sei damals gang und gäbe, Frauen nur zur Fortpflanzung dienlich und für den Haushalt zuständig gewesen, während zum geselligen Zeitvertreib, für Sex und auch zur geistigen Befriedigung der Männerwelt Knaben und junge Männer zur Verfügung standen. Unter diesen Umständen wünschten Väter, ihren Söhnen möge möglichst früh der Bart sprießen und sie vor dem Zugriff fremder Männer bewahren. Ein Bart war Schleier und Schutz in einem.

Nicht zum Markt noch auf die Straße führt dein Schritt,
Solange kein Schleier dein Antlitz bedeckt.

Ich glaube, diese Literatur bezieht ihre grundsätzliche Bedeutung – das, was uns so für sie einnimmt – aus der eindeutig bewiesenen Offenheit, mit der sie Zeugnis ablegt von der historischen Existenz der Iranerinnen und Iraner. Wenn sie in offiziellen Foren überhaupt zur Sprache kommt, wird ihr Kern, das, was sie wirklich ausmacht, nur gestreift, bestenfalls oberflächlich abgehandelt, statt einer Spur bleibt bestenfalls ein Spuk von ihr. Die offizielle Exegese und Kritik sehen über die vielen, vielfältigen Wahrheiten in ihr entweder ganz hinweg oder stellen sie als äußerst unergiebig, bedeutungsarm, irrelevant dar. In dieser Diskrepanz zwischen offiziellen Analysen und dem, was diese Literatur tatsächlich zu bieten hat, klafft eine nur durch Heuchelei zu überbrückende Kluft. In Wahrheit liefert diese Literatur nämlich das gedankliche Modell für unser Zusammenleben über alle Epochen hinweg.

DER MORD AN MOKHTAR

Zwei Jahrzehnte nach der Revolution, überschattet von der drohend zum Schlag erhobenen Regierungskeule, hatte sich eine neue Ordnung etabliert. Unsere Angst vor der brutalen Lage draußen hatte unsere Leserunde zusätzlich darin bestärkt, in der Literatur unsere einzige Zuflucht zu sehen.

Wir füllten das durch die Gewaltherrschaft verursachte Vakuum tatsächlich mit der einzigen Sache, die für uns noch Bedeutung hatte: Literatur. Im achtjährigen Krieg gegen den Irak war der endlose Zug der von den Fronten im Süden und Westen in die entlegensten Dörfer des Landes heimkehrenden Särge mit toten Soldaten nicht der einzige grauenvolle Anblick jener Jahre. Nach dem Krieg trieb die Ermordung von viertausend politischen Gefangenen in Haftanstalten Angst, Düsternis und Grauen an neue Grenzen, die in unserem Bewusstsein tiefe Spuren hinterließen.

Die neue Ordnung brachte allerdings einen Wirtschaftsaufschwung. Händler und Kaufleute, die bisher nur kleine Geschäfte betrieben und bescheidenen Wohlstand erreicht hatten, verschafften sich durch den Krieg und den mit ihm einhergehenden Warenmangel, vor allem aber durch ihr wachsendes Wissen über die Nutzung des Schwarzmarkts Einkünfte, die das Gehalt von Staatsdienern oder Armeeangehörigen um ein

Vielfaches überstiegen. Damit war ein grundlegender Unterschied zur Lage unter der Vorgängerregierung entstanden. Zu Schahzeiten kam man mittels Bildung voran. Jetzt unterstützten die emporgekommenen Verantwortungsträger an der Spitze des Landes die Emporkömmlinge aus der Wirtschaft. Da die oft keine akademischen Diplome vorweisen konnten, verachteten sie Menschen, die ihnen solche Nachweise voraushatten. Die Verachtung hielt so lange an, bis die Nachkommen derer ohne Diplome solche Zeugnisse erwerben konnten. Wenn ich die Suppe betrachtete, die uns die Revolutionsregierung, auch unter Verwendung irrationaler Zutaten, eingebrockt hatte, fand ich diesen Anblick zwar teilweise lachhaft, vor allem aber tat er weh. Freude und Schmerz, gemischte Gefühle angesichts dieser absurden Verachtung. Ähnlich zwiespältig wie das Gefühl beim Versuch, mit einem Fingernagel den letzten Schorf von einer fast verheilten Wunde zu lösen. Insgesamt jedenfalls eine höchst bedrückende Lage.

Mühelos war die neue Ordnung nicht erreicht worden. Den iranischen Mittelstand hatte man durch Ermordungen und Unterdrückung vernichtet oder in alle Winde der westlichen Welt zerstreut, um Platz für eine neue Schicht zu schaffen. Bis dahin hatten über drei Millionen dem Mittelstand angehörige Iranerinnen und Iraner das Land verlassen.

Die Parole «*Partei allein Hisbollah, Führer allein Ruhollah!*» sprach unzweideutig aus jeder Verlautbarung, jeder Daseinsbekundung, ob von Einzelpersonen oder Gruppierungen aller Art. Sie hatte sich überall breitgemacht und zu einer Grabesstille geführt, die der Stadtbevölkerung durchaus gelegen kam.

Nun griff der Regierungsapparat mit Hochdruck in den Kulturbetrieb ein. Man begann mit der Ausbildung von Autorinnen und Autoren eigener Schule, sorgte für die Produktion von Pseudoliteratur als Parallelphänomen sowie für die strenge Zensur aller freien Schriftstellerinnen und Schriftsteller, die schließlich im Verbot zeitgenössischer Romane und Lyrik in Schulbüchern, in Rundfunk und Fernsehen und sogar in öffentlichen Bibliotheken gipfelte. So geschaffene Lücken füllte man mit einem Haufen ideologischer, der Bezeichnung «Literatur» nicht würdiger Parolen. Und zwar so lange, bis die Tilgung der Gegenwartsliteratur aus dem kulturellen Leben auch zur physischen Eliminierung freier Autorinnen und Autoren führte. Die das vorantrieben, sind sich bis heute nicht im Klaren darüber, dass alles, was eine Regierung zu ihrem eigenen Nutzen politisiert, sich früher oder später auch politisch gegen sie richten wird.

Auch wenn diese unbarmherzigen Strategien uns allen Grund zur Furcht gaben, vertrauten wir noch immer auf den besonderen Schutz unserer Zufluchtsrunde. Über Jahre hin haben wir unzählige Gedichte von Sanai, Susani, Faroukhi, Manutschehri, Onsori, Vahshi Bafghi, Muhtascham Kaschani gelesen; wir haben Ferdowsis *Schah-Nameh*, die gesammelten Werke von Saadi und Hafis, Rumis *Masnavi* Zeile für Zeile studiert und uns die Köpfe heiß diskutiert; wir haben, unter hohem Zeitaufwand, über jeder Erzählung aus *Tausendundeiner Nacht* gebrütet, haben fast alle alten Schriften mit Schöpfungsmythen oder Erzählungen über die Propheten gelesen und ließen uns auch *Kalileh und Damneh*, *Marzban-Nameh*, Anwar Soheili, *Qabus-Nameh*, *Die Wunder der*

Schöpfung und die gesamte Welt der Fabeln nicht entgehen. Selbst das Werk des Historikers Beyhaghi oder Juwaynis *Geschichte des Welteroberers* nahmen wir uns vor. Unser persönliches Leben verlief damals tatsächlich eher ereignislos, wenn man davon absah, dass meine Großmutter in jener Zeit starb und dass ich, nach Abschluss von Studium und Wehrdienst, eine Arbeit aufnahm, während mein Bruder beschloss, sein Studium in London fortzusetzen, wo er dann auch blieb.

Weil aber nichts im Leben von Dauer ist, stellte unser Lesezirkel seine Arbeit eines Tages ein. Der Mord an Mokhtar und wenig später der Herzinfarkt, der meinem Vater die letzten Kräfte nahm, setzten unserer Donnerstagsrunde, die mich schon in meiner Kindheit und Jugend so stark geprägt hat, dass ich ohne sie heute gewiss ein ganz anderer Mensch wäre, nach zweiunddreißig Jahren ein Ende.

Mokhtars Ermordung trug direkt zu meines Vaters Herzinfarkt bei. Ich habe miterlebt, wie schwer die Nachricht vom Fund der Leiche – eines Abends gegen Herbstende, im Niemandsland außerhalb Teherans und nach sechs Tagen Suche – meinem damals bereits angeschlagenen Vater zugesetzt hat. Er hatte die Hiobsbotschaft von Golschan erfahren, als er sie, optimistisch gestimmt, anrief, um ihr mitzuteilen, ein iranischer Botschafter in Europa habe gesagt, Mokhtar sei zwar in Gewahrsam, aber am Leben. «Du weißt es also noch nicht?», hatte Golschan ihn mit tränenerstickter Stimme gefragt und ihn schweren Herzens auf den neuesten Stand gebracht: «Die Nachricht kam eben aus zuverlässiger Quelle … Etwa vor einer Stunde hat Mokhtars Sohn seinen Vater im Leichenschauhaus der Gerichtsmedizin identifiziert.»

Meinem Vater war ein undefinierbarer Laut entfahren, er hatte den Hörer mit zitternder Hand zurück auf die Gabel gelegt und dann minutenlang reglos ins Leere gestarrt. Mehrere Stunden lang sei er in seinem Sessel sitzen geblieben, unfähig, sich zu rühren, geschweige denn, aufzustehen. So hat er es später meiner Mutter geschildert. Und sie hat erzählt: «Als ich ihm schließlich aufgeholfen habe, wusste ich sofort, er ist am Ende. Keinen Funken Lebenskraft hatte er mehr in sich.»

Damals zog mein Vater sich in sein Bett zurück, und ich sah ihn früh am nächsten Tag. Er war von einem Tag auf den anderen gealtert, wirkte, als sei er gerade aus einem Lazarett entlassen worden. Es war kein Leuchten mehr in seinen Augen, und sein Blick blieb matt und glanzlos bis zu seinem Tod.

Verdächtige Morde hatten damals bereits eine relativ lange Tradition. Ihnen war, drei Jahre zuvor, ein Freund meines Vaters zum Opfer gefallen. Der namhafte Übersetzer Ahmad aus Isfahan war zwar nicht der erste unschuldig Betroffene, wohl aber der erste, den mein Vater persönlich kannte. Ahmad hatte eines frühen Morgens sein Haus verlassen, um seinen Buchladen zu öffnen, war dort aber nie angekommen. Am selben Tag noch, gegen zehn Uhr abends, informierte die Polizei seine Angehörigen über den Fund seiner Leiche in irgendeiner Gasse der Stadt. Zwei Flaschen Alkohol hatte man neben ihm platziert. Ahmads Familie identifizierte ihn in der Gerichtsmedizin. Todesursache war eine Injektion Insulin, der Einstich auf seinem rechten Handrücken noch zu sehen.

Ahmad kam nach dem Besuch des Autors V. S. Naipaul in Iran zu Tode. Beide Ereignisse lassen sich miteinander verknüpfen, wenn man weiß, dass Ahmad, der die Werke des gebürtigen Trinidaders indischer Herkunft ins Persische übertrug, den Autor trotz eines offiziellen Verbots unbedingt treffen wollte. Indem er das Verbot ignorierte, zog er den Zorn der iranischen Sicherheitspolizei auf sich. V. S. Naipaul war einer offiziellen Einladung in den Iran gefolgt. Ein Treffen mit der regierungskritischen freien Autorenschaft war nicht vorgesehen. Ahmad traf Naipaul dennoch und schilderte ihm die Lage im Land anders, als es seine offiziellen Gastgeber getan hatten. So nannte er beispielsweise die Zensur und Unterdrückung unabhängiger, kritischer Schriftstellerinnen und Schriftsteller beim Namen. Ahmads Ermordung hat meinen Vater buchstäblich in den Wahnsinn getrieben. Tage danach noch war er im Haus auf und ab gegangen, war abrupt stehen geblieben, wenn der Zorn ihn packte, und hatte sich laut und unüberhörbar gefragt: «Einen Schriftsteller umbringen, wie kann man nur?!»

Wir sind Schriftsteller! lautete der Titel eines ein Jahr vor Ahmads Ermordung veröffentlichten Aufrufs, unterzeichnet von hundertvierunddreißig freien iranischen Autorinnen und Autoren, die in ihrem offenen Brief deutlich erklärt hatten: «Ja, wir sind Schriftsteller, weiter nichts.» Das Manifest war die Antwort auf die Strategie der staatlichen Propagandamaschine, die unabhängige Autorenschaft hierzulande als Mitglieder der Drogenmafia und Agenten westlicher Geheimdienste zu diffamieren. Der Aufruf war kaum veröffentlicht, da setzte der Geheimdienst einiges daran, die Unterzeichner zur Rücknahme ihrer Unterschriften zu drängen. Der Druck war so groß, dass einer der Unterzeichner einen Herzinfarkt erlitt und starb. Insgesamt aber zog nicht einmal eine Handvoll Betroffener ihre Unterschriften zurück. Der Anschlag auf Ahmad machte damals allen bewusst, wie stark Leben und Tod von der bloßen Feststellung «Wir sind Schriftsteller!» abhingen.

Bald nach dem Mord an Ahmad wurde ein Anschlag auf einen Bus mit Fahrtziel Armenien verübt. Ein seltsam teuflisches Komplott zur Beseitigung von einundzwanzig Schriftstellern und Journalistinnen, die auf Einladung armenischer Kollegen in das Nachbarland unterwegs waren. Kaum zu glauben. Wir in der Donnerstagsrunde, mit fiktiven Geschichten durchaus vertraut, rieben uns oft die Augen, so hanebüchen erschien uns häufig, was wir sahen oder hörten, und wir fragten uns tatsächlich, ob wir träumten.

Kuscha hatte die Reise geplant und vorbereitet. Und er hatte den Reisebus organisiert. Unterwegs über einen Gebirgspass, kurz vor Sonnenaufgang, fuhr der vom Geheimdienst bereitgestellte Fahrer den Bus dicht an den Rand einer steinigen Schlucht, stieg aus, schob den Wagen von hinten an, um die einundzwanzig Insassen, die er schlafend glaubte, in den Abgrund zu stürzen. Der Bus bewegte sich einige Zentimeter voran, blieb dann aber stehen, weil ein Felsbrocken sich im Unterboden verkeilte. Erst jetzt bemerkten die Insassen, was hier tatsächlich vor sich ging, und stiegen rasch aus dem Wagen. Damit vereitelten sie buchstäblich in allerletzter Sekunde den perfiden Plan zur Beseitigung von Mitgliedern des iranischen Schriftstellerverbands, den die Regierung zerschlagen hatte, worauf sie nun einiges unternahm, um alle Wiederbelebungsversuche im Keim zu ersticken. Wie hatte der Geheimdienstler als Busfahrer durchgehen können? Die Sache bleibt bis heute rätselhaft.

Knapp einhundert Meter von der Stelle entfernt, an der der Fahrer den Bus fast ins Tal befördert hätte, hatte ein Honigverkäufer sein Zelt aufgeschlagen und bot, wie andere Bewohner der umliegenden Dörfer auch, am Straßenrand seine Ware feil. Der junge Geschäftsmann und Augenzeuge sprach mich Minuten nach dem Ereignis an und sagte: «Ungefähr eine halbe Stunde lang hat ein Benz hier am Straßenrand gewartet. Als der Bus nach der Kurve in Sicht kam, hat der Benzfahrer aufgeblendet und ist dann weggefahren. Als ich den Bus hin- und herschaukeln sah, dachte ich zuerst, der Fahrer will sich umbringen. Dann hab ich gesehen, er sitzt gar nicht im Wagen, er schiebt den Bus an. In dem Moment wusste ich, er will ihn, warum auch immer, in die Schlucht kippen.» Mit aufgewühlter Miene riet er mir noch: «Lassen Sie ihn nicht davonkommen. Er wollte Sie alle umbringen.»

Als es hell wurde, traf ein Benz am Tatort ein. Die beiden Insassen erkundigten sich nach dem Befinden der verwirrt wirkenden Fahrgäste am Straßenrand. Geistesgegenwärtig entgegneten die: «Sekundenschlaf, unser Fahrer war von der Straße abgekommen. Wir hatten Glück, der Wagen ist nicht in die Schlucht gestürzt, wir sind mit dem Leben davongekommen.» Die beiden Insassen im Benz schüttelten den Kopf und fuhren weiter, während die Autoren hofften, mit ihrer Antwort keinen Verdacht erregt zu haben.

Wenig später tauchten Leute von der Autobahnpolizei auf. Die unterbreiteten den Autoren, dass man sie des Drogenbesitzes verdächtige. Ständig bezichtigte der staatliche Propagandaapparat freie Schriftsteller der Promiskuität und des Drogenkonsums.

Die Beamten geleiteten die Schriftsteller zur nächstgelegenen Autobahnpolizeistation. Dort erschien plötzlich auch der Vertreter vom Staatssicherheitsdienst. Er war, so seine Worte, per Hubschrauber aus der Hauptstadt eingeflogen und merkte an, wie unvorsichtig es doch sei, einundzwanzig landesweit bedeutende Autoren in einem einzigen Bus auf die Reise zu schicken. Umso befremdlicher, dass die bedeutenden Autoren im nächstgelegenen Ort für vierundzwanzig Stunden in Gewahrsam kamen, wegen Spionage.

Der Mord an Mokhtar und, nur wenige Tage später, der an seinem Kollegen Puyandeh geschahen in einer Zeit, die in der politischen Literatur des Landes als Reformphase gilt. Mohammad Khatami kam ans Ruder, nachdem zwei aufreibende Jahrzehnte ins Land gegangen waren. Zwei Jahrzehnte, in denen die Regierung dem iranischen Volk die Luft abgeschnürt hatte. In seinem Wahlkampf hatte Khatami angekündigt, er werde politische Spielräume öffnen und die Bürgerrechte anerkennen. Verheißungsvolle Aussichten und, insbesondere für die junge Generation, Grund, optimistisch zu sein. Unterdessen befand sich der Schriftstellerverband, dem mit Golschan und Mokhtar zwei Teilnehmer aus unserer Runde angehörten, in einer Sonderposition.

Das Büro des Verbands war zweieinhalb Jahre nach der Revolution von revolutionären Kräften gestürmt, alle Unterlagen waren beschlagnahmt, alle Aktivitäten für illegal erklärt worden. Ein Mitglied des Direktionsrats und Leiter des Verbands starb sogar im Kugelhagel eines Erschießungskommandos. In den Folgejahren hatte sich eine Reihe namhafter Schriftsteller, Verbandsmitglieder, darum bemüht, den Verband mittels sogenannter Beraterrunden zu neuem Leben zu erwecken, woraufhin eine kleine Gruppe aus fünfzehn Mitgliedern sich permanenter Bedrohung und beharrlichen Schikanen durch die Regierung ausgesetzt sah. Nun aber stellte sich die Lage neu dar, und der gewählte Präsident der Republik klang anders als seine Vorgänger.

Die Gruppe der Fünfzehn hörte die neuen Töne gern. Sie verstärkte ihre Bemühungen und gründete einen Sonderausschuss, der möglichst rasch eine Vollversammlung einberufen und die Wahl eines neuen Direktoriums herbeiführen sollte, damit der Verband seine Arbeit endlich fortsetzen könnte. Die Mitglieder dieses Sonderausschusses, dem unter anderen Golschan und Mokhtar angehörten, wurden im Oktober 1998 von den Sicherheitskräften vorgeladen und angewiesen, ihre Aktivitäten zur Neugründung der Schriftstellervereinigung einzustellen. Die Einmischung der Polizei in das Privatleben der Kollegenschaft beschränkte sich nicht auf diese Warnung. Mokhtar war wenige Wochen später verschwunden.

In der betreffenden Woche fand die Donnerstagsrunde ohne Mokhtar und Golschan statt. Es war demnach kein Donnerstag wie jeder andere, der sich überdies durch ein weiteres wesentliches Merkmal von den bisherigen Treffen unterschied: Der Lesezirkel kam zum letzten Mal zusammen, was uns an dem Tag allerdings noch nicht bewusst war.

Hier sei erwähnt, dass wir vereinbart hatten, rechtzeitig abzusagen, wenn man an einem Treffen nicht teilnehmen konnte, um die Runde nicht vergeblich warten zu lassen. An diesem besonderen Donnerstag aber rief Golschan erst eine halbe Stunde nach Beginn der Runde an, um auszurichten, dass sie nicht werde teilnehmen können. Meine Mutter hatte den Anruf angenommen und Golschan bei der Gelegenheit auch nach Mokhtar gefragt. Golschan hatte nichts von ihm gehört. Wir schrieben das der Tatsache zu, dass er, wie so oft, viel zu tun hatte. An dem Tag fehlte auch Foghahi in unserer Runde, doch an dessen wiederholte Abwesenheit hatten wir uns in den zurückliegenden Monaten gewöhnt. Der Donnerstag damals verlief sehr schön. Wohl eher unbewusst rüsteten wir uns für die bevorstehenden leidvollen Zeiten und machten uns eine Freude mit Ausschnitten aus *Kalileh und Damneh*. Wir verbrachten einen sehr kurzweiligen Nachmittag, ohne dass uns die historische Warnung an alle Menschen im Land in den Sinn gekommen wäre, der zufolge jede maßlose Freude uns teuer zu stehen kommt.

Fürchten wir die Freude deshalb? Weil wir insgeheim wissen, dass alles Schöne zwangsläufig Hässliches birgt, dass großes Vergnügen größeres Unheil nach sich zieht? Ja, jede, auch die kleinste Freude ist verdächtig. Diese deftige Warnung soll uns vorbereiten auf das Unheil im Schlepptau der Freude, deren wichtigste Aufgabe, wohlgemerkt, darin besteht, uns die geistige Kraft und Energie zu liefern, kommendem Schmerz zu begegnen, ihn zu ertragen. Diese Auffassung, vielleicht gepaart mit einem leisen Hang zum Masochismus, bedingt, dass wir uns nicht um des Vergnügens willen in Freudentaumel versetzen, sondern im Wissen um nahendes Ungemach.

Tags darauf, also am Freitag, gegen Abend, richtete Golschan meinem Vater telefonisch aus, Mokhtar habe am Donnerstag das Haus verlassen, um zu uns zu stoßen, und seitdem fehle jede Spur von ihm. Damals kursierte seit geraumer Zeit bereits eine schwarze Todeskandidatenliste, auf der auch unsere Namen standen. Obwohl wir sie nicht allzu ernst nahmen, spürten wir, dass auch kleinste Vorkommnisse uns aus der Ruhe brachten. Wie lange war es damals her, dass ein an der Spitze einer Oppositionsgruppe stehendes Ehepaar grausam umgebracht worden war? Drei Wochen nur! Nur drei Wochen zuvor hatte man die beiden in ihrem Haus abgeschlachtet, mit achtunddreißig Messerstichen. Auch ihre Namen fanden sich auf der schwarzen Todesliste. Kein Wunder also, dass Mokhtars Verschwinden uns in höchste Alarmbereitschaft versetzte und schlimmste Befürchtungen weckte.

Am Tag nach Mokhtars Verschwinden half Golschan einer kleinen Gruppe von Autorinnen und Autoren, einen offenen Brief mit einer Warnung an die offiziellen Stellen zu verfassen. Mehr konnten wir in dieser Situation nicht tun.

Schlimmere Zeiten hatte unsere Leserunde nie durchlebt. Wir waren Tag und Nacht in Sorge. Die Hiobsbotschaften nahmen kein Ende. An dem Tag, an dem Mokhtars Leiche gefunden wurde, wurde Puyandeh entführt, auch er Mitglied des Beratergremiums für den Schriftstellerverband. Und wie in Mokhtars Fall wurde auch Puyandehs Leiche eine Woche später irgendwo im Niemandsland unweit der Hauptstadt gefunden. Wie naiv von uns zu glauben, trotz der abscheulichen

Ereignisse im turbulenten Ozean des Politikbetriebs seien wir auf unserer kleinen Literaturkreisinsel sicher vor dem unbarmherzigen Zugriff der Macht.

Unser Telefon stand nicht mehr still. Meiner Mutter sah man nicht nur an ihren eingefallenen Augen an, wie angst und bang ihr jedes Mal war, wenn sie ein Gespräch annahm, jeden kurzen Wortwechsel mit «Bitte gib gut auf dich acht!» beendete und den Hörer dann an meinen Vater weiterreichte, der das Gespräch fortsetzte, mit grabestiefer Stimme und ausgedehnten Pausen.

Nach langen Tagen des Schweigens ließ die Regierung endlich verlauten, dass sie die Morde verurteile. Und die Presse gab sich große Mühe aufzudecken, mit welcher Grausamkeit sie verübt worden waren. Unterdessen trat eine widerwärtige Untergrundgruppe aus angeblichen Revolutionsanhängern auf den Plan und veröffentlichte eine sogenannte Schwarze Liste. Sie versorgte die Presse und Nachrichtenagenturen mit immer neuen Meldungen, in denen sie äußerst kaltblütig die Verantwortung für ihre vermeintlich revolutionären Aktionen übernahm, und brachte immer neue Listen mit künftigen Mordopfern in Umlauf. Später stellten sich die Urheber dieser Meldungen als Geheimdienstvertreter heraus.

Seit Wochen, insbesondere seitdem Golschan und Mokhtar vom Geheimdienst einbestellt worden waren, verlief für uns kein Tag mehr wie der andere, und als schließlich Mokhtars Leiche gefunden wurde, nahmen wir das zum Anlass, uns donnerstags vorübergehend nicht mehr zu treffen, ohne zu wissen, dass die vorläufige Unterbrechung zu einem Dauerzustand werden würde.

Damals geriet Foghahi erneut unter Verdacht. Diesmal war Golschan sich sicher, dass er Informationen aus unserer Mitte an die Geheimpolizei weitergegeben hatte. Ihre Einschätzung wurde später durch veröffentlichte Befragungen von Personen, denen man die genannten Morde zur Last legte, zweifelsfrei bestätigt. Ihre Vermutung war in dem Moment zur Gewissheit geworden, als Golschan Sicherheitskräfte, nachdem sie Foghahi befragt hatten, über ein Detail sprechen hörte, das Golschan nur Foghahi anvertraut hatte.

In der Zwischenzeit nahm der Leiter der Teheraner Geheimpolizei, unter anderem zuständig für die Untersuchung von in Teheran begangenen Gewaltverbrechen, mit meinem Vater Kontakt auf, riet ihm zu besonderer Vorsicht und empfahl ihm sogar, möglichst selten aus dem Haus zu gehen.

Weil sie uns die Mörder nicht vom Hals halten konnten, sollten wir uns in unseren vier Wänden verbarrikadieren. «Mach niemandem auf, den du nicht kennst», mahnte der Geheimdienstchef.

Solche Warnungen und Ratschläge trugen beileibe nicht zu unserer Beruhigung bei. Sie bestätigten, im Gegenteil, wie unbeirrbar die Mörder ihre Sache voranzubringen gedachten.

Inzwischen gaben auch offizielle Stellen zu, dass Gefahr bestand, ohne sie auf ihren eigenen Bühnen jedoch offen anzusprechen. Ein perfides, schmutziges Spiel, mittels dessen offizielle Stellen uns möglichst große Angst machen und sich möglichst lange an der Macht halten wollten.

Damals vertraute meine Mutter, sehr viel selbstbeherrschter als mein Vater und ich, uns eines Tages an, dass sie seit einiger Zeit starken Haarausfall habe. Was ich und mein Vater sofort bestätigten: «Wir auch.» Tatsächlich waren unsere Kopfkissen jeden Morgen auf ganzer Breite voller Haare.

Was steckte dahinter, dass wir alle zeitgleich Haare verloren, obwohl jeder ein anderes Shampoo verwendete und keiner in jüngster Zeit die Marke gewechselt hatte?

Mein Vater sagte, er messe der Sache keine Bedeutung bei, und ich war jung genug, mir deswegen keine allzu großen Sorgen zu machen. Meine Mutter aber suchte einen Arzt auf. Wissen Sie, was dabei herauskam? Der Mediziner hat sie ohne Umschweife gefragt: «Waren Sie in letzter Zeit besonderem Stress ausgesetzt?»

Einen Monat später erlitt mein Vater einen Herzinfarkt und starb im März 1999. An seinem letzten Abend saßen meine Mutter und ich an seinem Bett. Er hatte seit zwei Tagen nichts gegessen, auch kein Wort mehr gesprochen. Plötzlich aber schlug er die Augen auf, bewegte seine Hand kurz, nach der meinen suchend, und sagte mit dem letzten Rest Lebenskraft, den er noch in sich hatte: «Mein Sohn, es tut mir leid.»

Dann schloss er die Augen für immer, und mir wurde schlagartig die bittere Wahrheit klar, dass nicht nur das Leben meines Vaters zu Ende, sondern auch endgültig Schluss war mit unserer Donnerstagsrunde, der starken moralischen und emotionalen Stütze unserer Familie. Wofür aber hatte mein Vater sich bei mir entschuldigt?

Ein, zwei Jahre später ließ meine Mutter uns wissen, dass sie sich mit unserem Haus überfordert fühle und dass es ihr, ohne ihren Mann und unseren Vater an ihrer Seite, zu groß sei. Wir beschlossen also, es zu verkaufen und im selben Stadtviertel zwei kleine Wohnungen zu erwerben, in denen sie und ich eigenständig leben könnten. Mein Bruder bestätigte uns schriftlich, dass er in den Verkauf des Hauses einwillige, und die Immobilie kam recht bald auf den Markt.

Makler inspizierten jeden Winkel, begutachteten das Bauwerk nach allen Regeln der Kunst und zogen schließlich einhellig den Schluss: «Alt und abbruchreif.» Da in Teheran seit Jahren alte Villen in raschem Tempo neuen Wohntürmen weichen, herrscht an Kunden für sogenannte Abbruchhäuser kein Mangel. Weil weder ich noch meine Mutter knochenhart verhandelten, war unser Haus binnen Wochenfrist verkauft.

Damit hatten wir das Haus verloren, ich wurde zum Besitzer einer neuen Wohnung, in der sich neue Erinnerungen erst einnisten, wenn ich die neue Bleibe – schlechterdings unmöglich – weitere fünfzig Jahre lang bewohne. Das Leben macht uns ärmer und einsamer.

Aus dem alten Haus habe ich außer den Regalen und Büchern meines Vaters und persönlichen Dingen nichts mit in die neue Wohnung genommen. Alles andere, bis auf eine Ausnahme, habe ich meiner Mutter überlassen, die manches verkauft, anderes übernommen hat. Die Ausnahme bildet das große Ölgemälde aus unserem alten Gästezimmer, das in meinen Besitz überging und seither in dem Zimmer hängt, in dem auch die Regale mit meines Vaters Büchern stehen. Hin und wieder betrachte ich die Szenerie, minutenlang, und frage mich, weshalb mir der entsetzte Blick der Ertrinkenden so befremdliches Behagen bereitet.

Wir hatten unser altes Haus kaum geräumt, da machte sich der neue Besitzer schon ans Werk. Nach einer Woche waren alle Fenster- und Türrahmen ausgebaut, auf einen wartenden

Pritschenwagen geladen und abtransportiert. Übrig blieb tagelang ein hässliches Gerippe mit dunklen Augenhöhlen, offenen Mäulern, ohne jede Ähnlichkeit mit unserem einstigen Zuhause. An dem Tag, als die Planierraupe kam, um ihm endgültig den Garaus zu machen, war ich zufällig zu Hause und konnte von meiner neuen Wohnung aus beim Abriss zuschauen. Als die vier Wände unseres Gästezimmers in sich zusammenfielen und nichts als eine Staubwolke übrig blieb, wurde unsere Donnerstagsrunde, die mein Leben verändert, ihm Wärme und eine neue Bedeutung gegeben hatte, diese kleine, schöne Welt, der ich mein Lebensgefühl verdankte und die uns jahrzehntelang wie ein Schutzmantel vor äußeren Bedrohungen bewahrt hatte, binnen weniger Minuten zunichte.

Ja, ich weiß, so war es schon immer. Vieles, was es einst gab, existiert heute nicht mehr.

Saadatabad,
Im Januar 2018 | 6. Bahman 1396

Literatur bei C.H.Beck

Liz Moore
Long Bright River. Roman
Aus dem Englischen von Ulrike Wasel und Klaus Timmermann
414 Seiten. München 2020

Daniel Mason
Der Klavierstimmer Ihrer Majestät. Roman
Aus dem Englischen von Barbara Heller
384 Seiten. München 2020

Alix Ohlin
Robin und Lark. Roman
Aus dem Englischen von Judith Schwaab
336 Seiten. München 2020

Monique Truong
Sweetest Fruits. Roman
Aus dem Englischen von Claudia Wenner
349 Seiten. München 2020

Michael Lüders
Die Spur der Schakale. Thriller
394 Seiten. München 2020

Jonas Lüscher
Ins Erzählen flüchten. Eine Poetik
111 Seiten. München 2020